| 当代中国小说札

那年·同学

不作不死不青春

秋小木 著

中国文联出版社

图书在版编目（CIP）数据

那年·同学：不作不死不青春 / 秋小木著. -- 北京：中国文联出版社，2016.5（2023.3 重印）
ISBN 978 - 7 - 5190 - 1203 - 8

Ⅰ.①那… Ⅱ.①秋… Ⅲ.①长篇小说—中国—当代
Ⅳ.①I247.5

中国版本图书馆 CIP 数据核字（2016）第 047985 号

著　　者　秋小木
责任编辑　曹艺凡
责任校对　杨　儷
装帧设计　中联华文

出版发行　中国文联出版社有限公司
地　　址　北京市朝阳区农展馆南里 10 号　　邮编　100125
电　　话　010 - 85923025（发行部）　　85923091（总编室）
经　　销　全国新华书店等
印　　刷　三河市华东印刷有限公司

开　　本　880 毫米×1230 毫米　1/32
印　　张　9
字　　数　210 千字
版　　次　2023 年 3 月第 1 版第 2 次印刷
定　　价　75.00 元

序

想写一些关于同学与同学之间的故事，却一直没有收集到贴近于现实的素材。大学同学在我们的社会生活中到底起到什么样的作用？大学时代的恋情对我们的未来生活产生了什么样的影响？身边的人十有八九都有大学的学习经历，都有学生时代的恋爱记忆，无论从思想上还是在现实中，在我们内心的概念里，不管是单恋，相恋，还是暗恋，学生时代的恋情都凸显出理想和现实连接纽带的脆弱，同学的影子不仅改变着我们的人生痕迹，也改变着我们的人生思绪。

脑海中，凭空想象只是一些概念，慢慢去寻找过去记忆中的丝丝迹印，把这些痕迹串成故事，于是《那年·同学》诞生了。同学会，简单解释是同学们的聚会，无论小聚会还是大聚会，无论小学会，初中会，还是高中会，大学会，无论周年会，五周年会，十周年会，还是二十周年会，三十周年会，都是过去和未来故事的汇聚点，它并不代表特殊的现实含义，只代表了一个可记忆的时间节点。

在故事的描述中，恍如青春的色彩在这些聚会中重现，恍如记忆中的过去在现实生活中重现。同学，曾经是青春的代名词，也是我们走入社会生活的起点。同学聚会，恍惚是对这一起点的纪念，把我们重新带回到对生活初识的原点。“爱恋，如若生命之初”，同学聚会，我们可以回味那时的纯真，聆听那时的歌声，嬉戏那时的游戏，我们可以在记忆中把握过去，也可以在现实中寻找回忆。《那年·同学》，就这样诞生了，因为回忆和纪念而诞生了。

时光已去，青春不再。既然光阴不会倒流，或许我们还可以对学生年代的辉煌，对曾经的无悔青春积淀一些感悟。作为纪念，或许我们还愿意去缅怀那一段青春的岁月，还愿意去沉思过往的每一次选择。曾经的同学，价值何在？曾经的付出，价值何在？同学聚会，终将成为我们最痛悲的祭奠，对青春离去和付出的祭奠。同学聚会，是一种社会活动，它的产生方式，或许和其他社会活动的产生方式不同。在过去、现在和未来之间，同学两字从一开始就建立了一条随着时间推移却永不会消失的纽带，它将捆绑我们一生一世，它将伴随我们的生活，从起点一直到终点。

我们曾经讲述过的历史，现在需要他人来讲述，包括我们自己的故事，最终也是由他人来讲述。《那年·同学》，是一部不乏勇气和牺牲的人勇于创造和奋斗的历史。青春梦想和现实的差异，在时光流逝中接受沉重的社会批判。同学们初出校门的向往和期盼，演化成同学之间事实上的发展差异。同学们最初都在同一条起跑线上出发，抱着不同的梦想不停拼搏，虽历经艰辛不断奋斗，最终出现的结果却完全两样。当同学们重新聚在一起，回首过去，同学与同学之间的思想台阶自然而然出现了，他们之间出现了思想的断层。思维方式的改变形成了一个批判的概念，同学聚会的同时也在批判不同的现实处境，批判不同步的奋斗渊源。

原本不想把书写《那年·同学》的概念引申得过于空旷，写着写着，真实的剧情逐渐成为空旷的故事。随着社会家庭单元结构越来越小，随着和平年代战争消除，随着人口流动不断频繁，同学之间的关系，逐步和亲属、战友和老乡一样，成为了当今社会主流人际关系的第四极。同学，带着和其他几种社会关系的共性，带着最初始的淳朴和厚道，相互搀扶和相互帮助。同学，携带着最原始的平等，不存在谁优谁劣，也没有谁先谁后，走进学校和走出学校，目的都是一样。无论你是美还是丑，无论是家庭富足还是经济拮据，同学，都可以共处一室，可以在一起海阔天空谈天说地。无论你来自大江南北，还是去到四面八方，同学的名字，就像雕刻在每个人的内心深处的烙印，平日里不想不念，只要一出现，一旦相关，就一定会产生千丝万缕的联系，这就是同学的特性。

《那年·同学》，本想寻找一个思想的主题来贯穿整个故事的内容，找来找去，最后找到了“我们一直在努力”的腔调。同学们真的一直在努力，不管身处何方，无论从事什么样的职业，也无论生活的境况如何，同学们一直在努力。有的人为了事业，有的人为了梦想，有的人为了爱情，有的人为了不甘心的过去，有的人为了在挣扎中生存，也有的人为了生活的圆满，他们都不曾放弃努力。

同学，存在着强烈的竞争关系。人类社会具有现实性，竞争起源于适者生存的大自然，为了拥有自己的地盘，为了拥有在群体中的地位，为了占有更多的资源，人们不断拼搏的动物性永远无法消除。同学亦是如此，随着时间流逝，随着年龄增长，同学的心灵平衡有价值回归的需要。同学聚会成为现实思想的避风塘，成为张扬成果，促进价值融合的交汇平台。在同学聚会上，有成功的宣扬者，有平凡的寄托者，也有不如意的抗争者，有思想的碰撞者，不管合不合乎逻辑，不管重要不重要。独立的个体不会出现交集，只要有群体聚集在一起，一切冲突就变得自然了。同学聚会，不仅仅展现着内心的思念，带给人们愉悦和忧伤，同时也带给人们对过去的情感的思念，对无悔付出的怀念。

想要写出《那年·同学》的思想线条，写出参加同学聚会的点滴感觉，始终有一些纠结。既想用这种描述带给我们对青春的怀念和记忆，又想带来我们对未来的期盼和憧憬，反而变得没有了主题，没有了主打方向。想用《那年·同学》留给我们更多的思考，带来对现实社会的反思和批判。感悟同学的精神，感悟同学聚会的用意，感悟我们内心中留存的那一片纯真天地。

每个人的心中，都有一段青涩的梦。写《那年·同学》，我期待用放飞梦想的方式去描述生活的意境，用简单的故事情节展示人心深处思想的单纯和矛盾，用跳跃的手法描述时间的流动和光阴的永恒。学生时代的恋爱和对梦想的追求，影响着每个人的一生。故事的剧情，指引我们思想跨越。

我期望所写的同学的故事能够表达三个思想主题：社会改变我们的环境，环境改变我们的现实，现实改变我们的未来。

湫，小木

2014年7月杭州

青春如何书写

——读《那年·同学》有感

《那年·同学》也算是一部“致青春”的文本，关于青春、友谊、爱情和梦想。青春是美好的，青春题材的文学作品和影片总是容易捕获人心。从近几年热映的以《致青春》为代表的青春题材电影的高票房就可以看出。然而这类青春题材的艺术作品也容易陷入“青春”的误区，以《小时代》等电影为例，现实生活的缺席、伪时尚的表演等成了这类影片的硬伤，成为没有“青春”的青春片，虽然美女帅哥云集，但只有时尚，没有生活；只有演员的表演，没有生活的艺术。这样缺乏文学内涵的电影，养眼不养心，更不能感染人打动人，多一部少一部观众没有感觉。而“青春文学”给人的映像，也大都和一些肤浅通俗的读物联系在一起，以致评论界对其“视而不见”，忘记了《红楼梦》那样伟大丰富的青春文学的存在。可见，青春文学同样可以在文学性思想性上有所建树，就此意义上说，《那年·同学》做出了有意义的探索。

艺术虽然年轻，但艺术创作却是需要时间的，需要经年累月，需要经过心灵作坊的烘焙发酵。《那年·同学》的作者秋小木应该算是资深文艺青年了，经典的青春文学，作者大抵是经历过青春的人。什么人才最懂得青春，恰恰不是正当季的青年，只有青春渐逝或已逝，在时间距离里回望，因为失去，致青春，才格外美好。那些年代故事，伤悼的都是逝去的岁月，和那岁月里的一颗初心。《那年·同学》的人物和故事是有时间跨度的，人物的命运遭际也早已溢出了单纯的大学校园的围墙，艺术院校的生活也并非就是光鲜亮丽，大学校园也早已不是什么世外桃源，金钱意识无孔不入。世俗的价值观是成功，考量的标准就是财富和地位，疯狂追逐物质财富的现代性背景中的社会生活充满了压抑，但越是这样，艺术、理想、爱情才越是显得高贵。青春文学叙事往往在压抑迷惘中寻求突破口，表面看寻找的无疑是那终将逝去的青春，但究其实还是那随同青春逝去的那些高贵，这也是《那年·同学》给我们留下的思考。

文学作为一种艺术，是要以情感为内核的，任何一个作家，也都有通过自己的作品和他人发生情感共鸣的欲望。“艺术家之所以不能放弃艺术，是因为受情感的驱迫”，“艺术是一种情感的需要”。（朱光潜：《文艺心理学》，安徽教育出版社 1996 年版，第 193 页。）一部主体情感缺失的作品，它的魅力指数，它在艺术上的“杀伤力”靠什么来体现，是不可想象的。正如一部电影里的一句台词所说：“一部没有情感的作品，就如同枪筒子里没有子弹。”文学以丰富人的情感为天职，情感的充沛也是文学作品艺术感染力的重要元素。一部优秀的经得起反复品味和时间检验的文学作品所体现出来的作家的“才”和“情”，作为艺术的基本构件应该是互为依托的一个有机整体。事实上，唯有情感真挚，对自我和世界的关系有着深切透悟的艺术家，才能感悟生命，才能在艺术创作上、在理想与现实之境自由出入。《那年·同学》在过去与现在、理想与现实之间穿插着几个人的情感纠葛，引他们相聚一堂的同学会是对过去的打开，也是对未来的开启，尽管过去和未来都不是实有，只能无限接近，更多的时候是渐行渐远，但他们依然在寻找，寻找生命中的那些美好。

根据小说《那年·同学》改编的同名网络大电影也同期面

世。新媒体时代，文学能够为电影带来什么，文学文本、文学经验和文学表达方式能够为电影提供什么有价值的元素？这些都是文学家和电影人共同思考的问题。电影是倚重内容生产的特殊文化商品，从中外电影史来看，电影的发展离不开文学的滋养，电影这种文化内容产品与文学在创作方法、审美形态和艺术趣味等方面有许多共性。而文学也需要仰仗电影技术和媒介来为自己开拓市场。文学和电影在新媒体时代更紧密地结盟，也带来了文学新的生产方式和传播途径。小说《那年·同学》在情节结构、人物形象塑造等方面明显具有电影化倾向，这和作者多年的电影人身份有关。电影是梦工场，文学是电影的灵魂，《那年·同学》以文学的方式，表现的是时尚前沿的电影学院的一群青年才俊，在“同学”及“同学”之后各自的人生轨迹，但并非时尚剧那样简单的高富帅和白富美的校园爱情故事，作者借题发挥，在青春爱情之外还有所寄托，青春，成长，回归，心理抚育，情感陪伴，生命中不能承受之轻，这些主题或隐或现，欲说还休，最后开放性的结局，也给读者留下了更多思考的空间。我们有理由期待，有着漫长的文学创作历史的秋小木今后还会为我们创作出更多有灵魂的作品。

张立新

2016 年 3 月 18 日重庆

I

寒风满满地夹带着没有完全融化的冰粒，不断吹打在人的脸上。雪丝，轻轻落在人们的皮肤上，化成滴滴雪水，吸吮尚存的微弱暖意。皮肤的表面有些隐隐刺痛，就像老人干硬的皱纹被雪花融化无情撕裂。校园主教学楼的大马路边，黄桷树枝叶繁茂，一排排偌大的黑压压的排立在路边，和光溜溜的银杏树干上残留的几片干枯黄叶形成鲜明对比。虽然冬意浓浓，黄桷树依旧挣扎着抵抗冬天的寒冷，挥洒出顽强的勃勃生机。

日历翻到 12 月 210，城市的大街小巷都洋溢着新年的气息，只需要再过四天，2014 年的圣诞节就将来临。今天恰逢星期五，颖婉走出电影学院的办公楼，已经是晚上十一点过，偌大的校园有些冷冷清清了。颖婉深深吸了两口冷气，用两手搓搓脸。“就这么一晃荡，这一年过去了，似乎还没有好好去运筹每天的日子，时间就又从手指缝中不经意地溜走了。”厚厚的羊毛围巾在颖婉的脖子上绕了整整两圈，依旧阻挡不住室外呼呼流动的寒气，冷飕飕地滋味直往领口里钻，仿佛全身都被浸泡在冷水中，丝毫不能逃离。

校园的道路失去了白天的喧嚣，路边稀稀拉拉走着脚步仓促的行人，似乎都被寒冷催促着急匆匆寻找归家的温暖。颖婉踏着用了快五年的单车，在灯光暗淡的树荫下快速骑行。从学院办公楼到居住的青教公寓，不远也不近，即便走路也不会超过半个小时的行程。在这座山城本是很少有人用单车代步，这都得归功于这段校园道路的平坦。为了每天可以节约一刻钟的时间，颖婉骑着单车在这条林荫道上来来回回奔行了快八年，似乎闭着眼睛也能找到回家的路。

颖婉想要努力去改变骑着单车的这一切，特别是改变已经习惯了五年的短发形象。好不容易把头发蓄到了齐肩的位置，又觉得发丝有些凌乱累赘不便打理，前几天差点想一刀剪掉，到理发店后还是觉得可惜，纠结许久终于保留下来。

暗红色的呢子大衣颖婉已经穿了好几年，应该是“老莫”还在世的时候买的，粗线条的白色高领毛衣在大衣的衬托下显得特别白。伴随单车前进的速度，厚重的大衣衣角随着车轮滚动飘扬起来，长长的粗跟黑色靴子把颖婉高挑的身材衬托得纤秀均匀。

在楼下停好单车回到家里，房间里安安静静，女儿和母亲早已经进入梦乡。熟睡的女儿面容宁静安然，颖婉忍不住轻轻吻吻女儿稚嫩的脸庞，伸手把被女儿蹬开的被子盖好，颖婉拉上房门，回到自己的房间。

在狭窄拥挤的盥洗间里，洗漱台上杂乱无章地摆满了各种各样的洗漱品。颖婉拿着干瘪的牙膏皮往外挤残余的牙膏：“牙膏又没买。”

看着陪伴自己近八年的梳妆镜，颖婉撩了撩被夜风吹乱在脸边的碎发，轻轻抚摸眼角出现的鱼尾纹，对着镜子自言自语：“确实老了。”

“老莫”已经走了很久，在五年前一个不幸的夜晚，一场莫名其妙的车祸把“老莫”带到了另外一个世界，留下女儿和颖婉两人在这个世界上相依为命。最近一段时间，表演教研室的事情多得出奇，颖婉几乎每天都得早出晚归，除了早上能和女儿匆匆见上一面，颖婉已经记不清楚，自己和女儿每天还能说上多少句话。

有时候也想家里多一个男人总会好些，但最终颖婉没有考虑再嫁。整整五年，颖婉还是忘不了“老莫”，一直惦记着和“老莫”在一起生活的美好时光。颖婉一边上班，一边拖着女儿长大。女儿上学放学要送要接，颖婉实在分身乏术，无奈只有把母亲从几百公里外县城的老家接到主城，一起照顾小女儿的生活。

大学还没毕业，颖婉在同学羡慕的眼光中轻松地保送研究生，搬进研究生宿舍。尚未拿到研究生毕业证，颖婉就匆匆嫁给了电影学院的天才导演“老莫”，从研究生宿舍搬到现在住的这套房子o没想到这房子一住就是八年，从结婚到女儿诞生，颖婉就一直住在这套小小的两居室房子里。颖婉和“老莫”当时能够住进这套学校分配的房子，也算是无限风光让好些人羡慕。现在，这里早已是无比陈旧的青教公寓，和自己一起搬进来的青年老师大多已经搬出去，住进在校外购买的商品房，剩下颖婉拖家带口和一批又一批新的青年教师住在一起。

或许是因为“老莫”喜欢兰花草，也或许颖婉和“老莫”为了传承电影人不断抗争的人生意念，“老莫”给女儿取了个小名：草草。随着时间推移，草草像春风吹过的小草一样迅速成长，现在已经在读附属小学的一年级。

大学和大学间的竞争越来越激烈，学院分派下来的任务也越来越重。和刚毕业时候在学生处的工作相比，现在教学科研一把抓，颖婉作为电影学院的骨干，事情又多又杂。学院的排练演出基本都在晚上进行，一旦有大戏排演，往往是连续不断没有停歇。

洗漱完毕，颖婉并没有立刻进入梦乡，舒展开身体躺在床上闭目养神，回味刚刚排练的学生作品《野魂》的场景。

时钟指向十二点，放在床头柜上的手机轻轻响了一声，短信来了。

颖婉翻过身拿起手机：“亲亲同学，表演01级毕业十周年同学相聚晚会，定于2015年5月1日，在电影学院的小礼堂举行。你一定要来哟。卫东。”

手机的信息把脑海里大戏的影子冲散了，颖婉看着手机若有所思，脑海里浮现出大学里熟悉的同学身影，脑海中的影像转换成了学生时代的生活场景。

II

南方的小雨连绵不断下个不停，下得让人心烦意乱，为了参加明天在山城召开的集团运营会，子旭早早就从深圳公司的办公室离开了。还不到下午 4 点，子旭和琳达就已经赶到深圳机场，在候机大厅耐心地等待通知登机的消息。

“我们抱歉地通知，由于前站天气的原因，您乘坐的 *** 航班不能按时起飞，起飞时间待定。请您在登机口耐心等待，等候通知，谢谢。”

航班已经延误两个多小时，机场广播里依旧播放着快要听出茧的延误通知。子旭和琳达在茶餐厅坐了下来，子旭要了一份简餐，最近的思绪有些烦乱，想静下心来填饱肚子，顺便梳理梳理明天会议的头绪。听着扰人心绪的广播，子旭的心里越发有些发慌。

在山城生活了近30年，子旭太清楚冬天里山城大雾的威力，特别担心航班会因为天气原因而取消。集团一年一度的运营工作年会，每年都是年末的时候在山城的集团总部召开。回国工作已近6年，子旭一次也没有缺席过这个会议，更不愿意因为天气的原因而去看严厉父亲的脸色。

1996年，子旭父亲从政府机关离职，下海创办ML公司，到现在已快20年。不管怎样，父亲都算是山城房地产业的开拓者。虽然年龄还没60，父亲的头发已经快全白了。这些年，国内地产市场发展迅猛，ML公司也在全国快速扩张，地产板块的分支机构进驻到北京、上海、深圳在内的九大城市，开发的项目也发展到二十几个。作为集团副总裁，子旭接过父亲传递的运营管理的接力棒，在去往全国各地的路途上飞来飞去。对子旭来说，在路途上消耗自己的生命已经太过习惯。

大学期间的子旭曾一心想摆脱父亲的光环笼罩，在电影的世界里展翅遨游，走出一条属于自己的道路。但是大学毕业前夕，子旭的人生态度却突然180度转弯，从充满激情的文艺青年变成稳重现实的商业之子。子旭决定跟随父亲的步履，走商业管理之路，期待在经济发展的浪潮中重新定位自我的价值。于是，大学一毕业，子旭便到了美国加州的伯克利大学去攻读MBA。

回国已快6年，还没满32岁的子旭就已经全盘接手全集团地产板块的运营管理。国内航班延误，对子旭来说实在是家常便饭，子旭没有更多的抱怨。“不怕航班延误，就怕航班取消。一旦取消，那就真的完蛋了。”子旭在心中默默念叨，像在虔诚地祷告。子旭知道，严厉的父亲决不允许自己犯这种低级错误，更不会接受以航班取消的原因作为重要会议缺席的借口，父亲一定会因此大为恼怒，父亲绝对不允许自己的儿子在全集团高管的面前是如此敷衍不守时的形象。

想象着父亲的表情，子旭的脸上露出一丝苦笑，焦虑的心情把子旭带到了 12 点，机场广播的声音又响起来。“我们抱歉地通知，由于航空管制的原因，您所乘坐地 *** 航班不能按时起飞，起飞时间推迟到 0 点 45 分。请在登机口耐心等待，等候通知，谢谢。”

子旭心中一阵窃喜，长长出了一口气。握在手中的手机轻轻震动，子旭把手机拿起来，一条短信显现出来：“亲亲同学，表演 01 级毕业十周年同学相聚晚会，定于 2015 年 5 月 1 日，在电影学院的小礼堂举行。你一定要来哟。卫东。”

子旭看着短信，脑海中不禁浮现出十年前学生时代的画面。

III

影棚内灯光照得很亮，导演不知道哪根筋搭错了，硬是要在天气最冷的时候拍夏天下雨的场景。静雯的脸上涂着厚厚的脂粉，穿着薄薄的吊带衣，短裙下高高的细跟凉鞋，一身清凉打扮和工作人员身上厚厚的冬衣的对比太过鲜明。已经叫停了七八次，导演好像仍不过瘾，反而觉得雨量偏小，让工作人员在静雯的头顶上又加上两个喷淋头。

“停”，听到导演又一次叫停的声音，静雯的精神快要崩溃，无名之火在心底里熊熊燃烧。静雯想爆发，但却一句大声的话也不敢乱说，只能心中默默念叨：“如果老娘是女一号，今天就直接撂摊子不拍了，看你们还能拽多久。”

浑身淋湿的静雯冻得直哆嗦，心中虽然嘀咕，耳朵却老老实实听着导演唠叨般训斥，“我的姑奶奶，你有事没事发什么抖呀？放松，放轻松，好不好！已经八次啦，大家都等着收工呢！”

静雯走到导演的面前，脸上堆满笑容：“导演，又怎么啦？消消气，消消气。你看这大冷天的，全身都起鸡皮疙瘩，我自己也控制不住啊。”

“那快去冲冲热水，我们重来一遍。”导演的脸色很难看，疲倦的眼皮夸拉在眼睛上，顾不上过多搭理静雯，转头和置景师说起来，“喷淋的水量实在太小，效果出不来，在旁边再加两个喷头，不行就四个。”

已经晚上十一点，静雯安静地坐在影棚角落的临时休息区，点燃一支香烟。“不知道今晚又要拍到什么时候？好好睡一觉的打算又泡汤了。”长时间拍摄，长期夜戏，让“X”牌香烟成为了静雯的贴身伴侣。

一个月前，大学本科的师姐找到静雯，说有一个非常棒的角色让静雯去试试。静雯看了剧情介绍，其实这个角色连女二也算不上，苦于最近接拍的戏实在太少，钱包越来越空，也只有勉强接受。进入电影圈十多年，不同类型的片子拍了不少，可正正经经像样的角色没演过几部，甚至连女一号的边也没有沾上，想起这事静雯就觉得窝火。父母不断催促静雯早点回老家，找个稳定的工作结婚。静雯觉得委屈，自己怎么说也是知名大学科班出身，曾经也是电影学院中最年轻最漂亮的“校花”人物，现在却落到比不上很多半路出家的“尼姑”（静雯心里对其他客串演员的称呼）o静雯不服气，怎么说老妈老爸也算是在老家有头有脸的人物，就这样憋屈地回去岂不是太煞风景。无论父母怎么劝，静雯就是不肯回去，赌气一定要做出点事情来让爸妈脸上有光。

静雯不敢轻易放过任何一次演出的机会。走进电影学院就参加各种剧组的演出，从影十多年，静雯默默承受表演的艰辛，承受圈子里的酸甜苦辣，包括潜规则的事情也经历了不少。可不知道什么原因，大角色却离自己越来越远，甚至连气味也闻不到了。这一次，师姐的情谊无论怎样也得接受，静雯很洒脱，很干脆地和剧组谈好每天的演出价格。

对于剧组的耐磨，静雯早已司空见惯，从不带有任何可以轻轻松松的幻想。大牌明星们尚且如此，更何况像自己这种小得不能再小的喽啰般的角色。到今天，已经是加入剧组的第 8 天了，几乎每天都是夜戏，每天晚上都是如此折腾。

空旷的影棚是旧厂房改造而来，没有安装空调，室内空间又高又大，只有临时摆放的几个电暖器放射出微弱的热量，完全没有任何效果。又薄又透的吊带衣又一次被冷水淋过，紧紧贴在静雯的皮肤上，黑色内衣的轮廓清晰可见。仅仅几分钟的时间，静雯的身体就被冻得僵硬麻木，裸露的肩膀和胳膊布满鸡皮疙瘩，热水已经冲了第八遍，静雯依旧没有看到拍摄即将结束的迹象。

凌晨两点，雨夜的浪漫终于拍完了，静雯赶快跑到更衣间，把自己脱得精光，用干爽的浴巾简单擦了擦，动作麻利地穿上厚厚的保暖内衣、毛衣、牛仔裤，还有长长的羽绒服，套上高跟长筒靴，围上厚厚的羊绒围巾，戴上高高的毛线滑雪帽，把自己全身捂得严严实实。当浅蓝色的羽绒服一套在静雯的身上，温暖瞬间包裹了全身，静雯的心里踏实了。

听见副导演大声打电话安排拍摄完毕的消夜，静雯拿出手机悄悄走到影棚门外。天空中飘洒着细细的白色颗粒，在昏黄的路灯光线下，静雯并没有在意天空飘落的东西是雪还是雨。静雯真的太需要回家好好睡一觉，静雯特别厌倦剧组里有的人有事无事反复折腾：“本来很累了，还要消哪门子夜唱哪门子歌呀。”

手机上有好几条信息和未接听的电话，静雯逐条翻动。一条信息让静雯睁大了眼睛：“亲亲同学，表演 01 级毕业十周年同学相聚晚会，定于 2015 年 5 月 1 日，在电影学院的小礼堂举行。你一定要来哟。卫东。”

“卫东！”看到短信中卫东的名字，静雯的心急速跳动，忍不住念出声来。大学时期的恋人，在这个特殊的时刻，十周年同学聚会的短信拨动了静雯的心弦，拨动了深藏在心底的情感。

“不知道结婚后的他怎样了？”

“是不是有新片正在筹备？”

“他心中是不是还有自己的影子？”

“是不是？”

静雯的脑海中浮现出和卫东在大学时候一同演出的影子，久久不能散去。

IV

“看相亲的电影真是沉默啊!”这是琼瑶的心声。走出电影院已经晚上十一点过，晚风夹着雪丝吹得人蜷缩成一团，雨夹雪飘打在人的脸上让人特别难受。吹嘘了将近六个月的名家巨制《相亲》，号称最适合在相亲时间观看的相亲电影，在琼瑶的眼中却是完全没有深度的庸俗之作，评分最多2.0。“如果现实中的相亲像电影演的那么简单就好了。如果爱情来的如此容易，天下哪还会有什么剩男剩女啊，婚介网站早都可以关门了，我主持的节目也没人看啦。”整部影片从无厘头的纠结家务开始，在嬉戏打闹的大团圆之中戛然结束。琼瑶觉得这种纯粹的商业电影实在乏味，除了主演是几个还算二流略红的明星，无论从观赏性和娱乐性看，《相亲》都无法得到乐观的评价，更不用说艺术性了，更不要指望能够打动那些长期处于相亲状态的人们。故事的剧情和现实的差异实在太大，看得琼瑶连继续停留在相亲状态的心情也丧失掉。琼瑶婉言谢绝相亲对象送自己回家的请求，独自开车在夜路上奔驰。

不知道是因为父母迷恋“琼瑶阿姨”的小说，还是父母的思想中满带“琼瑶阿姨式”的爱情场景，或者其他不知道的原因，琼瑶还没有来到这个世界，父母便给自己取了一个响当当的名字：张琼瑶。父母的亲戚朋友们都说：“张琼瑶的名字念起来朗朗上口，听起来清脆响亮，有什么不好的？”琼瑶却不以为然。

琼瑶从小就生活在“琼瑶阿姨”的影子里，无论做什么事，都要被大家拿来和《一帘幽梦》中的“绿萍”和“紫菱”对比一番。琼瑶对此太过习惯，暗自庆幸自己没有一个姐姐或者妹妹，否则一定会被变成透明人。大学毕业的时候，琼瑶更是因为《还珠格格》中的“小燕子”在学校里声名远扬，对姓名来源的各种议论远比表演系的“主持”才女来得猛烈。

可能是把“琼瑶阿姨”的小说看得太多，“琼瑶阿姨式”的感情生活，“琼瑶阿姨式”的唯美画面始终包裹着琼瑶的心理。一遇到情感纠结，哪怕是遇到很微弱的情感冲突，琼瑶都会像蜗牛一样，把自己深深包裹在纯真纯情之中，一时半会儿拔不出来。在大学时代，琼瑶特别盼望自己是《东京爱情故事》中赤名莉香，能够找到永尾完治那种可以憨憨地傻傻地陪着自己的男朋友。可是机缘巧合，琼瑶遇到的却是充满激情怀抱梦想生活不羁的子旭。从子旭阳光般的笑容把琼瑶打动开始，直到现在初恋的情结还没有摆脱。

大学毕业后，上天并没有赐给琼瑶更多的缘分让琼瑶去遇到理想的另一半。虚岁已近33，从当今的社会角度看，琼瑶已经接近标准定义中的剩女，再这样拖下去恐怕就只有面对“石化”。父母着急，亲戚朋友着急，连琼瑶自己也不得不着急起来，如果再不去“相亲”，恐怕永远不能给大家一个让人满意的结局。

因为父母都在文广系统上班的原因，琼瑶的生活从幼儿园开始就和文化沾边。大学被父母安排到电影学院学习表演，大学毕业，琼瑶又被父母安排到主城电视台做实习主持。毕业刚三年，上天的机遇不期而至，琼瑶顺利担纲娱乐频道的栏目主持人，主持收视率极高的选秀节目《我们的声音》。不知不觉中，琼瑶已经成为整个山城无人不知、无人不晓的公众人物。现在的琼瑶，不仅是主持人，而且是栏目制片人。平日里打交道的人们更多还是商业关系，不是为了上节目就是为了打广告，对琼瑶来说实在有些腻味。身边接触的人中，琼瑶觉得除了中学同学祎兰，就没有几个可以交心而谈的人。

琼瑶并不想把自己憋屈的私生活暴露在公众视线下，放低姿态默默承受亲朋好友介绍的相亲对象。大半年时间，相亲就是琼瑶生活的主题，走马观花般看过许多男人，完全没有遇到真正可以从内心交谈的对象，越看越觉得不对劲，越看越没有信心。琼瑶百思不得其解：“难道现实中就真的没有像‘永尾完治’这样憨厚善良的男人吗？难道懂得读自己的心，懂得静静陪伴自己的男人都消失了吗？”

想着，想着，琼瑶笑了，为近日忙碌的相亲经历露出一丝苦笑。琼瑶回想起刚才看电影的场景，酸酸地笑了，连电影的名字也叫《相亲》，这是不是对自己最强烈的讽刺啊。琼瑶把自己刚买不久的新车停到地下车库。新换的银色奥迪轿跑，得来实在不易，琼瑶在 4S 店排了近三个月的队，如果不是找熟人帮忙催促，可能提车的时间依旧遥遥无期。车位是当时买房子的时候开发商买一送一送的，算是开发商看在父母熟人的面子上给房子打了个不小的折扣。将近 200 平方米的房子是父母给琼瑶选的，而且直接把首付款付清，希望琼瑶能够早日招进金龟婿。在 28 层楼上，客厅和三个卧室都可以清晰地把两江汇流的美景尽收眼底，可算是绝佳的江景房。

琼瑶缓步走到地面，觉得心里憋得慌，并不想马上回到偌大冷清的房间，于是走到小区的中心花园透口气。微弱的雪丝飘来飘去，小区花园在冬日里特别冷静，琼瑶的脑海里一片空白。

明天是冬至节，琼瑶和同事们约好去滨江北路的江边吃羊肉汤锅，正好可以放松一下心情。琼瑶看看手表，时钟刚好指向十二点。“上班还要全天录制节目，还是回去了。”琼瑶不再多想，往楼栋一层的大堂走去。迪奥戴妃包里的手机响了一声，琼瑶拿出手机来：“亲亲同学，表演 01 级毕业十周年同学相聚晚会，定于 2015 年 5 月 1 日，在电影学院的小礼堂举行。你一定要来哟。卫东。”琼瑶的脑海中浮现出卫东的样子。

“曾经才华横溢的学生会主席，曾经的校园创作天才，不知道现在什么样了？”

“一定要去看看很久不见的子旭！”

“说不定在同学聚会的时候可以遇到一个可以托付终身的人呢。”

琼瑶站在电梯里陷入沉思。

V

手指不断按动手机按键，卫东一口气发出近 70 条短信。最后四条信息是发给颖婉、子旭、静雯和琼瑶的。发完短信，时间刚好十二点。卫东抱着强烈期望的心情略微松弛。“把颖婉拖进来搭档筹备同学聚会，确实是大大的正确决策。”

毕业后留校的颖婉就像老同学之间的信息中转站，通过颖婉，卫东很快就和还在山城工作生活的同学们取得了联系。卫东挨个打电话，口水都快说干了，陆续收集到了许多外地同学的联系方式。全年级四个班 108 名同学，在半个月内，大部分人的信息已经收集到了卫东的手上。

卫东没有想到，几乎所有的同学都愿意参加这次同学聚会，而且都愿意分摊这次同学聚会的费用，同学聚会并没有给经济不宽裕的卫东带来任何的麻烦。2015 年恰逢电影学院成立三十周年庆，来参加同学聚会的同学越多越好，是卫东心中最大的希望。“可以把同学聚会作为给母校周年庆的献礼。如果把这次同学聚会组织成山城影视圈的一次大聚会，岂不是一个巨大的成功吗？”

林卫东，作为曾经的学生会主席，在大学时代可算是出尽风头。卫东编撰的剧本，排演的大戏，因为题材新颖，思想前卫，在电影学院响当当红了好一阵。本科结束后，卫东的事业却不如学业一帆风顺，总面对这样那样的挫折跌宕起伏。研究生期间，卫东接受法国NUK基金的邀请，自编自导了自己的第一部处女作电影《悲凉的乡恋》。因为片子的内容触及政府审查的特别条款，影片还没有面世就在国内全面禁止。虽然舆论对《悲凉的乡恋》褒贬不一，被禁的状态一直没有解除。卫东的名声却因为这部片子传了出去，成为山城名声在外的导演和编剧。

其实真实生活中的卫东并不觉得自己有多么清高，总是想放低调子，把自己辛辛苦苦写的新剧推销出去。但是，卫东并不擅长在功利鲜明的投资人中穿行。卫东有时候太过坚持自己的创作原则，从《悲凉的乡恋》开始，卫东坚持要去触及人性最凄凉的一面，而且越是悲凉越好，这样的剧情让许多制片方充满好奇却又望而生畏。邀请过卫东参与合作的公司很多，可正因为卫东的为人风格和作品风格，投资人都特别谨慎，怕卫东拍出来的电影没有商业价值，只能叫好不能叫座。

上一部片子还没有解禁，卫东再也不敢继续和境外的基金合作了。卫东心里非常清楚，如果自己的作品再次被“枪毙”，将很难在国内的电影圈里继续生存。卫东不愿意好不容易找来的资金，花很长时间熬更守夜写出来的作品，大家辛辛苦苦拍摄出来的片子，还没有面市就莫名其妙被禁了。卫东试图寻求新的合作途径，盼望找到对文艺思想忠诚的出品人支持自己。但这又谈何容易呢？

《唤心》，是卫东花了近三年时间完成的新作。为了这个本子，卫东可算是煞费苦心。卫东用写实的手法，把自己走进社会后的坎坷历程，通过对小人物的形象描绘，通过具体事例反思大境界的思想落差。剧本得到了不少投资人的青睐，可就是雷声大雨点小，直到现在也没有任何一个投资方愿意进行实质性投资。卫东为此苦恼："关上门反复修改作品终究不是办法，到底怎么办？"卫东不愿意放弃剧中的思想原则，投资方也静观待变，拍摄的事情一再搁置没有半点进展。

"学校周年庆，同学聚会，举办同学聚会，不也算是一次机会吗？都是同行，同行更能理解同行。"

近几年事业发展不顺，让卫东对举办这次同学聚会寄予很大的期望，卫东期待能通过同学资源整合，把《唤心》推销出去，为事业的未来打开新的局面。

VI

同学聚会的短信，在心中擦出的闪亮火花，很快就在颖婉的心中熄灭了。颖婉本就是这次同学聚会的主要筹办者。为了举办同学聚会，卫东找过自己很多次。作为唯一留校工作的同学，颖婉自然很乐意担当东道主的角色。十年如一日，如果能够把分散多年身居全国各地的同学再次聚在一起，一同回味大学的美好时光，分享现实生活的历程，畅想未来的电影际遇，对颖婉来说是件非常幸福的事。

12 月 220，冬至。昨夜的细雨悄然离去，雾蒙蒙的阴曇被冬日里难得的骄阳彻底驱散，整个大地暖意浓浓。大街上随处可见的圣诞小红帽，把整个世界都变得喜气洋洋。刚吃过午饭，趁着阳光明媚，颖婉把被子拿到阳台上晾晒，侧眼看见女儿在客厅沙发上聚精会神看电视机里播放的动画片。“已经有很长一段时间没有好好陪女儿玩玩了。”

“草草，今天妈妈不上班，要不妈妈陪你到楼下的游乐场去玩玩?”

“好啊，好啊!”蜷缩在沙发上的女儿一下弹了起来，“妈妈，那你快点，我先换鞋啦。”

颖婉换上一身轻松的浅红色毛衣，草草蹦蹦跳跳跑在前面，两人来到青教公寓附近的运动乐园。

午后的阳光和煦温暖，照在人身上懒懒地特别舒服。运动乐园面积不大，是学校专门为教职工生活区修建的配套设施。在这里玩乐并不需要花钱，对收入不高的颖婉来说也算一种节约。运动乐园的旁边有一个小小的沙坑，一个小男孩蹲在沙里兴高采烈地堆砌着房子。草草跳进沙坑，和小男生一边说话一边玩起来。离沙坑不远的地方有两排座椅，颖婉走过去，在椅子上坐下，翻开随手带出来的书。

“爸爸，爸爸。”颖婉抬起头，草草身边的小男孩举着双手不停摇晃，朝沙坑外大声喊叫。颖婉扭头，看见一个30多岁的男子走了过来。“老莫?”颖婉的眼睛发出异样的光芒，眼神禁不住跟随小男孩的父亲移动。小男孩的父亲长得太像“老莫”，从衣着到神态都装载着“老莫”的影子。小男孩的父亲并不认识眼前这个女人，带着诧异的表情冲着颖婉笑了笑，快步走到小男孩的身边。

小男孩跳出沙坑，一边介绍草草和颖婉，一边介绍自己的爸爸。

“爸爸，这是草草，我幼儿园的好朋友。”

“阿姨，这是我爸爸，我爸爸是设计房子的。”

小男孩的父亲声音很平，对着颖婉：“天气好带小孩来晒晒太阳？”然后转头牵着男孩的手，“走吧，妈妈在家等我们去奶奶家吃晚饭呢。”

小男孩兴奋得像千辛万苦找到了喜欢的宝贝：“到奶奶家去喽！到奶奶家去喽！”口里不停念叨，蹦蹦跳跳跟着爸爸走了。

沙坑里剩下草草独自认真地堆着沙堆。颖婉看着父子俩离开运动乐园的背影，心中不禁泛起一股酸味。和“老莫”初次见面的日子，算算已经整整十年。真是十年如一日啊！

……

2004 年冬，山城的天气保持着惯有的持久的阴冷，表演 01 级的毕业大戏《我们的精神》即将在电影学院小礼堂上演。一周以来，参与排练的同学每天都像在准备打仗一样，熬到很晚。晚餐过后，距离晚上的排练还有一个多小时，颖婉躺在宿舍的床上稍息片刻，沉重的眼皮再也抵抗不住疲倦侵袭，不知不觉合上双眼睡着了。

“颖婉，今天你们不用排练吗？”同学的声音把颖婉从睡梦中惊醒。

“有啊！ 6 点半开始。”颖婉迷迷糊糊看了看手表，“啊！ 7 点啦！”

可能任何人都是一样，睡过头的第一反应是看时间。时钟正好指向七点整，排练时间已经过去半小时。颖婉翻身跳下床，顾不得收拾打扮，从床头的小桌上抓起笔记本和笔塞进小包冲出了寝室。

颖婉一路向学院的小剧场跑去，脑袋里盘算着怎么向宋老师解释迟到的原因。

只听“哆”的一声，“啊！”颖婉停下脚步，回头一看。一盆小小的兰花草摔在地上，泥土撒了一地，土陶做的花钵被摔得粉碎。颖婉一心想着解释迟到的理由，根本没在意身边走着的人们。

颖婉懊恼自己在慌乱中闯祸了。

“你……”男生一脸怒气，看着漂亮的颖婉委屈无奈的模样，男生把马上就要爆发出来的情绪收了回去。

“对不起，同学，实在对不起，我急着去电影学院排练，我已经迟到了，实在没有注意到。”颖婉蹲下身，想把花钵的碎片合拢来。可花钵已经被摔得粉碎，根本无法恢复原样。

“算了，同学，你走吧，下次注意了。”男生看着颖婉快哭出来的样子，没有再计较，蹲下身整理散落在地上的泥土和碎片。

“对不起，实在对不起。同学，我已经退到了，我得尽快赶过去才行。”颖婉在笔记本上写下自己的班级、姓名和电话，撕下来塞给男生，继续往小剧场跑去，“同学，我们再联系，我一定会赔你的。”

《我们的精神》讲述抗战时期八路军文艺兵的故事。大戏已经排练整整一周，主要的剧情也逐一演过，但是同学们的表演一直没有达到表演导师宋老师的要求。作为剧中的女一号，颖婉的戏份最重。颖婉绞尽脑汁想领会八路军女战士在艰难岁月中的纯真情怀，但却始终没办法入戏。“没有类似的经历，实在找不到思想和精神的表演点”，颖婉着急，焦虑的情绪明显挂在沮丧的脸上。

“同学们，同学们。”宋老师招呼同学们聚拢来，“为帮助大家提高我们这部大戏的表演水平，我特别邀请了学院的莫博士来指导我们，‘老莫’可是我们学院的导演精英啊，大家表现好一点。”

颖婉站在同学们中间，带着期待的神情倾听宋老师讲话。“老莫”的名声在电影学院可算如雷贯耳，“老莫”不仅是电影学院唯一的博士，而且是学院唯一获得过国际一线电影节最佳导演奖的年轻导演。颖婉仅仅听到过“老莫”的名声没见过“老莫”本人，甚至连“老莫”的照片也没看到过。

同学们重新回到舞台继续排练，不知什么时候，台下不知不觉多了一个人。“老莫”站在那里，表情凝重地把两手抱在胸前，静静观看同学们排练，仔细研判同学们的动作和表情。

“同学们，休息一下。”宋老师又一次呼唤正在台上兴致勃勃演练剧情的同学们，“莫老师来了，让他给大家讲讲。”

“老莫”走到台前，同学们聚拢来，给莫老师一片掌声。颖婉擦着汗水走下舞台，一看到人群中的莫老师，禁不住轻轻叫出了声，“啊！这不就是刚才被自己撞掉花钵的那位同学吗？原来‘老莫’是如此年轻啊。”

“老莫”的岁数并不大，真实年龄只有31岁。电影作品表里的署名是“老莫”，媒体也跟着叫“老莫”，学院的人们也叫他“老莫”，大家都不自觉叫他“老莫”。于是，“老莫”的名声越叫越远。“老莫”在法国攻读博士学位的时候，凭借一部描写中国乡土人情的文艺片，获得欧洲一线电影节的最佳导演奖，当时

“老莫”刚满28岁。取得博士学位后，“老莫”受电影学院李院长的邀请回到国内，牵头学院的表演创作，也作为硕士研究生导师为学院培养表演专业的后备人才。

回国后的“老莫”为人低调，埋头苦干从不夸夸其谈。“老莫”的作品创意深刻，人物性格丰富饱满，在国内电影圈算是可圈可点，影评界对“老莫”的作品也关爱有加，虽然“老莫”回国后只创作了两部电影，但已经获奖无数。

平日里在同学中略显清高骄傲的颖婉，这时候轻轻抬起手来，从手指缝中害羞地偷偷窥看“老莫”的样子。颖婉用擦汗水的动作掩住自己的面庞，掩饰内心的尴尬。

“老莫”个子中等，身形有些纤细，鼻梁上架着一副粗框眼镜，显露出一脸文气，白皙的皮肤显得“老莫”更加年轻。“老莫”身穿一件非常有型的紧身皮夹克，下身套一条深色牛仔裤，又黑又亮的皮鞋款式明显和别人穿的不同。“老莫”并不像众多内地导演一样喜欢用前卫的发型昭示自己的身份，衣着的品位烘托出“老莫”的简约不简单。

“老莫”在比画手势，给同学们讲着什么，颖婉一点也没有听清楚。颖婉看着“老莫”深邃的眼神，感觉有不能辨识的磁性在吸引自己的心怦怦直跳。

“老莫”的眼神在同学们的面前扫过，颖婉觉得“老莫”好像认出了自己，心跳禁不住加速。颖婉的手心有些冒汗，悄悄退到同学们的身后，认真倾听“老莫”对大戏中人物的讲解。

“老莫”一边讲述自己对表演的看法，一边挥舞双手做出有型的手势，时不时叫出一两个同学来试戏，手把手指导同学们的动作和表情。颖婉的眼睛紧盯“老莫”的动作，思想似乎飞到了天外。

……

“妈妈，妈妈！”

草草清脆的叫声把颖婉从过去的回忆中打断：“妈妈，我的房子修好了，我要送给妈妈一座大房子。”

草草把双手举过头顶挥舞着，叫妈妈看自己用沙堆砌好的房子。

颖婉认真看着草草，草草对着并不逼真的房子指指画画。

“妈妈，这就是我们未来的新家！”

VII

年度运营会在集团总部连开三天，在一片热烈的掌声中落下帷幕。

晚宴开始还有一些时间，子旭回到自己的办公室，磨了一杯浓浓的摩卡坐到办公桌边。琳达跟父亲去了香港，咖啡只有亲自动手调制。这次的摩卡咖啡是琳达的父母从法国寄过来的，这批咖啡原豆产自中美洲的哥伦比亚。

子旭在美国留学的时候，经常有事没事和关系要好的老外同学们坐在咖啡店聊天，从那时开始，子旭喜欢上了西式的生活，喜欢上了咖啡的味道，更加喜欢上了摩卡的味道。回国多年，子旭一直保留着喝咖啡的习惯，反而对传统的中国茶没什么兴趣。

经济危机波及亚洲各国，国内的经济形势不容乐观，国内GDP 增长继续下滑，ML 公司在香港上市的计划有可能因为这次经济危机而受阻。父亲忧心忡忡，匆忙坐上一大早的航班，带着琳达和财务总监飞到香港去了。琳达回国已经三年，一直协助子旭进行公司地产板块的运营管理，这也是琳达第一次跟随父亲前往香港处理事情。

国内的房地产市场，本就一直处于政策强调控的状态，调控让整个市场时不时来一次大起大落。这次的经济危机像强劲的台风席卷全球，外贸出口从拉动经济增长的三驾马车中退出，房地产业受到出口减弱的拖累，市场的观望情绪让房屋的去化速度大大降低，下半年全集团的销售业绩明显不如上半年。

子旭的脑海中翻来覆去出现任务指标的数字，心中的压力禁不住一点点大起来。“尽快突破销售业绩的瓶颈是目前最重要的任务，得想点办法才行啊。”看着放在桌上的手机，同学聚会的字幕似乎又在眼前晃动。子旭站起身，放下精致的咖啡杯，漫无目的翻动书架上密密麻麻摆放的书籍。

子旭的办公室可算是书的世界，开放式的书架填满办公室的所有墙壁。在书架的角落，子旭看到了一个熟悉的影子，一本旧旧的《志摩的诗》，现在的书店几乎再也找不到这样的单印本。这书对子旭来说是太熟悉不过，大学时候不知道看过多少遍。薄薄的书角有些卷曲，书的边缘也有些破损。子旭把《志摩的诗》从书架上抽出，把书角稍许整理整理，坐到座位上翻开来，书的纸张已经发黄，封面上残留着点点滴滴墨水的污渍。翻到第三页，一行行清秀的钢笔字清晰地出现在子旭的眼前。

给亲爱的子旭，

祝你生日快乐！

愿我们的爱情像诗中的语言，平淡美好！

愿我们的未来像我们的生日，今生永远！

爱你的琼瑶。

2002年11月8日

看到琼瑶的签名，子旭的心咯噎一下，全身的神经跟着钢笔字迹打了个颤，多年积压在内心最深刻的情感跟着书中的留言渗了出来："琼瑶！她还好吗？"

大学时代的初恋情人已经有段时间没有见面，虽然距离这次同学聚会还有半年，子旭的心情仿似已经来到相遇的那段时光，回到青春年少的岁月。琼瑶满脸流泪的表情浮现出脑海，似乎琼瑶还在子旭的面前哭着："你爸的钱是你爸的，你有吗。没有钱，你拍什么电影呀？你做梦吧！"

……

子旭和琼瑶在大学相恋并非偶然，互补的性格，共同的爱好让两人很自然走到一起。热烈的爱恋，从春天开始，在春天结束。大一的9月，秋高气爽，子旭和琼瑶在学校舞会上相遇了；大四的3月，春光荡漾，子旭和琼瑶在蒙蒙的春雨中分开了。两人各自代表了属于自己的季节，代表了属于自己的性格和心情。

大学时代的子旭，总是一身轻松的休闲打扮，T恤衫和牛仔裤是子旭穿着的标准搭配。子旭高高的个子，有鹤立鸡群的感觉，头发微微有些卷曲，蓄到耳边的长发自然形成起伏的波浪，赋予了子旭更多的艺术气息。头发成为子旭最为明显的标记，为此，子旭刻意把自己打扮成潇洒不羁的电影人，从形式上追求着电影艺术的魅力。

可能天生如此，子旭的性格传承了母亲的善良和父亲的坚毅，面容始终带着笑意，随时随地充满着自信。在气宇轩昂的眉宇间，一双眼睛炯炯有神，子旭每时每刻都保持着亢奋的精神状态。在同学们的眼中，子旭就是一个典型的型男，一个让人一见面就会喜欢上的那种男生。因为外在形象好，家庭经济条件又特别优越，子旭在女生的心目中成为了一个高高在上难以接近的男神。

相对而言，琼瑶的性情有些严谨保守，琼瑶的眼神清新迷人，像清幽的山谷留给人丰富想象。琼瑶的穿着一贯简单，因为两人在衣着上总不相搭配，琼瑶很不喜欢在大庭广众下和子旭走在一起。特别是身边有旁人在指指画画的时候，琼瑶总会感到有那么一些不适。

子旭豪放爽朗，琼瑶含蓄温顺，互补的性情让两人在大一上学期就相互吸引。艺术和表演是两人最多的话题，聚在一起总会有说不完的话，讲不完的故事。随着时间推移，加上同学们推波助澜，大一下学期的春天，子旭和琼瑶顺理成章走到一起，亲亲密密谈起恋爱，成为表演 01 级的第一对“金童玉女”。

春天的花园，繁花似锦，整个学校沉浸在嫩绿和五彩斑斓之中。鸟儿在树叶中鸣唱，虫儿在花朵间飞舞。春天，大地苏醒，沉寂许久的情绪开始变得浮躁。因为拍电影，因为借钱，子旭和琼瑶的摩擦越来越多，思想的碰撞越来越激烈。

相恋三年，琼瑶和子旭关于拍电影资金问题的争论不是一天两天，子旭整天忙着和师哥师弟筹划拍电影，整天忙着四处借钱，从早到晚见不到人影，对此琼瑶越来越反感。琼瑶从内心里并不赞同子旭好高骛远，认为拍电影毕竟是工作以后的事，学生还是应该以学业为重，对子旭为了拍电影四处借钱大为冒火。

2005年3月，天气异常闷热，整个山城快一个月没有下一滴雨，空气的湿度大得可以从中间拧出水来。沉重的水分弥散在校园的每一处角落，长时间不能集聚成雨滴。每个人皮肤的毛孔都张得很大，连呼吸也感觉到困难。花草树木伸展着枝叶，想尽量从空气中吸取水分，维持春天的勃勃生机。

闷热的天气不小心把沉闷的心情带给了身边的环境。

19日的傍晚，晚饭之后的天色还没黑，子旭走出宿舍，按照约定去学校中央的长青湖边和琼瑶碰面。最近一直很忙，子旭已经好几天没有和琼瑶约会了。

刚走出男生宿舍，一起策划拍片的研究生师哥迎面急匆匆走来。

“子旭，出去有事？”已经在读研究生的师哥见子旭的脚步很快，赶快拦住子旭。

“我去长青湖，琼瑶在那里等我。”

“哦……”师哥有点不好意思，欲言又止，“我正来找你呢。”

“啥事？你就说吧。”子旭看师哥面露难色，急忙问。

“昨晚和传媒公司上班的95级师哥聚了聚，我把我们筹备的片子给他说了。师哥很愿意和我们一起做这部片子。师哥让我们尽快做个策划给他，一个有背景的人正在做这方面的投资，只要有好的本子马上就可以开拍。要不现在把哥几个叫在一起商量商量？”

“大好事啊！”听说片子有意向投资人，子旭一下来了兴致，满脸堆笑，“要不你们先去表演系的小教室，我去给琼瑶打个招呼马上就过来。”

“那你快点，我们在小教室等你。”师哥见子旭没有拒绝的意思，笑着往宿舍的入口继续走，“那就等会儿见了。”

“好的，好的，我很快就来。”

子旭一路小跑，来到长青湖边，绕着湖边走了两圈，没有看见琼瑶的身影。子旭在湖边的石凳上坐下，看着湖中的碧波绿水。子旭的心中全装着拍电影的事，等了十来分钟，子旭有点坐不住了，掏出电话给琼瑶拨了过去，无人接听。

师哥的电话打过来了：“子旭，来了吗？我们已经到齐啦。”

“马上，马上就到。”

不想让师哥们等得太久，子旭匆匆回到电影学院，和师哥师弟们讨论起影片策划的事情来。

子旭和琼瑶热恋的时候，几乎每天晚饭后都会来到长青湖边待上片刻，说说每天生活中发生的故事，说甜蜜的情话，感受恋人之间的亲热。和平常一样，琼瑶穿着过膝的白色长裙，披着刚洗过的湿湿的头发，带着愉快的心情来到和子旭约会的老地方。

长青湖位于学校正中央，背靠西山，湖面并不大却有悠久的历史。据说清军入关后，为了取土修建练兵场地，把原来本是小小的泉水坑挖成了一个水塘。民国时期地方军阀继续扩建，水塘越挖越大，最后形成了现在的长青湖。围绕湖边的许多粗大的黄桷树是民国初期山城大学筹建时留下来，最年轻的一株黄桷树也有好几十年的历史。学校西山的两口山泉水不断涌入湖中，从未停歇，因此湖面一年四季碧波荡漾，清澈见底，山城大学的首任校长给这个水池取名叫长青湖，名字一直沿用至今没有改变。

现在的长青湖已经不再是学生们吟诗颂书的去处，早变成校园中独立的爱情岛，是学生情侣们最喜欢停留的地方。没见到子旭的身影，琼瑶独自靠在用青砂岩砌的栏杆上，安静地欣赏傍晚夕阳下的湖光水色。长青湖四处洋溢着绿树掩映的朗朗春意，几只白鹭并不在乎闷热潮湿的空气，在水面上欢快地嬉戏游玩。不少情侣在湖边悠闲地漫步，感受着鲜花盛开的季节，也享受爱情的宁静。

天色逐渐暗下来，电影学院的小教室灯光明亮照人，课桌上散乱放着剧本打印稿，四五个年轻人正说得起兴。子旭和师哥师弟们把剧本、演员、分镜头、对白、灯光、道具，包括服装化妆，全都仔细讨论了一遍，没有半点想散场的意思，大家还不够过瘾，继续畅想和投资人合作的前景，畅想创作新电影的美好前程。窗外，淅淅沥沥下起小雨，雨水轻轻落下润泽大地，把凝重的空气融化了，换作清新怡人的气息改变着人们的心情。

等了半个多小时，子旭还是没有来，琼瑶的脑海中装满疑问，懊恼的情绪顺着神经的脉络蔓延全身："难道又去谈电影了？如果来不了也该说一声呀！"琼瑶的执拗劲上来了，并不打算立刻回宿舍，纤细的小手紧紧握着手机，并不给子旭拨过去。"今天我一定要等到子旭现身才能罢休。"

雨下了起来，而且越下越大。长青湖边除了大树，并没有可以避雨的建筑，琼瑶从湖边走开来，躲到一棵粗壮的黄桷树下，心情焦虑地等待子旭到来。

教室里，子旭和师哥师弟们还在海阔天空谈论着自我的电影艺术，梦想创作的新片会成为学院派电影新的里程碑，成为大家在电影圈成长的标记。众人讨论了大半天，都围绕着剧本和电影本身侃侃而谈，却没有任何一个人提及和投资人商谈的商业细节，谈到资金如何管理和运用。

“说了大半天，师哥，我们到底什么时候可以和投资人见面呢？”坐在桌子上的子旭突然发问。

“等对方的消息吧！师哥还在北京出差，一回来就马上打电话给我。”师哥很有耐心，“别急，投资人是老大啊，我们得等他们的时间。”

“糟糕！”听到“等”字，子旭的情绪一下子紧张起来，“不好意思，兄弟们，我得走了，琼瑶还在长青湖等我呢。跟你们说得热闹，我把这事给忘了。”子旭急匆匆跳下桌子往教室门口走。

“刚才你不是已经去过了吗？话还没有说完呢，又一匹重色亲友的狼！”

“各位师哥师弟，不好意思啦，我得先走了。”子旭不再理会师哥的语言，径直走出了教室的大门。

“外面在下雨呢，琼瑶肯定已经回宿舍了吧。”师哥意犹未尽，想留住子旭再说说片子。

听到“外面在下雨呢”的回音，子旭更加顾不上和大家告别，头也没回地往长青湖跑。蒙蒙的夜色中，雨已经下出了淅淅沥沥的响声，黄豆大小的雨滴满满地砸向大地，想尽快把干渴一个月的土壤浇透。雨滴敲打在子旭的头上、脸上、身上，雨水顺着脖子流进白色T恤衫。子旭完全顾不上全身已经淋湿，一路往长青湖的方向飞跑。

一个小时过去了，子旭仍旧没有到来，雨一直下个不停。琼瑶站在一人环抱的黄桷树下，等待着子旭的踪影。黄桷树的大叶片遮挡不住滴下的雨滴，滴滴答答没有规律地落向地面，落在琼瑶的身上，雨水顺着琼瑶披散开的长发流下来，白色长裙全浸湿了，紧贴着琼瑶的皮肤，显露出朦胧纤细的身形。琼瑶有些绝望，泪水禁不住流下来。她不知道子旭的踪迹，不知道为什么子旭没有来？

“我要坚持，我一定要等到子旭，我一定要问清楚到底为什么。”脸庞上流水的迹印已经分不清到底是雨水还是泪水，琼瑶手中的电话屏幕不停闪动，是子旭的电话打了进来。琼瑶把电话按断。

子旭一边拨琼瑶的电话，一边在雨中奔跑，一口气跑到长青湖边。两人常坐的湖边的青石凳空空荡荡，不见琼瑶的踪影。电话依旧无人接听，子旭紧张了，三年相恋，子旭太清楚琼瑶的执拗，琼瑶一定会在某个地方等着，不见到自己决不罢休。

子旭顾不上雨水冲刷迷蒙的眼睛，不停绕着湖边走动，大声呼唤着琼瑶的名字。

突然，子旭看见了大黄桷树下已经被雨水淋成落汤鸡的琼瑶。子旭停下脚步，在雨中呆呆地站着。琼瑶蜷缩着身体，双手紧紧抱着肩膀，一言不发看着站在雨中的子旭，眼睛里喷出的怒火，仿似要把子旭完全燃烧掉。

“琼瑶，琼瑶。”子旭愧疚的表情十分痛苦，“对不起。”

“没有对不起！”琼瑶终于忍不住放声哭了出来，大声吼着，“你到底在干什么呀？你知道我在等你吗？”

“琼瑶，真的对不起，我和师哥师弟在小教室讨论拍电影的事，说得太起劲了，我把约会的时间忘了。”

“你心中只有电影吗？我对你来说算是什么？除了电影，其他对你都不重要。”琼瑶觉得太不可思议，脑袋完全蒙了，“忘了?！你会忘记吃饭吗？”

“师哥临时过来，说我们准备了很久的片子有着落了，投资人过两天就会和我们谈合作开拍的事情。”

“拍电影，有那么简单吗？子旭，你长长脑子，好不好？”琼瑶声嘶力竭，听到子旭说电影两个字，浑身都在抖动。

“师哥已经和对方说好了，这是验证我们能力的好机会，我们不能错过啊。”

“凭什么呀？子旭，就凭你说几句话，凭写几个字，凭下一场雨就可以拍电影吗？”

“琼瑶，你要相信我，相信我们的能力，我们真的准备好了。”

“是的，我相信你的能力，相信你的未来，所以我跟了你，和你在一起。如果没有现在，怎么可能有未来呢？子旭，你不能这样好高骛远，你知道吗？我问你，你有钱拍电影吗？”

“这不是已经找到投资人了吗？如果没有人投资，我爸也可以。”

“你爸的钱是你爸的，你有吗？没有钱，你拍什么电影呀？你做梦吧！”

“琼瑶，我们的这个本子大家都说好，我相信一定会成功的。”

“子旭，我们分手吧！我想冷静冷静，分开后你可以安心去做你的电影，我们的事情等你把电影拍完再说吧。”

“分手?! 琼瑶，为什么？就是因为电影吗？”

“是的，就是因为拍电影！子旭，电影和我，你只能选择一样。”

“你威胁我？”

“是的，我威胁你，我用分手来威胁你，我用我们三年的感情来威胁你！“

“你！”子旭怒了，“那随便你吧！”

“好吧，我没说的了，我走了！”

琼瑶捂着痛哭的脸一路飞跑消失在雨幕中。子旭呆住了，傻傻地站在长青湖边，任随春雨无言洒落在自己湿透的身上。春雨的凉意冲刷着子旭的精神，空旷、焦躁、不被理解的矛盾都跟随雨水淋了下来，一直淋到子旭的心中。“难道追求梦想有错？为什么就不能多一点理解？难道学电影的人拍电影就那么困难？”子旭的心中念叨着思想的矛盾，期待雨水把这些矛盾全部冲刷得无影无踪，期待希望上天能够给自己一个合理的解释。

连续几天，琼瑶没有到教室上课。子旭盯着琼瑶和自己经常坐的位置，心里空荡荡的。

“若兰，琼瑶出什么事情了吗？最近怎么都没来上课？”抱着担心和愧疚的心情，子旭向琼瑶的室友若兰打听琼瑶的消息。

“你不知道琼瑶生病了？”若兰带着诧异的眼神看着子旭，“下大雨的那晚，琼瑶回宿舍已经很晚了，浑身全淋湿了，表情也很难看，和我们一句话也没说就上床睡觉了。半夜里听到她直说胡话，我们吓坏了，发现她浑身烧得发烫，叫她去校医院她也不去。好说歹说才弄到她家里的电话。琼瑶当晚就被她父母接走了。”

“你知道琼瑶现在在哪里吗？”子旭有些心慌，愧疚感越来越强烈，“是在医院？还是在家里？”

“不清楚，这几天都没有她的消息。要不我把她家里的电话给你，你打过去问问？”若兰用疑惑的眼光看着子旭，“你们之间发生了什么事吗？”

“……”

子旭没办法给若兰讲述下雨当晚发生的事情。

听到琼瑶生病的消息，子旭的内心越发愧疚，给琼瑶家里打了好几次电话都没有人接听。子旭来到表演系办公室，向班主任陆老师打听琼瑶的情况，得到的答案和若兰说的一模一样。“听说琼瑶的病有些严重，她妈妈上周五打来电话给她请了一个星期的假。”陆老师也不知道琼瑶家的具体位置，只知道住在文广局的新宿舍。

子旭找不到头，只好把对琼瑶的担心闷在心里，整天若有所思闷闷不乐。

一个星期过去，琼瑶回来了，脸色憔悴了许多，看人的眼神也是漠无表情，仿似完全变了个人。即使在教学楼的走廊上遇见子旭，琼瑶也会低头错过，绝对不和子旭说一句话。子旭找到琼瑶，想要解释，想要说对不起，可无论子旭怎么解释，说再多的对不起，琼瑶就是不听，子旭在琼瑶的眼神中看到了绝望，看到了分离。

子旭和琼瑶就这样彻底分手了。三年童话般的爱情画上了一个并不完美的句号。同学间的爱情，在校园里宁静地开始，在校园里淡然地结束。因为理想和共同语言产生吸引，也因为理想碰撞现实缺陷而分开。子旭痛苦的心中，甩不掉琼瑶无法理解的疑惑。价值观的冲撞，超越了青春的界限，超越了感情和友谊，琼瑶对完美爱情的追求，终于因为缺陷的存在，不得不放弃。

倔强和坚持，在青春的故事中，带给子旭和琼瑶太多盲点。子旭的心被未来的美好完全遮掩，在子旭的眼中看不见未来的严酷。子旭在自我创造的空间中疯狂游弋，却找不到可以靠岸的泊岸。这一瞬间，琼瑶成为雕刻在子旭心间的烙印，成为了内心深处深深的积淀。对琼瑶思念的心情，跟随血液在子旭的全身流动，传递到身体的每一处角落，在思想意识中飘荡，挥不去，留不住。子旭请求琼瑶的谅解，可谅解的机会在雨水的冲刷中永永远远消失了。

“子旭，不知道怎么给你说，师哥回话了，投资方没有选中我们的片子，认为本子太肤浅没有商业价值。”师哥电话里的话音很小声，小得有点听不清楚。

“为什么？怎么会这样？”子旭的脑子一下变得空了。最不愿意得到的消息却偏偏传进了自己的耳朵。

“对方认为剧情太简单，剧本太空，没有故事可看，而且思想深度也不够。”师哥很无奈。

“上次碰面的时候，95级的师哥不是说对方觉得我们的本子挺好吗？而且我们还可以根据对方的要求修改，连剧情也可以改。反映当代大学生思想和生活的题材，既有怀旧也有爱情，还有梦想，对现在来说本来就是思想的热点啊。你不能给对方再说说吗？”子旭真的着急了。

“我怎么没说？口水都快说干了。对方一句话，说这片子卖不了钱，现在的人都不看这些了。他们觉得我们太年轻了，剧情写得太理想，没办法和社会现实接轨。反正意思就是剧情没有新意，没有商业价值。”

“师哥，就没有其他办法了吗？”子旭很懊恼，很泄气。

“我给他们说了，我们来拍我们不收钱，就这样他们也不愿意投，这就没办法了。”师哥说出了最后的底线。

“我们的策划写得那么详细，片子怎么赚钱都分析清楚啦，而且参加电影节也肯定能获奖，他们也可以找政府要补贴啊。”

“95 级的师哥说本子过不了，策划再怎么详细根本没用处，投资人看重现实收益，说我们的盈利策划都是空想，不落实地。”

“……”

连剧本都没有得到制片方的认同，从师哥回馈的消息，投资人是肯定不会参与这部片子，这条路被堵死了。“但愿父亲是拍这部片子的最后一根救命稻草，相信父亲肯定能够资助自己实现拍电影的梦想。”子旭并没有完全绝望，抱着最后一线生机硬着头皮回到家里，想找父亲聊聊。

自从母亲去世之后，父亲的房间总是大门紧闭，安静肃穆。平日里，父亲几乎一直生活在忙碌之中，除了晚上睡觉，很少在自己的房间停留。年轻的子旭不大喜欢父亲房间沉重的深咖啡色装修，觉得有喘不过气来的强烈压抑感。

子旭从小就受到父亲严格管教，反叛情绪一直受到父亲的压制，在母亲去世后，和父亲的关系方才有稍许轻松的感觉。子旭对父亲有深深的畏惧感，心里有浓厚的阴影，没事的时候一般不会走进父亲的房间。

晚上12点过了，从门缝里见父亲的房间亮着灯光，父亲还没有休息。子旭心情忐忑地敲了敲房门，推开门小心翼翼走进去。

“爸，还在忙?”子旭见父亲还在书桌前坐着，正在写些什么，轻轻走上前去。

“子旭，有事吗?”子旭父亲看着儿子走进来，觉得有些奇怪，自己的儿子极少这么晚走进自己的房间。

“爸，上次给你的剧本和策划您看过了吗?”子旭给父亲桌上的茶杯里加了点水，把我们两个字说得很重。

“看过了，你是什么想法?”父亲停下手上的工作，靠着椅子的靠背，露出一丝和蔼的微笑。父亲的表情一向严肃，很少露出笑容。

“片子如果能拍出来，我想效果一定很好，同学们都等着我消息，爸，您就支持一下，投资这部片子。”子旭焦急的声音有些颤抖，仿似带着一点哭腔，“爸，你相信我，我们一定会做好的。”

“子旭，今天你是怎么了，不要着急，坐下来慢慢说。剧本我仔细看过了，剧情有些空旷，没有什么故事。一看就是没有生活阅历的人写的，学生味道太重啦。”子旭父亲挥手示意，让子旭坐下来。

“可这是理想，是大家的一个梦！爸，我希望能得到你的支持，我可以通过这部片子锻炼我自己。”子旭坐在了书桌前的椅子上，话语有些激动。

“子旭，不要冲动，凡事都要脚踏实地。你是我唯一的孩子，是我唯一的寄托和希望，我怎会不支持你呢？但你要知道，现在花钱投资这部电影，对你和爸爸来说都不是时候啊。”子旭父亲站起身，走到落地窗边。

“爸，拍这部片子真的不需要花多少钱，同学们都来帮忙大家都不收钱。”

“不是我不支持你拍电影。你也知道，爸爸的公司成立的时间不久，还没有什么根基，拍电影的钱虽然不多，但也不是小数目。现在正是公司需要钱去扩大发展的时候，你也要理解一下爸爸的难处。”父亲表示出为难的表情，并没有立刻答应子旭的请求。

“这……”子旭无语了。

“要不这样，你本科毕业后到先国外去待一段时间，我帮你联系好了美国加州的伯克利大学，你去学工商管理，等你把MBA的学位拿到，爸爸的公司也有一些基础了，那时候你再好好拍几部片子出来，为时不晚啊。”

“……”

子旭一句话也说不出来，默默低头看着父亲的办公桌。

看着子旭走出房间的背影，“哎……”父亲轻轻叹了口气，表情变得无比凝重。

子旭父亲从心底里欣赏儿子充满梦想的精神，儿子的坚强倔强完全是自己年轻时候的翻版。子旭父亲希望子旭有更清晰的成长路径，而不是单凭爱好和兴趣四处碰壁。子旭父亲没有坚决地拒绝儿子的请求，而是委婉地留下一个条件，引导子旭走上商业管理的道路，到国外去学习，回国后能够顺利接自己的班。

子旭从父亲的房间走出来，绝望地回到自己的房间，陷入了长时间的沉默。子旭再没有其他办法，没有资金拍电影就成为空想，子旭在大学时代拍电影的梦就这样完全破灭了。和琼瑶分手，电影梦破灭，像在子旭的心里浇下两盆无比残酷的冰水，从头到脚冷到骨子里。

“连最后一张牌也打了，就连父亲也不支持。看来无论什么事情，对别人的依赖都是有限的，最终还得靠自己努力，一切主动权都得自己掌握才行。”子旭无法安然入眠，绞尽脑汁思考其中的道理，“即使无比远大宏伟的梦想，如果没有能力去实现，都好似空中楼阁，看起来美好却不合实际，没办法实现。”

校园之梦就像昙花一现，随着大学毕业，一切就都破灭了。“完成梦想并不是一件简单容易的事，一切美好的设想都得有坚实的基础。只是靠说说，靠一股热情，是没有人能够理解的，就连自己最亲近的父亲也不能理解。如果一意孤行，最后得到的只会是竹篮打水一场空。”子旭在沉默中给自己做了个总结。

子旭不想再保留不求实际的形象，第二天一大早便跑到学院的理发店，让理发师把自己蓄留了五年的长发剪了，推了个干干净净短短的平头。子旭重新给自己留下一个新的标志性的印迹，在心灵中刻下一处永不磨灭的疮痕。

大学毕业，按照父亲的安排，子旭去到美国加州，在美丽的伯克利大学攻读 MBA 学位。

……

合上《志摩的诗》，子旭把书放回书架的原处，子旭的思想回到现实，公司现在的处境就像当时拍电影一样，需要找到突破的基础。子旭想给琼瑶打个电话问问关于同学聚会的事情。电话拿起来停顿在半空，最终还是没有拨琼瑶的电话，反而接通了琳达的手机。

“琳达，你们在香港还顺利吧？”

“旭总，我们很好，这次会面安排在尖沙咀的Ritz-Carlton酒店。董事长下午和香港公司的代表进行了一轮详细的谈判，把我们对ML公司今年在香港能否上市的担心传递给了对方。还好，对这次经济危机的影响，对方好像早有准备，毕竟对方经历过1997年的亚洲金融风暴，我觉得对方在应对危机的问题上很有经验。”

“那就好。我爸呢？他心情还好吧？”

“很好，董事长心情很好，很开心，他还叫我晚餐后陪他去海港城买点东西。旭总，看你需要买些什么，我顺便给你带回来。”

“我就不用了，你可以带点小钱包、卡包之类的礼品回来，反正以后也能派上用场。你带我爸去附近的翠华餐厅吃点东西吧，我去过几次，特别是冻柠茶和鱼蛋，味道都挺好的。”

“好，今晚香港公司有安排了，我们明天再去。”

“嗯，早点回来，这边还有好多事情等你回来处理。”

“放心，这边的事情一处理好我就立刻回来，等我们的好消息。”

听到琳达讲述的公司上市的消息，子旭心中稍微有些放轻松，但是对国内市场的担心依旧淤积在心里，久久不能消散。

运营会晚宴的时间快到了，子旭走出了办公室的房门。

VIII

连续的夜戏终于拍完，静雯舒舒服服睡了个自然醒。临近中午，静雯没有立刻起床，穿着轻薄的丝质睡衣在自己小小房间的大床上赖着。窗帘并没有关得严严实实，中午的阳光透过窗帘的缝隙，在房间里斜拉出一条光带，直射到床尾。静雯伸伸懒腰，把手机从床头柜上拿过来，然后把厚厚的被子裹紧。

同学聚会的短信重新浮到脑海的海面："同学聚会的时候会有大戏出现吗？"静雯幻想能够在同学聚会的时候承接到一部大戏，把这些年累积的演技在同学们的面前彻彻底底展现出来。

昨晚的梦中，静雯又一次走上领奖台，梦见自己在粉丝们的尖叫声中，在热烈的掌声中走过红地毯。主持人热情地把话筒伸到自己的面前，静雯并没有在意，台下的导演端着玻璃水杯在礼堂的走道上跑着。导演跑上台来，毕恭毕敬站在静雯的身边，端着茶杯一脸微笑，看着静雯一言不发。茶杯冒着热气，茶水面浮着冰块。

粉丝们太热情，声嘶力竭喊叫静雯的名字。静雯忍不住不停向台下挥手，一不小心，静雯挥动的手臂碰到了导演端着的玻璃杯，水杯掉倒地上，摔得粉碎，玻璃碎片清晰地从地面上溅起。静雯惊醒了，梦境顷刻间消失。

电视机反复播放着已经播出过无数次的节目，静雯觉得特别不可思议，十年间自己也参加了不少电视剧组，各个剧组加起来每年的作品也不算少，可频道调来调去，几乎每个台都播放着相同的连续剧。雷同的新闻，雷同的娱乐节目，雷同的电视剧，连广告都是一模一样。

中午的电视节目在静雯眼中都像垃圾一样不堪入目，除了电视购物还是电视购物。静雯不断按动遥控器更换电视频道。娱乐频道又在重播琼瑶主持的《我们的声音》。看到琼瑶在台上神采飞扬的样子，静雯神经有些麻木，此时此刻，老同学在主持台上风光无限，自己却还在小小的房间小小的剧组默默无闻。想当年，剧组在大学选角的时候，琼瑶还只能站在自己的后面，失败地看着自己的背影。想到这里，静雯的心中不禁泛起一丝怪异的满足感，那是一种无法言述的乐滋滋的感受。

从小学开始，静雯就对自己的长相就充满自信，“女大十八变”，遗传了父母亲的优点，静雯的鼻子高高的，眼睛大大的，不仅长相标致，而且身材特别匀称，初中毕业后的静雯越变越漂亮。静雯家住在县城游泳馆隔壁的体育局宿舍，从小便在母亲的带领下坚持游泳锻炼。静雯的父母都是省跳水队的教练，虽然他们在当运动员的时候从来没有当过冠军，但父母把优良的基因和锻炼的习惯传递给了静雯。父母的文化程度虽然不高，但在全县体育系统里却无人不知无人不晓。父母不愿意静雯重新走自己的道路，无奈静雯的学习成绩在班级里仅仅能算中下水平，担心静雯考不上重点大学，干脆鼓励静雯参加艺考。没想到一切顺利，静雯轻轻松松考取了山城大学电影学院。大学的同学们几乎全是帅哥美女，静雯也不敢继续中学时候的高调，但漂亮的本色依然存在，超漂亮是静雯在学校里的代名词，被男生们奉为电影学院的“头号美女”。

静雯觉得有些无聊，翻身下床拉开衣柜的抽屉，想找出很久没有翻动的影集看看大学时代的照片。把整个衣柜的抽屉都翻遍了，也没有看见影集的影子：“相册放到哪里去了呢？”静雯有些心慌，把梳妆台的抽屉也拉开来，还是没有找到。静雯坐回到床上，冥思苦想一阵，“该不会丢了吧？”静雯走到客厅，把电视柜最底层的抽屉拉开，厚厚的一大本相册安静地躺在那里。

静雯走进洗手间，用毛巾浸湿水仔细擦干净相册上的灰层，把相册抱到暖暖的床上。翻开首页，是大学毕业照，全年级 108 人齐聚一堂，照片中很多脸孔已经陌生了，有的同学甚至叫不出名字来。第二页是静雯跨进大学校门后的第一张照片，四个如花似玉的少女出现在眼前，从左到右是鲜艳，静雯，佑林，旭青，都是静雯大学同寝室的室友。看到自己刚刚踏进大学校门的样子，静雯的心情有些酸酸的，“青春已经悄然流逝，自己依旧还是一无所成”。那时候的青春活泼早就不见了，现在的自己即便再怎么成熟妩媚，也俨然是一个老女人。

照片上，最右边的旭青，头发扎成两束放在胸前，清纯的脸庞绽放着百合花一样淡淡的笑容。看到旭青的样子，静雯的心底里浅浅的恨立刻涌了上来。当年《悲凉的乡恋》女主角巧英本来是卫东为自己量身定做，却最终莫名其妙被旭青拿去了，静雯完全没有想到，辛苦一阵的结局是这么让人意外。如果不是这样，静雯也不会离开山城开始北漂，造成现在还在无休止地漂泊。同室好友因为角色反目成仇，静雯直到现在对这事仍然有些耿耿于怀。

翻到相册的第三页，静雯停了下来，相册上贴着在大学第一次参加剧组选角的场景。静雯泪流满面站在前排最右边，琼瑶只露出了头，站在静雯的身后，眼睛明显也是湿湿的。

……

只要有选角的消息，同学们总是乐于相互传递。

2002年夏天，虽然还是大一，但静雯和同学们已经不能再算是新同学。距离暑假还有一个多月时间，最近到学校来选角的剧组越来越少，生活变得有些平淡无奇。

“今天下午一个北京的剧组到学院来选女主角，配角和客串都有，演出难得，同学们都尽量去参加一下。”在宋老师的鼓励下，静雯、琼瑶、旭青都跃跃欲试，此时此刻的选角已经不再只为了感受新鲜。

走进选角现场，教学楼的走廊上黑压压站着一片等待的人群，差不多有十几个师姐叽叽喳喳闹成一片。看着墙壁上张贴的告示，对于戏份较重的配角，年轻的静雯和琼瑶都不敢尝试，于是把眼光盯住了小丫鬟的角色。无论出演任何一类角色，对电影学院的学生来说都是难得的机会，特别对刚刚踏进校园不久的静雯和琼瑶，更加充满梦想和新奇。

结局有些出人意外，报名小丫鬟角色的师姐们纷纷出局离场，最后只剩下琼瑶、静雯、旭青三个新同学继续在场上PK。琼瑶的才艺展示和语言表达明显优于静雯，还剩下最后一个环节，演员的形体、仪态和镜头前表现力的比拼。

“静雯。”听到自己的名字，静雯从走廊上的椅子弹了起来。琼瑶默默走出选角教室的房间，给静雯做了个进去的手势。

“琼瑶，怎样？”

“没什么感觉，一般吧。”

静雯走进教室，一男一女正坐在教室另一头的大课桌前，教室中间架着一台大大的摄像机。一个戴着鸭舌帽的中年男人站在大课桌的旁边。

“你是陶静雯？”站着的男人说话了。

“是的。”

“你在镜头前走几遍吧，很随便很自然地走，表情自然一些。”

静雯按照选角老师的要求，在摄像机前轻盈走动，面露不同的表情，摆出不同仪态。

“好，就这样。”站着的男人看着镜头，发出了停止的信号。

静雯停了下来，静静地在教室正中央站着，等着老师的声音。

“今天就这样了，谢谢，你到外面去等等吧。”

“啊！就这样。”静雯感到意犹未尽，心怀忐忑走出教室大门。

过了十几分钟，戴鸭舌帽的男子走了出来：“同学们，大家都进来吧。”

“结果出来了？”琼瑶迫不及待问着。

“嗯。”

大家走进去，站成一排。坐在大课桌后面的女人站了起来，宣布剧组的最终选择。

“静雯，恭喜你，你入选了，饰演小丫鬟这个角色。”

静雯激动地抬起双手，捧着自己的脸庞，眼泪唰地流了下来。

“同学们，我们合个影当作留念吧。没有入选的同学下次还有机会。”

剧组成员和同学们站在一起，静雯站在前排的最右边，和剧组的工作人员站在一起。琼瑶在静雯的身后，旭青紧挨着琼瑶，静雯哭了，琼瑶也哭了，旭青面无表情站在琼瑶的身边。这部电影，是静雯参加拍摄的第一部电影，虽然只是扮演小丫鬟的角色，却拉开了静雯长期在剧组漂泊的序幕。

这次选角失败，让琼瑶对演电影产生了莫名的畏惧和厌恶，琼瑶再也不愿参加任何形式的剧组选角活动，专心致志往主持人方向努力。琼瑶父母不失时机请来广电局的资深主持给琼瑶做专业培训，琼瑶的专业能力提升很快，从大三开始就成为山城大学御用的学生主持，学校里大大小小的活动几乎都离不开琼瑶作为主持人的身影。

……

电话铃声响了，静雯拿起手机，是剧组师姐的电话。

“静雯，恭喜你，《夜戏》的片段已经剪出来给投资方看了，大家都说拍得很好。”

“是吗？什么时候能看到成片呢？”听到师姐的表扬，静雯很开心。

“制片方觉得有些段落表现得太平淡，她们希望把雨中的场景拍得更夸张，成片还需要补拍一些镜头。”

“还要拍啊，上次我就差点被冻趴下了，正准备出去旅游，好好休息几天呢。”

“她们觉得你在雨中的动作太拘谨，动作也有些僵硬变形，她们觉得你演得很好，如果可以放得更开，把尺度放得更大一些，片子的效果肯定更好。”

“尺度更大一些？你的意思是要脱吗？师姐，你是知道的，我从来不演脱戏。”静雯听出了师姐话里的意思。

“不用脱，就像上次一样，淋雨的时候穿着衣服。只是这次需要你把吊带衣换作白衬衣。导演建议最好里面什么都不穿。”

“这样呀，被水一淋不就露了吗？师姐，你给她们说说找个替身来拍吧，我从来都……不拍裸露戏。”静雯很犹豫。

“静雯，这戏快杀青了，如果这时候放弃，多可惜呀。何况又没有真正要你脱，你紧张什么呢？制片方说了，她们会妥善处理好的，不征得你的同意，剪辑的画面绝不外传。如果效果确实好，她们答应把你的戏作为这部片子的主推场景宣传，这也算是为你炒作的好机会呀。静雯，这个剧组的制片人是个女的，很实在的。我觉得值得你考虑考虑，况且这场戏的费用再加两倍。”

“这……师姐，你让我考虑考虑，明天再给你答复。”静雯没有明确拒绝师姐的好意，把难题留给了自己。

“好吧，你今晚好好考虑一下，明天一定要给我回话。”师姐的口吻有些遗憾，“我给制片说一声，尽量拖拖时间，投资方等着要片子，不会等很久的。”

“嗯，知道了，谢谢师姐。”

挂断电话，静雯不再继续翻看相册，想找支烟抽，可翻尽手包满屋子找了个遍，连一支香烟的影子也没看见。静雯只好又回到床上，静静躺着，脑海里翻江倒海：“怎么办？怎么办？”

静雯没有想到，自己对拍摄性感的镜头也会犹豫不决。若是以前，不等师姐的话说完，静雯早就一口回绝这种非分要求了。静雯心里非常清楚，自己的年龄越来越大，在镜头前露脸的机会只会越来越少，几乎没有可能出演青春靓丽的角色。如果没有充满挑战的角色，自己的演技将得不到突破，也就不可能有更好的机会留给自己。静雯前后两难：“哎，是必须做出选择的时候了吗？”师姐的话让静雯产生了强烈的危机感，“年龄越来越大，如果再不把握机会，可能真的再无出头之日，只能从电影圈里消失了。”

静雯一直想依靠演技在电影圈混出个头来，可已经忙活了十几年还是得不到有分量的角色。如果单单靠性感裸露来上位，静雯心里有些不甘心：“在圈里维持了这么多年的清纯形象，怎能说没有就没有了呢？”想起十周年同学聚会，同学们的影子在静雯的眼前晃来晃去，“如果真拍了这样的镜头，不知同学们有什么看法？琼瑶是什么看法？卫东是什么看法？”

“但是，如果制片方真的把自己的戏作为主题来推，岂不是一个成名的好机会吗？本来这部片子就是宣传了很久的文艺新作，如果就这样放弃，岂不是很可惜！况且国外的绝大部分大明星不都演过脱戏吗？裸露，其实是生活中很正常的事情，完全没有必要大惊小怪。脱，并不一定只代表色情，也可以是唯美和自由，也是人性释放的表现啊。”

矛盾的情感在静雯的脑海中反复轮回，转了一圈又一圈，静雯在为自己否定过的思想寻找着解释的理由。“根据剧情需要来脱是电影的常态，对电影人来说是很正常的事情。何况现在的中国社会也在进步，思想也在改变，现代人的思想观念也不再像从前那样保守陈旧。裸露的镜头在国内的电影里已经司空见惯，就连章子怡不也隐隐约约露过吗？按照师姐的说法，这次补拍也不算真正的脱戏，并没有真正裸露，只不过展示了一下性感而已。还是试试吧！努力，改变自己！”

静雯从18岁初次登上大银幕，到现在已经有13年的从影经历，年轻时候片约不断，总觉得在希望的道路上距离成功越来越近。

“同学们半年后就将再次见面，我能够拿什么样的作品和大家见面呢？一直没有演出过吸引观众眼球的东西，甚至连明确清晰的戏路也没有了，即便在同学聚会上有接拍新戏的机会，也很难落到自己头上呀。不如孤注一掷，突破原有的风格或许有意料不到的效果呢。不管怎样，也要在同学聚会之前造点声势，不能错过了这次团聚的宣传机会。试试吧，静雯，努力加油！”

想来想去，静雯放弃了犹豫，决定按照制片方的意思，按照导演的要求把这部戏补拍的镜头完成。

IX

为了录制新一期节目，在电视台的演播厅里整整关了一天，琼瑶缓慢地走出录制场地，两腿有些发麻。琼瑶在走廊上慢慢走着，看着室外，才知道天色已经黑了下来。琼瑶穿着贴满金属亮片的舞台装，和擦肩而过的同事打招呼也是有气无力，和演播台上那个精神百倍的琼瑶完全不相像。

十几个未接来电，占据了整个手机屏幕，其中三四个是中学同学祎兰的电话。“早上才分开，现在电话打得那么急，难到发生了什么事情？”琼瑶有些纳闷，赶快给祎兰回了过去。昨天是祎兰 33 岁生日，琼瑶一直待到凌晨一点才从祎兰的生日 party 离开。

祎兰父亲是现任广电局局长，既是琼瑶父亲的战友和同事，也是琼瑶最上层的顶头上司。祎兰和琼瑶在广电局宿舍一起长大，一直同学到高中毕业，祎兰考取了广播学院，琼瑶到了电影学院，两人才最终分开。两人从小性情相投，读书的时候关系特别要好，总是被别人误认为是亲姐妹。

“祎兰，你给我电话？有什么事情啊？那么着急。今天在棚里录了一整天节目，好累啊。”

“电话是下午给你打的啦，想你肯定在录节目，就没有一直打扰你。”祎兰的声音有些低沉，“下班后有事吗？我们见一面？我有很重要的事情要跟你说。”

“到底什么事情，电话里不能说吗？神秘兮兮的，正想回去睡觉呢。”琼瑶觉得很疲倦。

“电话里说不清楚，真的是很着急的事情！”祎兰有的声音依旧低沉，“下班后你过来我这里吧，我在老地方等你。”

听到电话那头的声音一直低沉，琼瑶觉得有些不祥的预感，赶忙到更衣间换上便服，草草卸掉演出妆，一脸素颜开车出门。

一年前，为了能早点生个小宝宝，祎兰从广播电台辞职回家做起了全职太太，全身心休养调理。祎兰的先生是知名作家，也是山城很有名气的传媒公司的老板，因为先生喜欢山水间的宁静，原本喜欢热闹的祎兰顺从先生的意愿，选择了远离闹市区的江南半山别墅居住。

从琼瑶上班的地点，到祎兰住家的地方，要过两座跨江大桥。琼瑶的汽车开上主干道，天色已经全黑了。道路两边的路灯亮了起来，在桥上架起两条灯火通明的光带，指引着车辆前进的方向。开了大概四十分钟，绕过南山曲曲弯弯的山路，琼瑶来到祎兰住家小区街角的玛丽咖啡，这是琼瑶和祎兰经常见面的地方。

推开咖啡厅精致的木门，熟悉的法文歌曲迎面而来，瞬间给人带来轻松浪漫的感受。琼瑶扫视咖啡厅的大厅，零零星星坐了三两桌客人。看见祎兰披着厚厚的围巾，独自在靠窗的角落向自己不停挥着手，琼瑶立刻奔上前去。

“亲爱的，怎么啦？昨晚还没有happy够吗？我早上回家都快两点了，而且今天录了一整天节目，现在想睡觉得心慌啊。”琼瑶故意用调侃的语调说得很大声，脱下皮毛镶边的外套。

服务生走上前，琼瑶坐下来，要了杯热摩卡，想用咖啡来解解乏提提神。

“只有你喝咖啡还能晚上睡得着觉，我就不行。”

“没什么特别，只是习惯而已。”琼瑶天生对咖啡因具有抵抗力。

“琼瑶，我遇到麻烦事了。”祎兰一副满脸无辜的样子。

“麻烦事？”琼瑶惊讶的表情似乎可以让时间暂停，“什么事对你来说算麻烦事呀？难道是……遇到了敲诈？”

“神经，我难道就这么倒霉吗？”祎兰的语气有点深沉，“说来话长！……”

“不要神神秘秘的，快点说，到底发生了什么事？我帮你三两下收拾掉。”琼瑶微笑着，有些着急，想要打抱不平。

“琼瑶，我有了！”祎兰默默笑着，表情深沉含蓄，眼睛紧盯着琼瑶，似乎想用眼睛把琼瑶这一刻的表情雕刻下来。

“啊！……”琼瑶大叫一声，“你这死鬼，有这种好事你还装神秘。”

看着周围关注过来惊异的眼光，琼瑶和祎兰不约而同捂住了嘴巴。

服务生端上琼瑶叫的咖啡，站在桌边磨蹭了好一阵，等着琼瑶给咖啡中加完糖末和奶精才慢吞吞走开。估计服务生们已经认出了主持《我们的声音》的琼瑶，另外两个服务生在远远的地方站着，眼睛一直盯着琼瑶和祎兰嘀嘀咕咕。

“你什么时候知道的？”琼瑶欢喜的心情带着些许期待，“昨晚的大好时光为什么没向大家宣布呢？”

“今天下午我去医院检查了才确诊的，你是老大，所以先向你汇报呀。”

“儿子还是女儿？”

“还不知道呢？现在哪里能看得出来。”祎兰的话音中带着淡淡的甜味。

“不管是儿子还是女儿，都是天大的喜事。你看看，我也跟着你升级当妈了。”琼瑶端起很有特色的咖啡杯，轻轻抿了一大口。

“当妈还那么开心？升级的意思就是我们事实上变老了。”

“怎么能不开心？就是当婆婆也值得！祎兰，你可要记住，以后我就是这孩子的干妈，你不要老欺负我，每次都让我跑这么远来陪你聊天，以后你必须要带着孩子到我那里来看他干妈。哈，哈哈！”

琼瑶和祎兰开心地大笑，引得其他桌的客人又扭头看过来。

咖啡厅天棚上挂着的大灯暗淡了下来，服务生在每张小桌点上漂浮在水面的小蜡烛，昏黄的烛光朦朦胧胧。不知不觉就变成了阿姨，不知不觉就又老了一截。想到青春渐渐消逝，琼瑶又一次想起同学聚会的邀请，想起了学院舞会的场景，不知不觉，大学毕业快十年了，时间过得真快啊。

“明年五一，电影学院表演专业毕业十周年同学聚会。又要和子旭见面了，不知道这次见面又是什么样呢？”琼瑶对祎兰说着。

“顺其自然就好啊，说不定你们俩还能爱火重燃呢？”祎兰的神情带着怪异的微笑。

“别开玩笑啦。这怎么可能？我们都已经老啦，子旭的年龄比我还小呢。两个人现在见面不尴尬就很不错了，我想都不要想那些不现实的东西。”琼瑶口中急速否认，内心却抱着一丝莫名的希望，抱着和子旭重新再来一次的希望。

“琼瑶，有件事情你从来没有给我交代过。”祎兰抚摸着自己的肚子，好像肚子已经挺得很高一样。

“什么事没给你交代？”琼瑶带着笑容，用羡慕的眼光看着祎兰。

“你和子旭初次见面的经历呀？你从来没有给我说过。”

“你以前也没有问过我呀，这种事情有什么好拿来宣扬的。”琼瑶卖了个关子，把咖啡杯举起来，“今天看在我成为孩子他妈的份上，让我给你细细道来。其实，事情的经过原来很简单，你仔细听好了。这还得从 2001 年的秋天说起……”

……

2001 年 9 月末，炎热的阳光还没有从天空中离开，秋天的景象已经在校园里随处可见。梧桐树的叶子开始发黄，在地面上铺上一层散落的枯叶。秋天的菊花开始大面积盛开，在花园里满满地点缀着金黄。新生入学已经快一个月，琼瑶还是不大适应住在学校宿舍的生活。在家的时候一直是一个人住单独的房间，琼瑶特别不喜欢四个人住在一起，觉得完全没有了隐私。琼瑶家住在主城核心区，每到周末下课铃声一响，琼瑶就急匆匆往家里跑，想尽快回到自由安静的家中，回到父母的怀抱。

除了同寝室的三个女生还算熟悉，琼瑶与班上的其他同学并没有太多来往。开学已经三周，学校里欢迎新生的联谊会举办了一场又一场，琼瑶不喜欢热闹，更不愿意和不相关的陌生人交流，所以一次年级舞会也没有参加。

电影学院学生会主办的联欢会（迎新晚会）将在学院的小礼堂隆重举行。作为迎接新生的压轴节目，院学生会已经准备了半个多月。国庆节前周末的这场晚会既是作为迎接新生的惯有活动，同时也作为2001年迎新活动的结束。

对这样重大的活动，琼瑶再也不好意思请假缺席。吃过晚饭，同宿舍的四个室友一起，穿着轻松随意的便装，有说有笑地来到电影学院的小礼堂。走进大门，整个会场已经布置得像过节一样，大厅里飘扬着五彩缤纷的彩球，各色的小彩灯被绿色的塑料电线串在一起，横竖交错挂满半空。小彩灯亮起来，一闪一闪像满天的星星在闪烁。

小礼堂里站着很多同学，高年级的师哥师姐们早就来到晚会现场，有的相互寒暄打着招呼，有的四处走动寻觅新同学，大家远远近近拉扯着老乡的关系，一旦发现有些渊源就立刻开始诉说乡情。

三个室友的老家都在东北方向，相继被老乡拦下来聊着家常。主城同学没有老乡的概念，琼瑶呆坐在礼堂角落的座位上，傻愣愣地看着同学们热热闹闹聊天的表情。看着大家亲亲密密有说有笑，琼瑶的心情有些闷闷不乐。

头顶的彩灯突然灭了，小礼堂一片漆黑。聚光灯照亮了礼堂前方的舞台，一段轻盈的舞蹈之后，主持人走了出来。伴随着音乐和歌声，师哥师姐们陆续登台演出，没有半点忸怩，在台上展现精湛的才艺，有小品，有舞蹈，有歌唱，也有经典的戏剧片段。精彩的节目看得琼瑶心潮澎湃，琼瑶用羡慕的眼光看着主持人的表达，看着眼前的一切，想象自己也是舞台上的一员。

聚光灯再次熄灭，小彩灯重新亮起，高年级的同学们纷纷起立，邀请新同学入场跳舞，联欢会顷刻间变成了迎新舞会。中学的时候，除了学习，琼瑶的课余时间就是遵循父母的安排，参加各种各样的艺术培训，钢琴、舞蹈、绘画是琼瑶每周的必修课。琼瑶的业余时间几乎被排得满满的，很少有机会参加学校组织的集体活动，因为害怕别人笑话，琼瑶特别不喜欢把自己的弱点暴露在大厅广众之下接受众人视线的检阅。琼瑶内心羡慕才艺双全开放大胆的人们，在艺术氛围浓厚的电影学院环境里，琼瑶觉得自己的行为有些卑微，有些尴尬。

男男女女的同学，踩着轻快的舞步，在宽阔的舞台上优美自在地旋转。喇叭里播放着不同节奏的音乐，舞曲是由当前的流行歌曲改编而来。同学们用轻盈的身姿，把乐曲的声音演变成一种动作享受。为了能把舞台上的场景看得更清楚，琼瑶挪动座位，换到舞台前第一排角落的座椅上，静静听着喇叭里传出的歌声，仿似歌曲唱出了内心的心声。

透过来来往往的人群，琼瑶的眼睛亮了，像在黑暗中找到了一颗明亮的星星。琼瑶看见了身材高大一头长发的子旭，和自己一样，子旭独自一人，坐在舞台的另一处角落。开学第一堂课新同学做自我介绍的时候，子旭就给琼瑶留下了很深的印象，因为子旭是全班唯一留着长发的男生。“中学也允许男生留长发吗?”琼瑶非常纳闷。后来在寝室里经常听见室友们悄悄议论长发的子旭，琼瑶知道了子旭的家境非常好，是班里唯一算得上富二代的男生。

远远看看高大有型的子旭从座位上站起来，子旭并没有进入舞池，而是朝琼瑶坐的方位走来。琼瑶的心跳开始加速，子旭走得越近，琼瑶心跳的速度越快。子旭一点也不忸怩，带着满脸的笑容直接坐到琼瑶旁边。身边多了一个人，琼瑶浑身有些不自在，扑通扑通的心快要蹦出胸膛。

琼瑶忸怩地冲子旭笑了笑，脸部肌肉好似快要僵硬，手心不断冒汗，紧紧拉着自己的碎花连衣裙。

“琼瑶，你怎么不跳舞?”子旭浓浓的眉毛，大大的眼睛，带领的白T恤衫衬出皮肤的白皙。近看子旭并不十分强壮，宽松的T恤衫给人瘦瘦的感觉。

“啊，你知道我叫琼瑶?”琼瑶很惊讶，完全没有想到子旭记得自己的名字。

“开学第一天的时候，大家都做了自我介绍呀。我叫子旭，来自山城。你的名字很特别，班里的男生几乎全能记住你。”子旭说话很直接，“琼瑶，你的名字让人联想丰富啊!”

“名字有什么好联想的呢？我不会跳交谊舞，也不喜欢。你不是也没有跳舞吗。”琼瑶心中的遗憾从口吻中一闪而过。

“师哥师姐们的舞跳得太好啦！我不敢入场，哈哈！”子旭爽朗地笑出声来，露出一口洁白的牙齿，像春天的阳光洒满大地，“中学时候只有老师们才跳交谊舞的，我们学生只会乱蹦乱跳。”子旭一边说，一边用手比画着机器人的动作。

“哈哈哈！我们学校根本就没有人跳舞，大家都在埋头学习。为了高考，谁还有心思跳舞啊?!”看着子旭搞笑的手势，琼瑶跟着子旭笑出声来，也露出满口整齐洁白的牙齿。琼瑶紧张的心情随着笑声放轻松下来。

“琼瑶，你是哪里人呀？听你这么讲，你的学习成绩肯定很好，怎么会来学表演专业呢？”子旭的眼神中带着疑问。

“我的江北区的。读电影学院是我爸妈的意思。”琼瑶看着子旭。

“成绩好的同学都应该去读北大清华。表演专业适合我们这些不务正业的人来读呀。”子旭的话语中有些感叹。

“我原想学服装设计，可爸妈不同意。爸妈希望我继续他们的事业，连填志愿的机会也没给我，我妈直接帮我报了电影学院，于是就来了。”琼瑶有些无奈。

“真巧呀，我也是江北区的，你的普通话说得真好，完全没有听出来你是本地人。你家住江北哪里？”子旭的兴致一下上来了，仿似找到一个同乡，查户口似的问题一个接一个继续问了下去。

“江北区就是江北区，问那么细干吗？”琼瑶有些警觉，没有继续回答子旭的问题。

“哦，你爸妈做什么的呢？一定要你学表演？”子旭见琼瑶面露难色，也没有继续话题。

“我妈是舞蹈演员，和我爸现在都在文广局上班。现在好了，我可以安安心心按照他们安排的道路走了。子旭，你呢？我也没有听出来你是山城人，你也说普通话啊。”

“爸妈的老家都在北方，从小说普通话长大。你的运气真好，有你爸妈做靠山，你不用自己操心专业！我和你不一样，我爸是修房子的，不大喜欢电影。”

“不喜欢，还同意你艺考？”

“我妈是电影演员，小时候经常看我妈演的电影，我妈也经常带着我去电影院看电影。长大后，我唯一的梦想就是能够跟我妈一样拍电影演电影。说实话，我从没有想过读其他的专业，高考的时候我只报了一个志愿。”

“你爸妈没有反对？”

“虽然我爸强烈反对，老师也提醒我不要冲动，但我还是坚决要考电影学院，为这事和我爸闹翻了。但是，最后我胜利了，我爸投降了。”

子旭的脸上洋溢着骄傲的表情，似乎站在人生的三岔路口，进行了又一次重要的人生选择。

琼瑶和子旭在莫名之间找到了共同语言，话语像江河开闸般欢快，两人滔滔不绝聊着各种各样的话题，聊高考，聊中学里发生的故事，聊兴趣爱好，聊刚进大学的感受。两人再没兴趣去关注小礼堂里串来晃去跳舞的人们，喇叭里播放的动听歌曲也变成耳边风，成为琼瑶和子旭畅聊的伴奏。两人再没离开座位半步，一直坐在舞台角落的座位上聊着，时不时发出哈哈的笑声。

晚上十一点，晚会在热烈的气氛中散场。同学们三两成群往小礼堂外走去，认识的，不认识的，刚认识的，都是嘻嘻哈哈，好不开心。琼瑶和子旭顺着人流走着，肩并肩继续没有说完的话题。

“很晚了，我送你回宿舍吧。”子旭大方地提出要送琼瑶回宿舍。

“好啊，也算顺路，正好一起走走。”琼瑶也不推辞，有这样的高富帅送自己回宿舍也算是一种意外收获。琼瑶的心里乐滋滋的。

电影学院的小礼堂距离女生宿舍并不远，步行十来分钟就到。琼瑶让子旭把自己送到女生宿舍的楼下，和子旭简单告别后便上了楼。

……

“和子旭初次相识的过程，其实就这么简单，完全没有电影和小说中描述的那种神秘和浪漫。子旭阳光男孩的气质很吸引人，真正打动我的是子旭的勇气，为了实现梦想而坚守执着的勇气，这点恰好是我学生时代最欠缺的。你不知道当时的我是多么怯场，多么懦弱，多么保守，多么自卑。”连珠炮似的感叹后，琼瑶轻轻叹了口气，“哎，成也执着，败也执着啊。”

“琼瑶，你也不要想得太多。人海之中能够相见相知相遇，真的不是无缘无故，一切都是天赐的缘分啊！你和子旭在学校里能走到一起，都是上天注定的。”祎兰跟着琼瑶的口吻感叹了一番，“相见是缘，分离也是缘，人生就如同一场轮回，这不，你和子旭不又将见面了吗？”

“是啊，感情错过了就很难再找回来，过去的青春只有拿来当作纪念品。时间并不是对所有人都是同一种态度，你对它珍惜，它才可能带给你更多。祎兰，你觉得吗，能为你付出时间的人，才是真正爱你的人。”琼瑶流露出深深的伤感，只有在最好的闺密面前，琼瑶才会把内心最真切的话掏出来晒晒。

“是的，只有时间是最有价值的，只有时间可以验证一切，能给你时间的人，就等同于把他自己的生命给了你。我们都应该珍惜时间，好好地珍惜现在。没关系，琼瑶，过去就让它过去了，明天一定会更好的，相信我们会更好。”祎兰举起咖啡杯，当作酒杯要和琼瑶碰杯。

“嗯，珍惜现在，明天会更好。”琼瑶拿起咖啡杯，和祎兰轻轻碰了一下。

琼瑶没有想到今晚自己会有这样多的感慨，回家的道路一路空旷，冬天的夜风把刚才的倦意全带走了。“人生真是一场轮回吗？”琼瑶心中在默默祈祷，“努力之外，还有什么能支持我们带着激情生活的动力呢？梦想，爱情，友谊，亲情？内心中残存的挣扎在这个社会还有什么价值？”

夜风把琼瑶吹回了空荡荡的家，看着江面上行走的夜船，长长感叹了一句：“都是在路上啊！”

X

新年已经过去好几天，年历翻进了 2015 年。卫东小小的房间里，台灯昏黄光线在黑夜里传递着微弱的温暖，明亮地照着小小的书桌。半夜 2 点过，卫东一点睡意也没有，心里牵挂同学聚会的活动策划，急着连夜把做它出来。颖婉等着明天就可以把整个同学聚会的流程确定。

“这么晚了，你怎么还不睡呀？”床上传来老婆佳纹的声音。两人住在学院附近一幢电梯房，是一套小小的单间配套公寓。

“同学聚会的策划还没有弄完，你先睡吧。”

“一天到晚正事不干，整天忙活什么同学聚会？你不睡觉，弄得我也睡不好。”佳纹在床上坐起来，迷迷糊糊睡眼惺怯，B 经睡醒一觉的样子。

“同学聚会也算正事啊，我还不是为了尽快把《唤心》推出去呀。"

"像你这样弄，能推出去才怪。整天就知道窝在家里，也不出去多找几个做制片的朋友沟通。"

"你先睡吧，吵吵什么，我还有一会儿，约好明天和颖婉碰头。"

"无聊，懒得管你。"佳纹想发火，又忍了，钻进被窝里继续睡觉。

同学聚会的策划才终于编完，但怎么组织老师和同学们的活动，卫东还没有细致考虑。"离校各奔东西快十年了，很多同学的工作环境都变了。圈子全然不同，思维方式的差异也很大，如果没有主题，让大家海阔天空乱聊，估计很容易发生冲突，场面也不好控制，应该给这次的同学聚会确立一个大家都能共同关注的概念，发言的主题，聊天的话题都能够围绕这个概念进行就好了。"卫东冥思苦想，始终得不到想要的答案，想得出的概念又很快自行否决掉。

"总不能把自己的新作《唤心》作为聚会的主题吧！"卫东思考着，"什么时间点把自己的新作推出来呢？这对自己来说实在太重要。"除去春节，距离同学聚会的时间只有三个多月，明确能够到场的同学到现在只有30来个，连发短信通知人数一半也没有到，"难道大家对参加同学聚会没有兴趣？没有理由呀，这可是十年才有一次的聚会啊，是不是电话换了短信没有收到呢？是不是根本就没有看到短信？"卫东郁闷，打算明天碰到颖婉的时候，再想想其他的办法，"不知道再发一轮书面的邀请函有没有效果？这样既正式，也可以加深印象。"

和静雯分手五年，卫东就孤独生活了整整五年，最近一次见到静雯，已经是2011年夏天的事情。卫东从法国回来不久，因为没有工作，一直租住在学校的单身公寓。刚刚启动《唤心》的构思，便碰到静雯来探寻自己的踪迹，对静雯的到来，卫东完全没有心理准备，被迫把自己最颓废沮丧的一面暴露在昔日的恋人面前。卫东不好意思让静雯久留，匆匆把静雯送走，反思自己毕业后的生活历程，感悟生活的不完美。

静雯重新回到山城发展，给了卫东不小的刺激。卫东有意识地改变自己的形象，尽量把自己收拾得整整齐齐干干净净，试图利用形象的改变带来生活的改观，一半年前，卫东和电影学院的小师妹韩佳纹一见倾心，刚认识一个月就闪电般掉进情网，认识三个月两人就把结婚证领了。卫东搬进佳纹父母在学校附近买的电梯公寓，享受甜蜜的二人世界。

爱情的错觉带来了瞬间的甜蜜，也带来了长期不幸福的感受。电影的理想促成了两人的爱情很快开花结果，但现实的差距也培养了两人长期争吵的肥沃土壤。没有经济基础的现代爱情故事，往往都是以悲剧作为结局。

《唤心》成稿已久，剧本修改了一遍又一遍，但迟迟找不到投资方，剧组也迟迟不能成立。新戏不能开始，本来就不宽裕的卫东失去了收入的来源，经济压力越来越大。卫东心里非常清楚，如果只是靠年轻的佳纹在小剧组奔跑的微薄收入，整个家庭难以长期维系。“既然已经完全独立就应该承担独立的责任，坚决不能向已经退休的父母寻求支援。”迫于现状，卫东偶尔走出家门到其他剧组去帮帮忙打打杂。除了朋友关照，小剧组很难接受卫东这样的名导演经常来打杂的事情。一阵折腾，小家庭的生活状况并没有得到明显改善，和佳纹的家庭生活依然矛盾重重。

工作和家庭的矛盾汇聚到一起，佳纹实在难以忍受现实的拮据生活，吵闹成为两人的家常便饭。佳纹闹着要离婚，佳纹的母亲甚至给卫东下了最后通牒："卫东，家庭是两个人的事情，你不能靠着佳纹，你不可能吃佳纹住佳纹一辈子，如果再这样下去，你就从房子里搬出去，你们俩的事情就该怎么办就怎么办吧。我们佳纹还年轻，没办法和你一直这样耗下去。"

卫东的父母年近七十，并不知道小两口尴尬的状况，还以为卫东工作有成生活稳定，不断催促卫东尽快和佳纹生个小孩，这样老两口可以早点抱孙子。

所有的矛盾聚集到一起，卫东感受到生活的忙乱，曾经的心高气傲在现实面前几乎化为乌有。卫东有些怀念大学时光学业的辉煌，怀念曾经和自己在一起又哭又笑又闹的静雯。这一切，现在都是过眼云烟，曾经的"金童玉女"，早已名不副实，"才子佳人"已经各落他屋。

……

表演01级的108名同学中，最惹大家关注的几个人，除了满面阳光的电影追梦人子旭，山城大学御用主持琼瑶，就算是学生会主席卫东和第一美女校花静雯。学院的各种学生活动，几乎都有卫东的身影，由院方编排的大戏，包括公演，剧本几乎全都来源于卫东笔下。在电影学院，卫东可算是学生导演和编剧的急先锋。静雯则是所有女生羡慕的对象，男生们仰慕的偶像。静雯不仅人长得靓丽动人，而且运气特别好，经常接受剧组的邀请出演各种影片，而且有机会饰演不同类型的角色。静雯一直在影视剧组奔忙，算是学生演员的代表人物。

大学初期，卫东和静雯并没有什么特殊的交往，更没有老乡朋友之类的牵连，平时各有各的事情，很少有遇到一起的时候。除了正常上课，两人几乎算是互不认识。

2003 年夏，大二下半学期，话剧《离骚》将作为首届山城艺术节的压轴大戏，在新建的山城大剧院公演，这是由电影学院提交给首届山城艺术节的扛鼎之作。《离骚》是一部经典的学生作品，剧本是由卫东根据屈原的历史故事改编而来，由表演艺术家宋老师亲自出任总导演，卫东作为执行导演协助老师工作。《离骚》的所有演员都是电影学院的在校学生，静雯艳压群芳，被宋老师选中，饰演女一号，屈原的丫鬟才秀。这一对金童玉女终于在电影学院编排的公演话剧中碰面了。

距离公演的时间还有三天，已经晚上 12 点，排练教室灯火通明，十来个同学还在满头大汗排练《离骚》。排练教室门口的角落零乱地堆放着快餐饭盒。

“静雯，你给屈原鞠躬的姿势不对，身体再放低一点，自然一点。”卫东双手合拢来，深深地对静雯鞠了一个躬，“明白了吗？”

“嗯，明白了，多谢卫导。”满脸汗水的静雯，对着卫东笑着。

同学们一遍又一遍反复演练剧情和熟悉台词。卫东痴迷剧中的屈原，幻想把自己的精神思想全倾注到屈原的性格中，不辞辛劳守在剧场，陪着演员们排练。

“卫东，你越来越像屈原了，干脆你自己亲自来演屈原吧。”静雯擦着额头上的汗水。

“你不也越来越像才秀，你可以做丫鬟专业户啦。”

“乌鸦嘴，我现在是演谁像谁你不知道吗？”静雯不服气。

“佩服，佩服。静雯，不知道你愿不愿意演农村戏？”

“作为演员，什么戏都能演。”

“我有个新本子，叫《悲情乡恋》？可是女主的身世很悲凉。”

“女主叫什么？”

“巧英。”

“卫东，等《屈原》公演完，一定把本子给我看看？”

“没问题，我在院刊上已经发表了。”

“是吗？”

不知不觉中，卫东入戏了，迷恋上明眸皓齿的丫鬟才秀，也喜欢上了超凡脱俗的静雯。静雯也入戏了，喜欢上清高执着不畏权贵的屈原，也喜欢上了时刻守在排练厅安排指挥的卫东。

每次排练完毕，卫东都会把静雯送回女生宿舍。《离骚》的排练，把静雯和卫东紧紧牵挂在一起，在众人的视线外谈起了没有公开的恋爱。因为《离骚》，卫东和静雯在学校里声名远扬，“才子佳人”的绰号渐渐在学院里传开来。

不负众望，辛勤的汗水浇灌出了灿烂的花朵，不辞辛劳的排练取得了满意的效果，在一轮又一轮的掌声中，《离骚》在山城大剧院连续公演三天，取得了圆满成功。

公演结束的晚上，厚重的幕布终于缓缓关上，所有人的精神全都放轻松了。剧组全体卸下了承重的压力，送走宋老师和学校领导。卫东长长舒缓一口气，顾不上擦掉身上的汗水，手舞足蹈地和在后台卸妆的同学们调侃起轻松的话题。

“同志们辛苦啦！”

“卫导辛苦！”

“错啦，台词错啦，应该是同志们更辛苦！”

“卫导更辛苦！”

“你们不要鹦鹉学舌，好不好，要听我指挥。”

“卫导，大戏结束了。你现在是东哥，不是卫导啦。”

同学们一片大笑。

“不要那么势力，你们还没有出场呢，茶就凉啦？大不了晚上请大家消夜，让我再做一晚卫导。”

“好啊，卫导请吃饭，我们全都去。”

时间不早，学校后门的夜市依旧热闹非常。大家欢聚一堂，卫东早把大戏的辛苦抛在了脑后，睁大眼睛看着大排档的环境。皱皱的塑料布搭设的防雨棚里，七零八落摆放着好几张木质小桌。同学们在中间把两三张桌子拼凑在一起，桌上摆满各种各样的江湖菜。同学们混乱地围坐在桌边，七嘴八舌回味公演的花絮。静雯也不忌讳，小鸟依人地依偎在卫东的身边，一身清凉的白色T恤让全场感觉到清爽。

“为演出成功干杯！”

“为演出成功干杯！”

“为演出成功干杯！”

整个晚上，同学们似乎只懂得说同样的一句话。欢声笑语中，酒意越来越浓，神情越来越激昂。成功的幻觉，引导所有参加公演同学的情绪激昂，大家不再忌讳什么，男的也好，女的也好，老师也好，同学也好，不再拘泥各自的身份，都敞开喉咙，把冰凉的啤酒一杯又一杯往肚子里灌。同学们在为公演的大戏庆祝，也在为自己的未来庆祝。

山城的夏天，晚上的气温和白天差异并不大，闷闷地像蒸笼般烘焙整个城市，大排档的白炽灯，像挂了若干个炽烈的小太阳，烘托宵夜的气氛。大排档的热度，凉爽的啤酒加上薄薄的衣衫，加快身体温度和外界的对流循环，同学们汗流不止。

不知过了多久，热闹的声音渐渐静下来，瓶中的酒悄声无息喝到了尽头，空空的啤酒瓶散乱地摆满一地。兴奋的大家开始显现出疲倦，卫东的头脑还算清醒，但是眼神迷离，被兴奋过度刺激的神经准备休眠。看着喝得脚步不稳的同学，看着满脸通红体态诱人的静雯，卫东的内心窜起一股冲动，特别想把身边的静雯紧紧拥在怀里。

“静雯，我们走吧。”

“嗯。”

“宿舍的大门已经关了。”

“嗯。”

“要不我们就在旁边的小酒店休息，明早再回去。”

“嗯。”

卫东站起身来，缓慢走在前面。静雯跟上去，拉着卫东的胳膊，把头靠在卫东的肩头，身体软绵绵地靠在卫东的身上。静雯有些醉了，再也不想移动脚步。

卫东口中叼着香烟，扶着静雯，跌跌撞撞闯进距离学校后门500米左右的“有家客栈”。旅店不大，只有一层楼，狭窄的门厅里，一个年轻的女店员正伏在前台桌上打着瞌睡，听见有客人进来，睡眼惺忪地睁开眼睛，抬头看看两位年轻人，脸上漠无表情。女店员似乎很习惯学生情侣到旅店住宿，也不多问，熟练地给两人办好开房手续。

静雯一言不发，默默跟着卫东往酒店里走。静静的旅店长长的走廊像迷宫一样，两人走了好一会儿才找到走廊尽头的房间。卫东掏出房卡开门，静雯跟着走进房间，顺手轻轻地把门关上。卫东来到房间的中央，停下脚步，回头面对紧跟在后的静雯，喷火的眼睛放着电波直盯着静雯。静雯也不拒绝，迷离的眼神迎合着卫东的目光。激情之火点燃了静雯的心，静雯的心中荡漾着快乐的感受，二人世界荡漾着演出成功的快乐。

旅店小小的房间没有窗户，房间里也没有空调，只有一台落地电风扇在呼啦啦地吹。静雯散乱的头发被风吹得飞扬起来，遮掩充满欲望的迷离眼神，发丝间隐隐透出卫东的身影。卫东还在房间的中央摆着姿势，还在回味《离骚》的演出场景。

“人性，并非天生善良，蜕变的过程充满了恶意，难道不是吗？”卫东继续朗诵着台词，重复着舞台上“屈原”的动作，双手伸向静雯，“你看，心灵的魔鬼就在你的身边，他正虎视眈眈盯着你。”

“人性，需要释放，快把禁锢在心里的冤屈都释放出来吧，我们为什么要无端控制自己的灵魂，让它在落日的余晖里承受委屈。”静雯似乎来了精神，重述着台词。

“恶魔，快从我的心里滚出来吧，我将用心灵的利剑把你们统统斩断，放出你们的血液，来祭奠先祖的灵知！”

静雯配合着卫东的动作，走上前去把卫东紧紧抱住，胳膊挂在卫东的脖子，用嘴唇盖住了卫东的声音。连走到床边的机会也没有，卫东便被静雯扑倒在铺着薄薄地毯的硬硬地面。房间里，闷热空气似乎在这一瞬间停止了流动，短暂的沉默造就了长长的沉默。整个房间只能听见电风扇嗡嗡的电机声，走廊上传进来隐隐约约的脚步声，还有两个人断断续续的喘息声，各种声音撩动房间的情绪。酒味、香水味、汗味、香烟味，在狭小的空间里混合成莫名的怪味，充盈着整个房间。

静雯用涂着厚厚口红的嘴唇温柔地亲吻卫东的眼睛，用牙齿撕咬卫东的耳朵，想要在卫东的身上留下自己的印迹。卫东的双手狠命撕扯，恨不得把静雯薄薄的衣衫撕碎。静雯害怕衣服真被卫东撕裂，侧过身来，让卫东像剥香蕉一样脱掉自己的外衣。静雯的手牵引着卫东的双手，拉扯着卫东的裤带狠命拖动。

朦胧的灯光下，静雯紧紧的红色胸衣高傲地挺立在胸前，凹凸有致的身体白皙动人，皮肤晶莹剔透，似乎连细细的绒毛也清晰可见。大戏的演出妆并没有卸尽，灰色的眼影把静雯的眼睛衬托得又黑又亮，眼神像火一般在燃烧，越发显得有神。闷热的房间就像烤箱，维持着恒定的温度，毛细孔渗出颗粒状的汗珠像淋过水一样湿滑，两人的皮肤就这样轻轻地粘在了一起。

卫东的右手往下延伸，急促地想撕扯静雯红色的小内裤。大胆激情的动作，让两个湿漉漉的赤裸身体融合在一起。因为快乐的演出，也因为成功的演出，内心的激情跟随汗液流淌出来，静雯的眼睛里充满了泪水，那不是插入的疼痛，是内心的激动，是精神的抚慰，是辛勤努力的汗水浇灌出来的成果。就这样，在硬硬的地板上，连胸衣也没有完全卸掉，卫东和静雯完成了两个人的高潮，享受了两个人的快乐。

静雯大汗淋漓，脱下胸衣扔到床上，赤裸着身体走进洗手间，把灯光开到最亮，只剩下黑色的高跟鞋陪伴自己。明晃晃的灯光照着镜子，静雯把散乱的头发放在胸前，从镜子里欣赏身体的曲线，两只坚挺的圆圆乳房高高耸立，在灯光的照射下是那么骄傲，身上的皮肤白皙细腻，在盥洗镜里投射出白晃晃的影子。

透过洗手间隔断的磨砂玻璃，静雯的身形朦胧可见，轮廓线隐隐约约，时而清晰时而模糊。卫东走进洗手间，从背后紧紧抱住静雯，用手轻轻抚摸静雯坚挺又柔软的胸部，把嘴贴在静雯的肩上深深吸吮，似乎想要把从静雯皮肤里散发出来的香味吸进自己的大脑，在脑海里留下永远记忆。淋浴喷头打开了，水花下雨般落下，卫东和静雯在淋浴喷头下，让淋下的冷水冲刷两人又一次的激情，冲刷美丽的记忆。

擦干身体，卫东把静雯从洗手间抱出来，放到房间里仅有的大床。洗浴后的身体散发着清香和凉意，两人一丝不挂地伸开四肢在大床上平躺着。卫东和静雯的眼睛盯着天花板，一句话也没有说，静静享受时间的安宁。发散了一整天激情的眼睛疲倦地渐渐合上，静雯翻过身，把头枕在卫东的胳膊，手放在卫东的胸前，轻轻拥着进入梦乡。

瞬间的激情，总是带来长时间的平淡。瞬间的辉煌，跟随时间流逝逐渐暗淡。大戏之后，同学们回到原位，继续原有的生活。改变，在平淡中渐渐产生，也重新回到平淡。除了平常有规律地上课，完成必要的学业，静雯像往常一样时不时向老师请假实习，奔波于不同的剧组，扮演雷同的角色。卫东依旧继续埋头写作，创作理想中的新剧。

“卫东，陆老师找你，你到她办公室去一下吧。”在表演系教学楼的走廊上，同学叫住卫东。

卫东是班主任陆老师办公室的常客，学生会的许多事情老师都会在这里给卫东交代和安排。表演教研室的大门敞开着，远远就能听见陆老师打电话的声音。卫东走进门，安静地站到陆老师办公桌对面。

“卫东，坐下说。”陆老师起身给卫东倒了一杯水，叫卫东在椅子上坐下来。

“陆老师，有什么重要的事情？”卫东很惶惑，老师的客气弄得卫东心情有些紧张。

“是这样的。法国NUK基金在北京的代理公司看中了你写的一部剧本，有想法把这个本子拍成电影。”陆老师给卫东带来了每个电影学院学生都渴望的惊喜。

“啊！真的？”卫东简直不敢相信自己的耳朵，“陆老师，是哪部本子呢？”

“你还记得你在院刊上发表的《悲情乡恋》吗？那个写农村留守妇女的那个本子。这次我去北京参加学术交流会，把这本子推荐给了参会的专家。没想到，参会的法国朋友对本子的内容非常感兴趣，一下就相中准备拍成电影。”老师的话音中明显带着激动，“如果你愿意，我就和他们继续谈下去。国内很少有公司愿意拍这种写实的文艺片，我觉得你可以试试。”

“我当然愿意啦！”卫东简直不敢相信自己的耳朵，本能呼喊出内心的声音，“陆老师，你觉得我能行吗？”

“怎么不行?《悲情乡恋》这本子本来就写得好，直面社会，而且思想描述也很深刻，已经超越了现实的境界。我没有想到，你年纪轻轻就能把很多事情看得这么透。卫东，好好努力，相信自己没问题。我以前和西方的电影人也合作过，他们的思维很简单，没有大家想象中那么复杂。”

“陆老师，需要我做些什么？”

“如果要拍成电影的话，本子还需要再修改修改。我先和他们谈起来，你继续按照自己的创想修改剧本，他们会有修改意见给你的。”

“谢谢老师，我会努力的，绝对不让老师失望。”

“我会努力的。”卫东的脑海中回响着沉重的声音，抱着必胜的信心和希望离开了表演教研室。

确实，卫东一直很努力，在走进大学校门之前就不停创作。面对一次次失败，一次次重新开始。小时候跟着当兵的父亲在边远山区的农村长大，小学快毕业的时候才跟随转业的父亲到主城生活。在山区农村，为了看一场坝坝电影，哪怕翻好几座山，哪怕跋山涉水，走好几个村庄，卫东也要带着自己的小木板凳不辞辛劳跟着爸爸妈妈去。山村里的坝坝电影，带给卫东无限幻想。山区的环境给卫东留下了深刻的印象，贫瘠的土地养育着憨厚朴实的人们，简单的土地哺育了山区人们简单的思想。考进电影学院后，卫东一门心思往编剧和导演的方向努力，梦想做一个优秀的电影人，把儿时的记忆用电影的形式表达出来。

……

“我会努力的。”记忆中强烈的回音在脑海中回放，卫东把自己从过去的影子中拉回到现实。十年努力，依旧在继续着。或许并没有很多人看到自己努力的步履，也没有人看到努力的艰难，但这十年，卫东从来没有放弃过，或许有短暂的失意，或许有瞬间的气馁，卫东依旧在坚持，依旧在往理想的方向不懈迈进。

"'我们在努力'，不是正好可以成为这次同学聚会的主题吗?"卫东的情绪一下兴奋起来，冥思苦想不得的答案现在随心而来。"我们一直在努力，同学们在不同的行业里，在电影梦想的追求里，在为了更加美好的生活理想，大家不是一直在努力吗？同学们十年的努力，很多人已经取得不小的成果，琼瑶的节目，子旭的事业，静雯的表演，颖婉的教学，也包括自己被禁的片子，不都是努力的成果吗？"卫东总结自己的心声，仿佛找到了想要的答案。

跟随着这个主题，卫东连续几天的任务就是搜集毕业后同学们努力取得的成果，寻找同学们不断努力的元素，也寻找同学与同学之间相互帮助成功的话题。卫东想找到新的答案，同学们共同努力的答案，同学们独自奋斗的答案。

美好的东西并都不是简单的割裂，一定有共性，一定是共同努力的结果。卫东睡不着了，看着熟睡中的佳纹，卫东默默念叨:"我不能让佳纹再这样跟着我难过下去，既然佳纹已经嫁给了自己，我就要努力改变现在的处境，一定要努力让佳纹生活得更加安稳。"

XI

在弥散着浓烈喜气的新年中，电影学院迎来了崭新的 2015 年，也迎来了电影学院成立第三十年。1985 年的 9 月，电影学院在山城大学正式成立并开始招生，从一张白纸开始，经过三十年风雨历程，学院已经桃李满天下。在全国的影视制作和文化传播领域，不少优秀学子成为行业的中坚力量，推动着中国电影事业的发展。

新年还未开始，学校就启动了庆祝建院三十周年的各项活动，展开各类型学术交流。颖婉所在的表演艺术教研室也承担了院里安排的任务，为建院三十周年庆准备献礼片。

晚上十点，表演艺术教研室的灯光还亮着，颖婉和宋老师、陆老师在一起商量为建院三十周年的献礼节目。排演大戏已经没有新意，组织公演已是常态，怎么能够推陈出新闪耀亮点成了创意难题。三十年来，在学院发生的故事太多，学院老师和同学成长的故事太多，如何把这一切凝聚在一起提炼出核心，三个人进行了激烈讨论。

表演艺术教研室在“老莫”的筹备下成立，到现在已经十几年，遗憾的是，工作室在国内外获得的奖项几乎全是“老莫”在世时候取得的成绩。“老莫”走后，工作室一直没有可以顶替“老莫”的人出现，工作室仿佛失去了拍摄影片的原创动力，转向理论研究和学生培养。电影创作已经成为了工作室存在的瓶颈，七年前《悲情乡恋》虽然被禁，也算工作室参与的最后一部有影响力的作品。如何重建“老莫”时代的辉煌，如何借院庆的机会摄制出优秀的作品，成为三个人讨论话题的焦点。

“能不能推出一部有吸引力，有思想性的新创作，是这次院庆拍摄的关键啊！”宋老师非常担忧工作室的现状，“不知不觉十年过去了，回头一看，近几年工作室就没有真正拿得出手的作品。”

“为了建院三十年，无论如何今年也要搞出一部像模像样的片子来，否则工作室的名声就全毁了。”陆老师也很担忧。

“听说卫东写了部新剧，叫《唤心》，能否让他参与进来一起创作呢？”颖婉想起卫东一直在推的新剧本。

“当然可以呀，只可惜卫东不是咱工作室的人，如果‘老莫’还在就好了，创作的事情根本不需要我们这几个女人来操心啦。”陆老师轻轻叹了口气。

“没关系，卫东以前也一直在工作室的，《悲情乡恋》也算是工作室的作品呀。我想这不是关键问题，关键还是有没有好的剧本，有了一剧之本，后面的事情都好说。”宋老师毕竟是学院的老艺术家，对表演艺术的看法有独到的见解，“但是，要找到好剧本，难啊！”

听到陆老师说起“老莫”，颖婉不免伤感。颖婉最清楚，“老莫”对创作的关爱就像对自己孩子的关爱一样精心呵护。

颖婉无心继续讨论，脑海中全是“老莫”的影子，全是和“老莫”在一起的记忆。

……

看戏，说戏，演戏，颖婉的生活被毕业大戏《我们的精神》改变了。随着《我们的精神》在小剧场汇报演出圆满结束，颖婉的大学本科生活也进入了尾声，颖婉的心被这个电影圈公认的青年新星征服了，经常找到“老莫”请教各种各样的问题。颖婉的生活跟随学习的时间，电影的时间，也跟随“老莫”的时间悄悄改变。在颖婉的眼中，“老莫”是一个秉性稳重，表现力丰富的人，也是一个感情细腻，富有幻想的人。在颖婉的心中，“老莫”不仅是工作中最好的伙伴，也是生活中最值得信赖的良师益友。

同样，颖婉青春刚毅的性格吸引了“老莫”，颖婉表面冷艳，内心细腻，对电影的执着给予了两人不可分割的共同语言，颖婉在生活上对“老莫”的照顾给“老莫”心理上极大的安慰。两人很快堕入爱河，这对师生情侣，在电影创作的道路上慢慢缓行，越靠越近。

时间很快进入炎热的夏天，临近大学毕业，除了留校保研，颖婉没有考虑其他选择。因为学业成绩优异，颖婉受到宋老师和陆老师的高度赞赏和推崇，保研留校的事情早就内定了，颖婉一点也不担心毕业后的去处。颖婉期待“老莫”能成为自己的导师，这样既可以陪在“老莫”身边，又可以协助“老莫”创作，还可以跟随“老莫”的思想去研究东方电影艺术中的文化精髓，学习“老莫”拍摄电影创作的手法，提升自己的表演能力。

研究生的生活平静安稳，除了上课，颖婉生活中最重要的一件事情就是陪“老莫”看电影。颖婉觉得电影院里的影片单调量少，商业气氛浓厚，而且每次看片子都要去电影院，很不方便。于是把积攒下的生活费拿出来，到二手市场去买了DVD机和电视，还买了一台电脑，放在“老莫”的单身宿舍。时不时和“老莫”一同到影碟市场淘国内外有创意的片子拿回宿舍观摩。两人几乎把奥斯卡、戛纳、柏林等大电影节的获奖影片翻了个遍，两人一边看片子，一边探讨剧本构思，表演技法，还有灯光和服化。每看一部片子，颖婉和“老莫”的感情就更深一步，直到看过《泰坦尼克号》，颖婉对着“老莫”相拥而泣，两人的精神和肉体真正融合在了一起。

仿似命中注定，进入研一下学期，学院给了颖婉一个早就预知的惊喜，确定让“老莫”作为颖婉的研究生导师。颖婉和“老莫”成为一对标准的师生恋人，这也算电影学院的一个传奇。这样的事情，总会有人叫好，也会有人唱衰。颖婉不在乎外界的评价，维持清高孤傲的性情，抵抗着各方面的压力，在内心里寻找和“老莫”在一起的平衡，把握和“老莫”在一起的节奏。

颖婉对“老莫”的感情，已经不能单纯用爱情两个字来形容，对电影创作的追求成为两人不可缺少的生活元素。颖婉对“老莫”的崇敬几乎到了巅峰状态，如影随形跟着“老莫”，甚至不愿离开“老莫”半步。为了“老莫”，为了“老莫”的电影，颖婉放弃了到美国交流学习的机会，也放弃了剧组邀请参加演出的机会。同学们很难理解颖婉对“老莫”如痴如醉的爱情，只有颖婉自己知道，她已经把“老莫”视同自己的生命一样，用双手捧在了手心。

研二上半学期结束的寒假，也是2007年春节，颖婉把“老莫”带回老家和自己慈祥的父母见面。出乎意外，颖婉的父母一点也没有计较“老莫”和颖婉之间的年龄差距，反而被“老莫”文质彬彬，外表柔弱内心沉稳的印象征服了。颖婉母亲对“老莫”更是特别关照，完全没有把“老莫”当外人看待，不仅细心安排“老莫”在老家的起居，还三番两次问起和颖婉的婚事，恨不得马上能够把研究生还没有毕业的女儿嫁给“老莫”。

结婚，对还没有毕业的颖婉，可算是艰难的选择。和“老莫”在一起，年龄的差距本不是问题，招人非议的无非颖婉和“老莫”的师生之恋。如果研究生没有毕业就结婚，对学校的安排可能会招致更多的说法和非议。颖婉不愿意影响“老莫”在学校的发展，影响“老莫”在电影圈的形象，况且“老莫”主创的新电影正在紧张的拍摄中，无论是时间上和环境上都没有做好充分的准备，颖婉打算把结婚的事情再往后推迟一段时间，等到研究生毕业后再考虑。看到母亲对“老莫”喜欢的态度，心里虽然高兴，但口头上还是劝说母亲不要老是追问“老莫”结婚的事情。

“妈，别老是催问结婚的事情，你还怕女儿嫁不出去吗？”

“妈也是替你着想，既然人不错，就抓紧点，早点把婚事办了，免得煮熟的鸭子飞了。”

"'老莫'不是你想的那种人，我们在一起快三年了，而且我研究生还没有毕业呢！"

"给小伙子加点压力，没问题的。"

"妈，不管怎样，反正不要再问了，你答应我。"

"好吧，好吧。听乖女儿的。"

"老莫"的新戏需要抓紧时间拍摄，大年初三的早晨，颖婉和"老莫"坐上从老家回主城的大巴，离开依依不舍的父母，提前回到学校。

再过一周，新学期就开始报到，也将开始颖婉研究生的最后一个学期。颖婉集中精力准备毕业论文《东方电影艺术的人性探讨》，假期的图书馆只开放半天，颖婉在图书馆待了整整一上午查阅需要的资料。等到图书馆关门，颖婉回到宿舍，习惯性走到窗口，往窗台上摆放的花盆浇水。兰花草是"老莫"送给颖婉的礼物，是"老莫"特别钟爱的盆栽，更是颖婉和"老莫"初次见面的记忆。

寝室的房门传来急促的敲击声，颖婉打开门，"老莫"满面笑容站在门外。

"我正准备过去找你呢？"

"颖婉，有件事情和你商量。""老莫"的表情带着满心的喜悦走进房门。

"什么事？快进来说。"颖婉拉着"老莫"的胳膊。

"上午李院长叫我到他办公室坐了坐，说学校的青教公寓已经完工了，这是学院最后一次福利分房，按照打分的排名，我应该可以算一个。如果顺利，我们下个月就可以搬到新房子去住，到时候我们就有自己的房子啦。”“老莫”坐在颖婉的床上，拉着颖婉坐下。

“真的呀？莫，我爱死你了。”颖婉抱着“老莫”狠狠地亲了一口。

“但分房得有个条件，不知道怎么和你说。”

“快说呀，在我面前还卖什么关子呀？”

“我们必须马上结婚才行。李院长说，按照这次分房的规定，要优先安排结了婚的老师。我怕安排完了我们反倒没有了。”“老莫”的言语有些次序颠倒，可能是太激动的原因。

“哦……莫，这算是你的求婚吗？”颖婉流露出一丝不太开心的表情，站起来走到窗边，看着窗外。

“当然不是啊，可是我真的来不及了，学校分房小组开学后就要公布名单。”“老莫”看颖婉的表情有些不悦，站起来走到颖婉的身边。

“可我研究生还没有毕业呀？怎么办？要不你先找个人把婚结了，等你把房子分到手就离婚，然后我再和你结婚。”

“那……怎么行？颖婉，那我不要房子，反正有的是机会。”“老莫”的话音低沉了下来，脸上的表情傻傻的。“老莫”本以为颖婉会很开心地同意结婚的事，看到颖婉的表情，觉得也不能勉强，毕竟颖婉说的也是事实。

“就这样放弃了，多可惜呀？莫，你不知道我一直等着这一天吗？这么大的事情，我总得给我爸妈说一声吧。”颖婉被憨憨的“老莫”逗乐了，对着“老莫”做了个鬼脸。

“老莫”跳了起来，把颖婉紧紧抱在半空，深情地拥吻颖婉。

分房的事情完全打乱了颖婉对结婚时间的安排，为了分到青教公寓的房子，颖婉很平静地答应了“老莫”结婚的请求。为了控制外界的影响，颖婉和“老莫”悄悄地把结婚证领了，只是简单邀请李院长、宋老师和陆老师吃了顿饭，算是把婚结了。

刚满 25 岁的颖婉，带着对电影的梦想，带着别人的羡慕，和“老莫”搬进了青教公寓。有了自我的空间，稳定的生活就此开始，住进新房不久，颖婉就经常出现恶心呕吐的情况，刚开始还以为是因为着凉引起的胃不舒服，也没去看医生。没过多久，身体的反应越来越大，颖婉神经紧张，再也不敢怠慢，赶快到医院检查。又一个惊喜带给了小家庭，颖婉的肚子里有了“老莫”的孩子。

“颖婉，离研究生毕业还有三个月，你算标准的学生妈妈，这可打破了学校的纪录。”“老莫”抚摸着颖婉渐渐隆起的肚子。

“你以为我愿意呀，还不是因为你这个坏人。”

“不能全怪我啊，是小家伙这时候急着想来这个世界。天意，一切都是天意。颖婉，孩子以后叫什么名字呢？”

“你不是喜欢兰花草吗？如果女孩就叫若兰，男孩叫若澜，”

“大名以后再说，我们先给他取个小名吧！”

“要不就叫草草，反正你也喜欢花花草草。小草的生命力最顽强，无论宝宝以后是男是女，这个名字都可以用。”

“嗯，好的，就叫草草，生命力异常顽强的草草。毕业后你就留在学校工作吧，不要走远了，到时候我请李院长帮帮忙，这样学校多一个研究电影的有生力量，可以充实学校的表演实力。”

“我看是你想我能好好照顾你拍戏吧，看你的私心多重！”

“我还不是为了照顾好你和小仔仔！”

研究生一毕业，颖婉带着对“老莫”的崇拜，也带着肚子里“老莫”的小孩，留在了学校，开始了和“老莫”在一起的平静生活。

……

如果“老莫”还在世，学院三十周年庆的献礼片一定是“老莫”的专场。“老莫”回国后，为学校做的第一个贡献，就是创建表演艺术教研室，为学校表演艺术研究奠定基础。“老莫”在国内外重大电影节连续获奖，吸引了大量资金投入工作室，为工作室在电影圈里的地位奠定了坚实的基础。

可惜“老莫”已经不在，经典难以延续。颖婉有心接过“老莫”这面旗帜，但有些忐忑，总是认为自己的作品创造力不够。现在机会就在面前，不容错过。颖婉期待已久的那一天终于来了。

“宋老师，要不这个任务就交给我吧？我来做前期策划筹备，请你们两位老师把关，一定拍出一部像样的作品来。”

“颖婉，千万不要勉强自己？你还要照顾草草。”宋老师并不担心颖婉的能力，只是担心颖婉的精力。

“没有关系，有我妈在，而且草草已经上小学。在工作室工作了这么多年，也积累了这么多年，请相信我有能力做好。”颖婉给两位老师很肯定的答案。

“我觉得可以让颖婉试试。”陆老师同样的意见，“我们俩都老了，就让颖婉来做吧。”

颖婉的决心打动了两位表演艺术家，为了让表演艺术教研室能够继续存在下去，为了传承“老莫”的精神，哪怕再苦，颖婉也要努力继续。

XII

回国7年多，子旭和同学们见面的时间却少之又少。整天埋头在工作中，似乎完全忘记了恋爱的滋味，偶尔回忆起那些年同学的味道，感觉像多年的老酒，醇香浓厚。偶尔听到酒局饭桌上介绍同窗好友的话语，总是会吊起子旭的胃口，去淡淡回味同学时期无拘无束的生活。距离十年同学聚会的日子没有多久了，曾经匆匆流过的岁月一晃就是十年。十年的同学记忆和现在的同学印象到底有多大的区别呢？在子旭的心中，是一个向往和好奇的疑问。

因为冠名节目和楼盘代言的事情，琳达最近常在口中提起琼瑶的名字。子旭听在耳中，表面平静如水，心中却隐隐泛起波澜。子旭实在不想在琳达的面前讲述曾经和琼瑶在一起的爱情故事。认识子旭七年，琳达似乎对这一切一无所知，还在想方设法撮合子旭和琼瑶。面对琳达所做的努力，子旭只能沉默以待，对琼瑶的感觉只是内心中那份默默念叨的遥远回忆。想着，想着，子旭禁不住想起和琼瑶最后一次近距离交流的场景，那已经是7年前子旭刚刚回国时候的事了。

……

2008年是不平凡的一年，南方的雪灾给春天带来了更多的寒意。阳光长时间明媚照耀着大地，让寒冷潮湿的山城连空气也变得干燥。春花跟着阳光心花怒放，平日里灰蒙蒙的山城四处洋溢着色彩缤纷。经过两年半的国外学习，子旭顺利取得了美国伯克利大学的MBA学位，回到离开许久的祖国。

重归故乡的怀抱，子旭对未来的生活充满了从未有过的幻想，热血沸腾的心里描绘着对未来的想象。子旭满心希望在父亲的公司里尽早做出成绩，让苛刻的父亲认可儿子的能力，也能为独自辛苦十多年的父亲分担更多的压力。子旭父亲满心期待自己唯一的儿子成为业界精英，不敢娇惯刚回国的子旭，把子旭挂了一个山城公司工程部副经理的头衔，安排到公司最基层的生产部门，从工程管理学起，锻炼子旭的基础管理能力。

国外两年半时间的生活历练，子旭的形象在无声无息中变化。卸掉大学期间微微卷曲的长发，子旭留着浅浅的平头。简单纯色的西服，白色的衬衣，黑色的皮鞋加上各式各色的领带，成为子旭周一到周四穿着的标配。一到周末，子旭重新回到充满阳光的休闲打扮。和大学时候相比，曾经张扬的个性收敛了许多，思考事情的方式从热情有余变化成刚毅稳重。现实生活和工作的节奏明显加快，但子旭思考问题的节拍却慢了下来。唯一不变的，是子旭脸上的表情，依旧时时刻刻充满信心带着笑容，激情洋溢不犹豫彷徨。环境改变人，时代造就人，子旭不再是一个纯纯的大男孩，不再只是为了纯粹的理想而简单地生活。

子旭不懂工程建设，除了偶尔从父亲的口中得到的信息，对专业知识几乎一窍不通。在粗糙的钢筋丛林里穿行，子旭工作的全部就是学习。子旭不敢懈怠，整天穿着工装泡在工地上，认真对待工地上发生的每一件事情。无论工作时间还是闲暇之余，子旭费尽心思了解工程建设的复杂程序，从看图读图，计划编制，施工工艺流程，到质量管理措施，跟着父亲指派的师父一点一滴卖命地学。两个月后，勤奋好学起到了初步成效，子旭对工程的了解竟是大有起色，对工程建设产生了浓厚的兴趣。

3月下旬，卫东把几个还留在山城的要好同学又一次约在一起，一来为迎接久别的子旭回国发展，二来为欢送即将去到全国各地的研究生同学。卫东来了，颖婉和“老莫”来了，琼瑶也来了，静雯在外地的剧组回不来。令人惊异的是，在人群中出现一个陌生的面孔，子旭在伯克利大学的小师妹琳达。十来个同学，依旧聚在学院后门熟悉的江湖菜馆，你一杯我一杯，一边饮酒作乐，一边诉说旧话，一边回忆曾经的难忘时光，一边说起现今圈子里的八卦。

石破天惊，“老莫”趁好同学们全都在场，直接宣布了和颖婉已经结婚的消息。颖婉穿着圆领文化衫，宽松的衣服遮掩明显发胖的身材，毫无经验的同学们没人看出年轻的颖婉已经做了母亲。

“正式告诉大家一个消息，我和颖婉结婚了！”“老莫”端着酒杯，拉着颖婉站起来，郑重地向同学们宣布。

“结婚?!”同学们哗然，发出一片惊讶的声音。

“那么快，还以为你们准备结婚呢?”

“你们可是我们中间的第一对夫妻哟，看来有第一对就一定有第二对！”

“恭喜恭喜，‘老莫’，颖婉，婚礼打算什么时候办啊？我们一定给你们送个大大的红包。”

“实在对不住大家，婚礼去年在老家已经办过了。因为办得简单，就没有邀请大家。”颖婉有点不好意思。

“看来还是结婚养人啊，颖婉，你胖多了，上次见你没多久啊，连脸都长圆了。”大家哈哈大笑。

“算了，你俩真不够意思，我每天在学校都不知道你们结婚。今天你们必须得把欠的喜酒补上，你们两口子好好多喝几杯，当作对我们‘赔礼道歉’。”卫东端起酒杯站起来。

“卫东，你就不要勉强我了吧，我现在不能喝酒。”颖婉面露难色。

“为什么呀？老同学见面，你俩大喜的事情总该多喝两杯吧。”卫东的酒杯停在半空，惊讶地看着“老莫”，以为是“老莫”不允许颖婉喝酒。

“不是那意思，我们已经有了小孩，颖婉还要喂奶，最好不喝酒。”“老莫”摆动着手，赶快圆场解围，“否则小孩还没有长大就变成了酒仙。”

“啊！啊！原来是双喜临门啊，那‘老莫’你必须喝双份！你们俩也太快了，照这个速度，班上谁能超过你们呀？”子旭也端起酒杯站起来，同学们纷纷跟着起身，端着酒杯为“老莫”和颖婉祝福。

“好，好，看在大家的情分上，我喝双份。”“老莫”爽快地连干两个满杯。

同学在一起饮酒总是欢乐多多。子旭的短发形象让大家很不习惯，时不时被拿出来作为调侃搞笑的段子。子旭也不介意，津津有味讲述在公司管理工地的经历，说得大家像听天书一样不感兴趣。其实大家更想知道子旭和琳达在美国读书的经历，可子旭却惜字如金不愿意提起。大家对子旭的侃侃而谈有些听不下去，不断拿起酒杯，打断子旭关于工程的话题，让子旭大口大口喝酒。

琼瑶挨着子旭坐着，看着坐在子旭另一边的琳达，在热闹的气氛中稍许有些尴尬。听到颖婉结婚有了小孩的消息，禁不住扭头看看子旭，若有所思却悄然不作声。琼瑶时不时偷窥坐在另一边的琳达的动作和表情。眼前的年轻女孩端庄秀丽，从骨子里透出一股高贵和洋气。素雅的花边衬衣，灰色的齐膝短裙，一双浅色的高跟凉鞋，身边放着一只大红色的挎包，虽然也是一身轻松的打扮，却给人超凡脱俗的感觉。“毕竟是从国外回来的，就是不一样啊。”

琳达的出现，完全打乱了琼瑶准备许久的心思。昨晚在床上整整滚了一夜，脑海里不断出现和子旭见面的场景，可在床上的构思今天一个也没出现，反倒在子旭的身边冒出来一个气质优雅的美国小师妹。心中的空白刚刚被子旭回国填满，现在又恢复到原状，琼瑶的心里酸酸的没有了方向。临出发时肚子里还装满的话，现在被满满的醋意融化得无影无踪。虽然紧紧地坐在子旭的身边，主持人的口才也被环境消化了，面对子旭一句话也讲不出来。琼瑶的眼睛迟钝地看着桌上的酒杯，仓促应对同学们你来我往的敬酒。

“这两年还好吧？”子旭仿似看出了琼瑶的心思，端起酒杯转身和琼瑶碰了一下，打破僵局。

“嗯，还好，我看你过得挺好的，美国的小师妹很不错啊！”琼瑶的笑容有些变形。

“听说你已经当主持人了？挺好的。”

“台里成立了一个新栏目，我也只是刚过去，节目还没有正式开播。”

“新栏目？那现在肯定很忙吧？”

“正在筹备，事情比以前要多些，不过还好，台里有老同事顶着。”

“琳达是我在伯克利大学的师妹，这次回国旅游，顺便来看看我这个‘半路同学’，她明天一早的飞机回美国，既然来了，我就叫她一起来坐坐。”子旭转头给琼瑶介绍坐在另一边的琳达。

“琼姐，你好！”琳达对着琼瑶抱以微笑。

“嗯，琳达你好，你长得真漂亮。”琼瑶举起酒杯，冲着琳达笑了笑，把杯中剩下的小半杯啤酒一口喝下，话语中带着一丝酸味。

“卫东，你的《悲情乡恋》拍得怎样啦？我们都等着看呢。”，“老莫”更加关注圈里的事情。

“哪有你和颖婉的速度快啊，没有开机呢，还在做最后的准备。法国人做事拖拖拉拉，每件事情的细节都要问清楚，让人着急啊。”

“卫东，你不要把我活生生拉扯进去，我是坐着也中枪。”颖婉拿着饮料对着卫东笑着，“你和静雯怎样啦？是不是也快了？”

“别说了，静雯整天都在剧组忙活，八字还没一撇呢。”卫东独饮了一杯。

“你那戏已经有两年了吧，怎么还没开始？”“老莫”有些疑惑，“我在法国待过，法国人的效率不应该那么低，他们西方人做事严谨，习惯就好了。”

“法国人把片子的制片权交给了北京的代理公司。剧本我早就改好了，剧组也只剩下女主还没最终确定。我和陆老师推荐静雯演巧英，北京的代理公司有些看法，陆老师还在和他们协商。没想到宋老师又推荐了旭青来演，代理公司为难，说把这个事情交给法国方面来决定。原定的计划今年5月就应该开机，还不知道会不会延期。”卫东解释着整个过程，表情有些无奈，“静雯为了这个事情，一直放心不下，我来之前还打电话问我这个事情。”卫东又拿起了酒杯，“静雯请我代她向大家问个好。”

“卫东，不要老是忙着喝酒。旭青！就是我们班跟静雯同宿舍的那个女生？怎么没听陆老师说起过。”颖婉感觉有些惊讶。

“是啊，半路杀出个程咬金，都是严谨的法国人惹的祸啊！”卫东把端起的酒杯放到了桌子上，加重了无奈的色彩。

“我在法国读的大学，我知道那些法国人的工作风格，他们大多比较romantic，连工作的时候也能够感受到他们的浪漫的气息。”琳达听卫东老说起法国，也融入进来说上几句，打断了说旭青的话题，“不过法国人真正工作起来还是非常认真的。”

“琳达，你也在法国待过？”“老莫”惊讶，似乎又找到一个话题的共同点。

“嗯，我爸妈在波尔多买了个酒庄，现在那边定居。高中还没有毕业我就跟爸妈去了法国，读大学的时候在普罗旺斯待了4年，因为读MBA我才去的美国。我已经很久没有回国啦，这次学校放春假，正好回国看看老家变成什么样子。说实话，国内的变化确实太大，和我出国的时候比完全两个样子。”

琳达对着“老莫”说了几句大家听不懂的法语，“老莫”哈哈大笑：“你问好的发音好标准啊。”

“原来琳达是法国友人啊！”卫东用调侃的语气接着琳达的话，“失敬，失敬。琳达，你和子旭怎么认识的呀？”

“我们在飞机上认识的，子旭是学校里的东方男神，很受留学生同学喜欢。”琳达扭头对着子旭笑着。

琼瑶看在眼中，伤在心中，悄然不做声。琳达国外生活的阅历和自己纯粹的国内生活历程拉开了很长一段差距，这个距离变成了和子旭遥不可及的距离。琼瑶非常清楚，主持人的职业对子旭来说并不重要，子旭是一个典型的理想主义者，更需要精神陪伴，需要有共同语言的伴侣。和子旭的距离，似乎被琳达的出现渐渐拉开了。

“颖婉，你现在在学校做什么啊？以后准备去哪儿发展？”子旭不想在琼瑶的面前老是聊国外的事情，把话题岔开，回到学校的圈子里来。

“你看我现在这个情况，还能到哪里去呀？多亏李院长照顾，暂时留在学生处工作。”

“学生处？这不可惜你这个表演天才了吗，你不打算再演戏了？”子旭感到大大的惊讶。

“到时候再看吧，等小宝宝长大了再说。今年毕业的同学很少有去影视公司上班的，不是去了文化公司就是去了电视台，还有两三个同学去了话剧团。表演专业的毕业生择业是个难题。”

现实和理想又一次产生了分裂，原本单纯的电影人圈子，开始变得杂乱起来。走进社会的和留在学校的，圈内的和圈外的，说着不同的话题。各有所思，各有其想，每个人都在表述新的生活观念，表述新的工作氛围，思考新的创想。

同学聚会，成为一个或紧或松的纽带，填补着时间的空缺，让不同的思想汇集在一起，轻轻发生着碰撞，让激烈的火花点燃新的生命，开拓出新的道路。同学时代的情感，逐渐埋藏在每个人的心中，拧成一条绳索，在心灵深处紧紧打成一个结，永远也解不开，永远也无法解开。困惑，逐渐在同学的脑海中浮现出来，在人们的心灵中忽隐忽现，看着晃动的酒杯，仿似在把一杯杯的苦水倒进心里，酝酿发酵，同学们总是希望能够看见，通过辛勤努力最终酿造出来的是甘甜的美酒。

学生时代的点点滴滴生活旧事，依旧是大家在一起话题的焦点。大家调侃同学时光的单纯，回味同学时光的记忆，惦念那时候的青涩滋味，继续畅想梦想的前景。“背弃了理想，谁人都可以。”Beyond 的歌声唱出了同学的心声，也唱出了现实的味道，同学们开始进入抗争的环境，开始感受生活的艰辛。言谈举止中，现实的味道越来越浓，对于过去往事，记忆和纪念即将成为永恒的语言。

话题中，同学之间的关系微妙地发生着变化，商业氛围变得越来越重。大家都在想象自己的发展途径，围绕成功的价值观激烈争论。毕业还不到三年，给大家的感觉就像已经毕业了很久很久。生活的历程在时光里添加了催化剂，催促着大家尽快成熟，尽早成为社会大舞台的主要角色。还好，同学们都没有懈怠，都围绕着自己的事业，围绕着新的梦想，围绕对社会的好奇和新鲜，努力做着自己的事情。

春天的感觉，阳光明媚，同学们心中的春天，同样心花灿烂。

……

子旭品尝着琳达给自己调制的哥伦比亚摩卡，同学们的面孔在脑海中车轮似的转动，子旭在他们的中间看到了自己的影子，时而在城市的人群中匆忙穿梭，时而站在路边或近或远看着别人奔波挣扎。从表演转向房地产管理，从电影梦灭到新梦想建立，子旭跟随在父亲的身边营造新事业的王国，努力拼搏不再是问题，不停忙碌的心态已经逐渐麻木。十年了，同学之间渐渐拉开生活的差距，同学聚会还能够像大家在大学的时候那样和谐吗？或许这只是一种多虑，同学依旧是同学，友谊永远是友谊，同学是青春永恒的烙印，是永远都改变不了的身份。

年轻时代的梦境，好像已经惊醒，又好像依旧痴迷。现实没有太多选择让自己去面对，现在的生活对子旭来说是一条不归路，只有坚持走下去，也不得不坚持走下去。曾经的爱恋，虽然就在不远的身边，却不能去靠近和索取。曾经的感情依旧蕴藏在心底，却不敢让它跟随心泛滥，让它重新浮出心海的水面。

同学聚会，或许还能够让人回忆曾经的纯真，回忆无欲无求的期待。单纯的惦记，已经成为这十年的精神财富，久久积淀在心中。往事只能回味，即使面对面也不可能重新再来。

子旭想着这些深邃的意念，目不转睛看着窗外的风景，流露出淡淡的忧愁和伤感。

XIII

补拍的过程还算顺利，因为需要拍摄静雯全身湿透的细节，公司做了简单清场，除了导演和摄影师，其他的演职员都回避了。这一次拍摄的效果很好，淋雨的场景拍得非常唯美，湿湿的衣服紧贴静雯曲线玲珑的身体，给人一幅美丽油画的感觉。这是静雯第一次拍摄半遮半掩的戏，静雯有些紧张，身体也略微有些僵硬，反而显得凹凸有致的身体特别有型，把魅惑性感的吸引力全部发散出来，让人想入非非。

静雯没有想到，公司对这次补拍的效果非常满意，连续和静雯签了几个拍摄平面的合同，请静雯拍了好几组性感火辣的套图。静雯逐渐适应了在镜头前自然舒展完美的身躯的环境，不再像以前特别关注工作人员在场外盯着自己喷火的眼光。静雯心中默默念叨："如果这是不得已的选择，就这样认命吧，就当作对未来的最后一次赌注。不管有没有效果，只有听天由命啦。”

……

最近一段时间，静雯对剧组打来的电话有些恐惧，甚至有点怕接听。大学毕业已经两年多，一直断断续续在外地的剧组待着，饰演性情不同但类型雷同的角色。对于一些纯粹跑龙套的角色，静雯接也不是，不接也不是。每个月都在机场、火车站、汽车站穿梭，很少有时间停歇下来思考演艺道路应该怎么走。生活的品质就更加谈不上了，在剧组除了拍戏就是睡觉，除了乏味还是乏味。还好有卫东在不远的远方安然地陪伴自己，不舒心的时候，静雯可以敞开心扉向卫东聊聊家常琐事，说说心里的烦恼。

尽管如此，期望归期望，现实还是现实，静雯依旧能够接受芝麻大的角色。静雯在内心默默祈祷：“但愿上天恩赐，让自己尽快在圈子里钻出点名堂。”因为没有签约经纪公司，也没有固定的演艺经纪人，在山城的朋友也不多，静雯接戏和演戏全靠师哥师姐以及圈里的朋友支持，依靠积累的名声和圈里朋友介绍，静雯只能断断续续不停演着小角色。虽然并不发愁会断了演出的机会，但接拍的角色几乎全都是花瓶式的点缀。在旁人的眼中，静雯整天忙忙碌碌，报纸刊物也经常可以看到静雯出演影片的消息，可在主演的署名里依旧看不见静雯的名字。直到现在，静雯也没有演过正儿八经有深度的角色，更不要说接拍知名导演的电影，这是让静雯感觉最为烦恼的事情。

子旭从美国回来的消息，卫东一个多月前就给静雯说了，可以聚会的时间一直定不下来，回山城的时间也没办法安排。时间的安排总是那么凑巧，往往不愿意发生的事情却偏偏会发生。为了扮演一部清宫戏的小公主，静雯刚从北京飞到横店的影视基地，卫东通知同学聚会的电话就来了。静雯的心中略微有些不悦，但这种时间上的冲突对静雯来说也无法控制。静雯很想知道子旭这个当年的电影热血青年，当年的“高富帅”现在到底怎样了？静雯也很想知道这个传奇的同学回国后是不是会继续投资拍电影？可这次横店的片子，是静雯演过的电视剧中戏份最足的一部，放弃真是舍不得，静雯还是以工作为重，放弃了和老同学碰面的机会。

静雯担心自己的演出形象被经纪人定型，一直保留着自由演员的身份。卫东忙活着创作《悲情乡恋》，很难走出学院的大门，没有太多工夫作为经纪人身份为静雯联系演出的机会。可总是接演小角色，静雯不知不觉被角色自然而然地定型了。静雯盼望突破，可事与愿违，一直没有遇到合适的机会。静雯有时候对自己的美丽有些莫名的懊恼：“或许因为外貌形象太过光艳，冲淡了角色的主题，才弄得发挥演技的角色很难落在自己的头上吧。哎，外表除了招蜂惹蝶，引来绯闻不断，没什么好处。”

短时间不可能有突破，静雯把赌注押在了卫东的新电影上。卫东接受法国 NUK 基金邀请筹拍《悲情乡恋》已经两年时间，制片方期望能够拍出一部反映中国乡村现实的新浪潮电影，深刻刻画中国式的乡村情欲，拍摄出悲凉苦楚的性感。卫东虽然小时候在农村长大，但回到城市生活已经十几年，以学生的视角拍现实主义的电影确实有些难度。卫东跟随制片方的意愿，反复修改剧本，2008 年 1 月，片子的剧本终于得到制片方的认可，进入组建剧组的阶段。

静雯喜欢《悲情乡恋》里的女主角巧英，内心对她的经历充满了好奇和欣赏。高中毕业后，二十出头的巧英嫁到邻村。丈夫长期出外在南方打工，巧英独自在小乡村照顾丈夫年迈有病的父母。不幸的事情发生了，丈夫因为工地事故意外致残，失去了生育能力。巧英渴望有小孩但却不能，巧英保守毅力，坚守最为原始淳朴的思想和人性。不仅照料身残的丈夫，而且料理丈夫生病的父母。

巧英的高中同学立刚，是村里唯一的留守青年男子，也是村里的种植承包大户。年轻力壮的立刚在城里读完大学后回乡发展，家庭经济宽裕，对漂亮孤独的巧英情有独钟。巧英和立刚保持着既纯情又暧昧的友谊。巧英抵抗着物质和身体的诱惑，坚持生理和心理的底线，内心却在激烈挣扎。一个下雨的夜晚，立刚帮助巧英在野外寻找走失的山羊，在黑暗的山坳里，原始的欲望战胜了理性，巧英和立刚的身体融合在一起，压抑许久的欲望之火喷发，巧英和立刚成为地下情人。

随着时间推移，老两口无意间知道了巧英和立刚的关系，为了维系家庭的安稳，老两口默认事实的存在一言不发。不久后，巧英怀孕了，老两口相继去世，都没有把这个事实告诉身残的儿子。最后，巧英怀着身孕，带着生病的丈夫嫁给了立刚。

整个剧情在清明时节老两口的坟前开始，在巧英内心的挣扎中黯然结束。

从来没有演过像巧英这样高难度的角色，这部新戏对静雯来说是一个大挑战，静雯很想在这部新片里展示自己的演技，把巧英内心中挣扎的人性活灵活现表演出来。可《悲情乡恋》的女主角一直没有落定，静雯并不知道宋老师另外推荐了旭青出演女一号，在横店苦苦等待一个多月，信息封闭的静雯急了，趁拍摄休息的时间拨通了卫东的电话。

“卫东，晚上老同学聚会我实在回来不了，你就代我向他们问好吧。”

“琼瑶和颖婉都说好要来，还有子旭和‘老莫’。”

“卫东，我来演巧英的事情和北京的公司谈好了吗？”

“还没有呢。我和陆老师已经提出了我们的方案，制片公司还在等法国那边的消息。我刚知道宋老师另外推荐了旭青，法国方面也在评价。静雯，你不要着急，再等等吧。”

“啊?! 旭青?! 怎么会这样？怎么会有旭青出现呢？”

“宋老师说法国方面要求有备选的人员，所以就推荐了，可能是走走过场，你不要急。”

“我怎么会不着急呢？卫东，再过几天横店这边的戏就杀青了，我把后面的戏已经全都推掉啦。你知道，我等巧英这个角色不是一天两天，长期这样总不是办法呀?! 卫东，你不能催催吗？我下个月月初就回来，我们好好聊聊吧。”旭青的出现，让静雯心里特别担心，担心卫东对自己没有信心，或者是卫东不愿意让自己出演激情戏，想让旭青替换自己。旭青的老家在农村，在学生时代就出演过两部激情味道很重的生活剧，在这方面，静雯没有经验，毕竟静雯没有在农村待过，从来没有演过激情戏。

“静雯，应该没问题的，别急，一切得看制片方的意思，等你回来再说吧。”卫东说话的声音变得很小，明显没有底气。

“卫东，巧英这个角色，真的很有想象力，我真的很喜欢。

为了你，为了这个角色，我愿意改，农村的戏，包括激情戏，对我来说都不是问题。”

“静雯，不要误会我，真的不是戏路的问题，是制片方的原因，决定权不在我们，你再等等吧。”

“你难道不能提点要求吗？你就不能坚决一点？要不你就给制片方说，如果不是静雯来演巧英，你就放弃合作，你这样做不行吗？”静雯急得有些任性。

“静雯，这合适吗？这不是变成威胁制片方了吗？”

“有什么不合适？剧本这么好，他们不做，一定会有其他投资人做的。”

“静雯，算了，等等再说吧。”

和法国NUK基金合作，对卫东来说是千载难逢的机会，卫东肯定不愿意因为选择演员的原因去铤而走险。卫东没有答应静雯的要求，也不可能答应。卫东明白，威胁制片方无疑自掘坟墓，圈内的投资人大都利欲熏心，无利可图的事情是不会做的，有这样一家不求利润愿意投资文艺片的公司实在难得。即使卫东愿意错过这样的机会，表演工作室的老师们也会反对，他们也不愿看到卫东为了静雯演巧英的问题去要挟制片方的行为。卫东明白，如果没有资金投入，哪怕剧本写得再好最终都只是一堆废纸，况且子旭在学校里筹拍电影的全过程给了卫东一面镜子，卫东不愿意重蹈子旭的覆辙。

每次给卫东打电话，对演巧英的事情都得不到确定的消息，强烈的演出意愿让静雯的心情急躁不安。现在半路上又多出个旭青，而且是自己同宿舍的同班同学，让演出的机会更加渺茫。静雯明白，和卫东争吵再多也没有半点用处，主要角色选定最终还得通过制片方的批准。像卫东这样的年龄，刚刚出道便有机会得到境外投资人的赏识，已经是难能可贵的事，一旦错过，可能这辈子都不会再有。静雯不愿卫东失去这次绝佳的导演机会，可时间拖得越久，自己越没有出演女主角的信心。静雯决定尽快回到山城和旭青聊聊，劝说旭青放弃演这个角色的机会。

横店的片子一拍完，静雯立刻飞回山城，找到毕业后留在山城的旭青。两人约在学校旁边的咖啡厅里，气氛紧张地聊起来。

“旭青，你能不能不参加卫东这部片子的演出啊？你知道我等巧英这个角色等了多久吗？”静雯的话有些咄咄逼人。

“其实我也不是很想掺合，可宋老师把我已经推荐上去啦。”

“你可以提出来不演啊，你知道我和卫东是什么关系呀？”

“是的，虽然你们在谈恋爱，但宋老师认为这个角色由我来演更合适。”

“你更合适？凭什么你更合适呢？”

“因为经历啊，这部片子需要演技，需要感觉。剧本虽好，但如果没有演好，这片子不是同样废了吗？”

“你的意思是我没有演技，你要明白，我比你演的片子多多了。”

“演得多并不代表演得好，等制片人来决定吧。”

“你确定不退出，是吗？”

“是的，这不是我主动去插你的队，是老师推荐的，大家机会均等，我也没有办法。”

“好吧，我去找宋老师。如果你演，我就叫卫东退出。”

"……"

不愉快的简短谈话，在咖啡厅里结束，两人不欢而散。曾经同室的好友，此时此刻变成了对立的竞争对手。和旭青谈完，静雯焦虑的心情更加沉重，她没有去找宋老师，也没有继续逼迫卫东，暗自一个人伤心，等待法国方面的结论。

已经不止一个朋友提醒过静雯，当今电影圈新人辈出，一定要抓住机会。静雯快25T，不再是刚上大学时候青春靓丽人见人爱的小清新。如果不在适当的时机进行转型，以前的努力可能就会白费，表演的前程可能就因此殒落。片商时不时提出一些特别的要求，希望容貌靓丽的静雯能够发挥外形美丽的优势拍摄一些性感、出位的镜头，这样既可以增强剧情的观赏性，又可以有炒作的卖点。可静雯就是不愿意，静雯不想为了纯粹商业炒作改变自己保持已久的清纯形象，对类似的片约全部拒绝。静雯渴望能够转型，走向演技派、实力派的道路，但执拗的性格让这样的机遇一直没能降临到自己的头上。

一想到这些，静雯不自觉回想起大学时候的辉煌。大学尚未毕业，静雯便连续接到四部戏的邀约，在国内飞来飞去，跟着剧组跋山涉水。在娱乐周刊和网络新闻上，时常能够看见静雯的影子。在同学们看来，静雯已经成为当之无愧的校园明星。这种感觉，对静雯来说，是一种难以描述的荣耀，也是终身难忘的记忆。

大学毕业后，静雯没有回老家，独自留在繁忙的城市圈继续做着电影梦。父母都是政府机关的干部，工作安稳自在，唯独放心不下独自在外闯荡的女儿，不仅担心静雯的工作，也牵挂静雯的感情生活，不断催促静雯尽早回老家找个稳定的工作结婚生子。静雯的想法和父母的愿望完全不一样，一想到自己演艺事业的局面刚刚打开，前程似锦一片光明，静雯不想演艺未成就早早回家结婚，没有半点回去发展的意思。静雯幻想着自己在演艺圈不断成长，终有一天能够成为大明星："如果不坚持，大学里的表演不是白学了吗？"虽然在这个城市里没几个朋友，毕竟还有卫东陪伴着自己。静雯并没有把和卫东的恋情给亲戚们公开，也没有把卫东带回老家让父母安心。静雯依旧坚持着自己的明星梦，在山城这个小小的电影圈里拼命挣扎着。

卫东一边读研究生，一边专心准备影片《悲情乡恋》，把所有不相关的事情都搁置到一边。静雯和卫东并没有搬到一起住，两人见面的时间断断续续。每次从剧组拍戏归来，在狭窄脏乱的研究生宿舍见到不修边幅的卫东，静雯总是又兴奋又心酸。两人像游击队员一样，不断在黑暗的夜色中穿梭，找寻属于两人的独立世界。江边的小径，学校旁的小食店，商业区的电影院，还有大大小小的连锁旅店，在这里两人还能找到片刻的温馨和安宁，除此之外，几乎再没有独立自在的空间留给他们。

时间匆匆流动，空间和时间拉大了两人的距离，寒酸清苦的恋爱影响着两人的心态，感情的新鲜感被现实的无奈不断冲淡，两人除了还能够谈谈在剧组的八卦，谈谈卫东的《悲情乡恋》，除了越来越乏味地完成任务似的做爱，两人几乎从来不谈感情的未来。时不时静雯的美丽还给两人安静的生活带来一些麻烦，不愿意招蜂惹蝶的静雯总被追逐者困扰，加上新闻上这样那样的花边绯闻，弄得卫东也不敢奢望两人的未来一定会有结果。激情逐渐变成了感情，卫东看着静雯长时间在花瓶般的小角色上耗费青春和精力，也开始着急起来，劝静雯有意识地去控制演出的频率，希望静雯能够稍事停顿，静下心来好好想一想未来的生活，同时也能够规划一下两人的生活前景。

“雯，你整天这样跑来跑去，不觉得累吗？你不觉得有点浪费时间吗？”

“怎么会浪费时间呢？演员的工作就是表演，我们本来就应该去扮演不同的角色，尝试不同性格的角色，你不觉得吗？”卫东的话正好戳到了静雯的痛处，静雯有些反感。

“可你现在每天都在跑龙套呀？这样很浪费时间的，要不你休息一段时间，不要让虚荣心膨胀了，我们一起静静想想未来该怎么去发展。”

“未来的方向，那还不是演戏呀！有哪个大明星不是从跑龙套开始的？不跑龙套怎么会有演大角色的机会呢？”

“关键是你经常参加的那些乱七八糟的应酬，算是什么机会呀？我是在担心你，你知道吗？”卫东的情绪有些激动。

“你是大编剧大导演，你的是电影，我演的就不是电影了？我的眼光可没有你那么高，我没有经纪人，也没有公司捧，我得靠自己找戏来演。我不出去拍戏也成，那你做我的经纪人，你帮我联系片子。可是，你能吗？”

静雯和卫东的对话充斥着火药味，现实的矛盾逾越了感情的界限。毕竟卫东还是个学生，一个尚未毕业的研究生，绝大部分时间都窝在宿舍里修改剧本，外界的社会资源十分贫乏，《悲情乡恋》也靠表演工作室的陆老师和宋老师在和制片方保持联系，商务上的事情卫东根本插不上手。卫东从心底里认命静雯的牢骚，知道自己根本没能力给静雯营造一条出演主角的道路。即使是《悲情乡恋》，巧英的饰演者也得看制片方的意见。静雯不停参加各种晚宴，在酒局上喝得头昏脑涨，卫东看在眼中，疼在心里，却无能为力。卫东也渴望《悲情乡恋》由静雯来演巧英，可主动权不在自己手上，只有等待，无休止地等待，等待法国方面的意见，等待制片公司的最后消息。

每次在外面喝完酒，静雯就觉得特别委屈，毕竟自己还是父母眼中的千金小姐。一直养尊处优到现在。静雯内心矛盾，跟着卫东这样耗下去终归不是办法，不仅耽误卫东的时间，也耽误自己的时间。若是要自己立刻停下脚步，走进婚姻的殿堂做贤妻良母，此时的静雯是绝对不甘心。因为《悲情乡恋》，因为巧英，静雯的内心还残存着最后一丝希望，《悲情乡恋》渐渐成为静雯和卫东在一起最后的话题，也算是静雯对卫东最后的感情寄托。一想到这里，静雯的心中不免泛起深深的凄凉，对未来充满了莫名的恐慌。

两年多的时间过去了，两人依旧生活在同一个城市，名义上静雯和卫东依旧是恋人，但和分开没有更多的区别。两人的关系变了，变成一种特殊的暧昧。卿卿我我的话语，在两个人之间近乎于消亡。激情对两个人来说似乎早已散去，见面的时候再没有想要拥抱亲吻的冲动，更不用说到快捷酒店去短暂疯狂地亲热。

《悲情乡恋》的女主角最终没能落在静雯的头上，制片方最终选择了旭青。法国 NUK 基金的理由是静雯东方女人的美丽和片中女主角的平凡和野性不相匹配，另外制片方对静雯的演出经历也不大认可。因为陆老师竭力争取，制片方下了个台阶，为静雯安排一个配角的角色，同意在剧情中多增加一些露脸的时间，算是一个折中的方案。

失落的情绪难以言叙，静雯没有想到，一心准备想要出演的女主角，却在最亲近的人的手指之间滑落，而且落在了同寝室的同班同学头上。静雯不知道是应该对卫东失望，还是对没能出演巧英失望。失落的静雯在心中埋怨卫东，委屈的眼泪在眼眶里转了一圈又一圈，却坚强地没有落下来。

飞往北京的登机牌，在静雯的手中紧紧握着，仿似要被手掌心的温度融化。5月的山城，骄阳似火，火辣辣炙烤着静雯冰冷的心情。静雯娇弱的胳膊拖着又大又重的行李箱，在候机厅外的人行道上站着，箱子里装满静雯在这座城市生活了六年的所有家当。静雯没有完全死心，心中还抱着一丝幻想，想象能够像大多数电影一样出现动人的追寻画面。静雯站在候机厅外的阳雨棚下，盼望卫东飞奔前来四处寻找自己的身影。

穿梭的行人在身边不停匆匆走过，不少人站在入口的吸烟处吸烟，眼睛时不时神情麻木地扫视站在路边衣着亮丽的静雯。静雯没有心思关心身旁莫名的目光，眼睛在人群中搜索，望眼欲穿却看不见卫东的身影。一个小时以后自己就将离开这座城市，飞到遥远的北方，或许离别是暂时，也或许一别就是永远。静雯没用勇气继续在这里留下来，谢绝了《悲情乡恋》的配角角色，答应了北京一个剧组的邀请，准备到北京开始新的生活。

经过近三年的折腾，《悲情乡恋》终于可以正式开机了。在三峡广场的电影院里，开机仪式隆重热烈，由卫东导演、编剧的“新浪潮”电影，带给圈里人许多好奇，媒体宣介会的会场坐满了传媒圈的来宾。

室外的天气酷热难耐，卫东一身正装，焦急期待的心情却是冰凉。看不见静雯的踪影，也打不通静雯的电话，卫东在人群中走动，不停询问静雯的消息。自己最美好的时刻，最亲密的人却没有出场见证，静雯把遗憾和不安扔在了卫东的心中。不知道是对静雯无法出演女主角遗憾，还是对静雯没有出席开机仪式而遗憾，卫东站在主席台边，扫视到场的所有来宾，心里空荡荡的。

旭青一身盛装，静静站在卫东的身后，看着卫东的背影，默然无语。

这时候，鲜艳急匆匆从会场的大门口跑了进来，卫东怦然心动，急忙迎上前去。鲜艳气喘吁吁地塞给卫东一封信："卫东，静雯走了，去北京了。"

卫东大惊，走到会场的角落里，一把撕开信封。

"……

东，我走了，在你最开心的时候，我已经到了机场。本应该陪你一起享受这幸福的一刻，我却不得不离开了。

东，跟随着你，我倾注了我对巧英的情感，我太期待《悲情乡恋》，可现在巧英不再属于我，我的期待也跟随巧英走了。

东，我期待你的成功，我相信《悲情乡恋》一定能够轰动整个电影圈，但我等不到这一天，相信旭青同样能够演好这个角色。

东，我走了，你不用牵挂，我已经没有继续留在这里的理由。我们的生命曾经相伴而行，因为我们有共同的理想，因为在我们的心中有电影，因为电影，我们相互依靠，相互支持，相互温暖彼此的心灵。现在，一切都消失了，伤心已经把我的全身浸透，我没有办法继续留在这里，继续留在这个带给我们伤心的地方。

东，我走了，不要怪我，我只有离开！好好拍这部片子，我相信你一定会成功！我在遥远的地方为你喝彩！

……”

此时此刻的卫东，离不开《悲情乡恋》的开机仪式，没有办法到机场去追赶静雯的踪迹。卫东不能带给静雯需要的东西，没有底气坚决地把静雯挽留下来，本来就空荡荡的心情被静雯离开涂抹了一片空白，卫东只有带着悲凉的心情站在主席台上，带着僵硬的微笑面对闪光灯，迎接台下一阵又一阵热烈的掌声。

带着沉默，带着欣喜和希望，踏着第二天拂晓，《悲情乡恋》剧组全体人员搬到三峡库区里早选好的拍摄地，开始为期三个月的封闭拍摄。旭青并没有让卫东失望，全身心投入整个表演中。看着旭青，卫东就想起静雯，像对待静雯一样，对待着旭青。

夏天的热火，抵挡不住心情的寒冰。因为电影，曾经的“金童玉女”“才子佳人”就此各分两地。因为电影，两个年轻的同学抱着相同的梦走在一起，也因为电影，两个曾经的恋人为了找寻同样的电影梦各奔东西。或许，留在心中的，不仅仅有牵挂，还有曾经亲密靓丽的身影。或许，在每个人的脑海中，都有一段和电影联系在一起的酸辣故事，都有一段难以忘怀的电影般的初恋。现实毕竟是现实，因为电影梦断，他们再也找不回逝去的亲密时光。每一次见面，都将成为对过去的一次祭奠，每一次见面，都将成为对过去时光的思念。

离开了心与心的交流，连空气都变得僵硬。心和心被隔开了，被爱情软化的心情渐渐冰冻。自此以后，静雯成为了名副其实的“北漂”，继续在不同的剧组饰演雷同的角色，在演艺圈里继续折腾。因为拍摄《悲情乡恋》，卫东成为山城知名的电影导演，步入电影人的黄金年华。

XIV

年末的电视台栏目冠名权招标大会，ML公司脱颖而出，击败已经连续冠名《我们的声音》五年的“百事乐”饮料成功中标。ML公司成为《我们的声音》栏目新一期的冠名赞助商。根据协议条款的要求，琼瑶成为ML公司文森特项目的形象代言人。

签约仪式在山城大饭店隆重举行，子旭和电视台的领导们一身正装，坐在早已准备好的签字桌前，带着喜悦的笑容相互交换合作协议并握手致意。琼瑶和琳达共同见证了冠名和代言协议的签订，眼神默默传递钦佩和祝愿。

一片掌声中，电视台人员和ML公司的代表相互握手庆贺。琼瑶走到子旭的面前相对致意，眼神和眼神撞在一起，相互意味深长地笑了笑。这对曾经的初恋情人，成为了现实生活的合作伙伴，或许这一切是天注定，也或许是机缘巧合。上天总会在合适的时候安排有缘人又一次碰面。

琼瑶不敢奢望能够和子旭重归于好，但看到子旭依旧英姿飒爽的身影，亲切感油然而生。一个时时刻刻在内心期盼的人，真正站在面前的时候，距离却是如此遥远。相互的笑容依旧那样亲切，但旧日的风情却早已不再。两人相对默默注视，却不能贴近半步。

看着子旭伟岸的身影，琼瑶想起了子旭刚刚回国时候自己烦乱的心情。

……

得知子旭回国的消息，琼瑶的内心像久旱遇到甘霖，异常激动的心情让自己都觉得奇怪。筹备新栏目的工作刚刚启动，录制节目的时间并不长，但每次录制节目，琼瑶总觉得是漫长的等待。节目一录完，马上带着期盼的心情翻看新买的手机，特别想看到有陌生的未接来电。琼瑶期望能在这个特定的时间里，能够听到子旭的声音。

琼瑶满脑子以为子旭回国后会第一时间和自己取得联系，脑海的思绪挂牵了整整一周却没有任何的动静，失落的情绪跟随琼瑶的神经传递到全身，心灵的空白并没有因为子旭回国被填补，反而越发空旷。

“子旭肯定没有自己的电话号码吧，所以没办法和自己联系。”

“子旭刚刚回国，大概事情很多很忙吧！”

“估计子旭已经有女朋友了，不方便和自己联系。”

“难道子旭还在生气，不愿意理自己。”

琼瑶在给子旭找理由，同时也在给自己找台阶下。

2008年年初，各种类型的主题娱乐节目在全国各地电视台萌芽，山城卫视也组建了《我们的声音》的选秀节目筹备组。全新的栏目，在紧锣密鼓筹备，全新的策划，吸引了全台人的关注。新栏目正在全盘运营策划中，按照台里的设想，节目主持人将在各个栏目组的新人中筛选。

全新的节目，对台里所有的年轻的主持人都充满强烈的吸引力，激烈的竞争几乎到了白热化的状态，难得的机会让一向低调行事的琼瑶渴望在新栏目中一展身手。琼瑶在台里还只是个新人，作为助理主持人平日里默默无闻，除了在非黄金时段的栏目做做解说主持，偶尔也当当其他栏目主持人的替补。对参选新栏目的主持，琼瑶并没有必胜的把握，于是找到祎兰，看祎兰的父亲能不能帮帮忙。

凭祎兰和琼瑶的闺蜜关系，并且此事关系到琼瑶的个人前程，祎兰自然全力支持，欣然接下这份重要差事，扭着父亲一定要和琼瑶见面。

周末傍晚，琼瑶在家里精心打扮好自己，穿着一身清新素雅的职业装。按照祎兰约好的时间来到祎兰的家里，和祎兰一家人聚在餐桌前。

“琼瑶，到阿姨家就随便点，从广电局老宿舍搬出来就再没见过你，已经长成大姑娘啦。”祎兰母亲围着围裙，端上还冒着热气的菜。

“是啊，以前的印象还是豆丁大的小姑娘呢？现在已经是该成家的大姑娘了。”祎兰父亲笑着，比画着小孩子身高的手势。

“爸，说点正事。”祎兰直接跳开了话题，“这次台里选《我们的声音》的主持人，你得帮帮琼瑶。”

“琼瑶已经是台里的名人啦，很多人都在说你给娱乐栏目的策划写得很好，这事连我都知道啦。这次《我们的声音》节目是从国外引进的，以前的综艺节目中规中矩，已经快老掉牙啦。现在的节目要能抓住观众猎奇的心才能成功。观众口味很挑，他们期待能看见新鲜有朝气的面孔。琼瑶，你有信心？”

“叔叔，我有信心，在大学的时候，学校的大型活动基本上都是我来主持。”

“嗯，台里期望这个栏目在表现风格上比以前有大的突破，期望用清新活泼的方式吸引新一代的年轻观众。”

“叔叔，放心，我就是年轻人，我知道我们年轻人需要什么。”

“另外，收视率很重要，这个栏目的广告招商是用竞标的方式决定，台里尝试用这个栏目来创建品牌，提升全台的收视率。”

“叔叔，我真的有信心，和台里签责任书也没有问题，如果做不好随时都可以把我换掉。”

“这次台里决定用新人，对台里来说，既是挑战也是冒险。几个台里的领导的意见很一致，这次要大胆尝试。”

“爸，别扯一边去了，老是说套话，你就直接说琼瑶行不行嘛。”

“行，有什么不行？”祎兰父亲哈哈大笑，“我来当推荐人，不过还是要进行内部海选，琼瑶，你得好好准备准备。”

为了谨慎起见，台里让有意愿的年轻主持聚在一起，进行了三轮内部筛选。琼瑶在大学里奠定的主持经验起到了作用，无论才艺、演说和现场表现力，都没出现明显的纰漏，加上文字功底过硬，而且在新节目的主持风格上提出了不少新建议，琼瑶最终被选定为第一主持人。为了保险起见，台里选安排了另外一档娱乐节目的资深男主持凯文作为琼瑶的搭档，规避新节目推出后冷场的风险。

栏目主持人的事情石头落地，琼瑶踌躇满志准备新节目。按照台里的要求，新栏目要在2008年秋天在卫视频道进行全国首播。琼瑶不敢怠慢，自知经验和能力不足以游刃有余控制节目的节奏，担心主持的效果不能够满足要求，于是全身心投入新节目的制作上。

工作有了着落，琼瑶生活的另一半仍旧悬在半空，除了能够给父母和袆兰讲讲正式成为节目主持人的欢悦，没有更多的人能够分享。子旭到美国后，琼瑶的心一直空空荡荡，总相信和子旭虽然天各一方，但一定会有再见面的时候。琼瑶甚至有些后悔大学毕业前的冲动，后悔大学时候对子旭的要求过高，后悔主动提出分手。时间已经整整过去两年多，子旭的样子在琼瑶的脑海中依然清晰可见，偶尔来到两人曾经待过的地方，回忆起当时的场景，免不了睹物思人，回想起子旭的身影。对子旭的回忆，对子旭的挂牵，甚至成为琼瑶结交新男友的障碍，琼瑶会下意识地把对方拿来和子旭做比较，不愿意轻易接受新的追求者。

忙碌的办公室恢复了安静，同事们已经散去，偌大的办公空间变得冷冷清清。琼瑶没打算早早回家，而是在办公桌前认真推敲节目的说词。近段时间，为了准备新栏目的事情，琼瑶几乎每天都是最后一个离开办公室。白天精神高度集中，晚上连续加班到深夜，本就身形偏单薄的琼瑶明显有些消瘦。

手机铃声响了，是卫东的声音。

“琼瑶，周六晚有空吗？子旭从美国回来了，几个要好的同学约在一起聚聚，给子旭接风。”

“子旭回来了？好啊！几点？什么地方？”听到子旭的名字，琼瑶像是被打了强心针，一下来了精神，脸上泛起轻松的笑容。

“七点以前，电影学院后门的江湖菜，以前常去的那家。”

“好啊，还有哪些同学要来？”

“子旭、颖婉、‘老莫’，还有两个今年毕业的研究生同学，见面你就知道了。静雯在横店剧组，周六来不了。”

“哦。”

“琼瑶，到时候不见不散哟，反正你和子旭也很久没见面啦。”

“嗯，我一定来。”

在琼瑶的心中，卫东的邀请间接代表子旭的邀请。琼瑶心里有一杆秤，这杆秤充满矛盾，秤的一边装着和子旭复合的期待，秤的另一边装着和子旭不可能再回到三年前热恋的状态。琼瑶在秤的两边找着平衡：“子旭走了这么久，关系已经变淡了。这次聚会至少可以成为和子旭化解恩怨的契机，至少能够当面解释解释。面对面的交流，总会有意想不到的效果，总会带来美好的东西。或许奇迹会发生呢？或许时光能够重来一遍呢？”一想到这样的期待，琼瑶坐不住了，无法静心继续编撰节目的说词。

琼瑶放下手中的工作，关上电脑，准备回家。

早春的夜晚，空气清爽怡人，出租车在大街上飞驰，道路上的车辆和路边的行人已经很少。琼瑶把车窗放到最低，让春天的夜风吹进整个车厢，吹拂激动的心情。积累了许久的空旷心灵被卫东的声音填得满满，憧憬、希望、纠结和矛盾在琼瑶的内心重新点燃，逐步蔓延开来占据了整个精神。原谅和理解的期待伴随心火燃烧，烧得琼瑶有些不清醒，仿佛五年前的初恋情结会重新泛滥，仿佛子旭的出现会重新浇灌琼瑶渴望爱情的心扉，淹没离别时雨中的眼泪，淹没心中的抱怨和误解。琼瑶的心中充满期盼和渴望，脑海中不断幻想即将来临的周末，幻想生活又一次充满激情。

……

爱情就是那样奇怪，一旦掉了进去，全身就表现出中毒麻痹的症状，无法摆脱也无法逃离。每天的梦，似乎都在围着期待的情感旋转，梦境中的另一半，其实就在自己的身边跳着舞，但自己却只能在旁边傻愣愣看着，永远不能靠近，永远不能成为他的舞伴。子旭就是琼瑶心中的舞伴，在同样的一个舞池中跳着舞，琼瑶却只能用耳朵聆听子旭的消息，用思想关注子旭的舞步，却怎么也没有机会和子旭再跳到一起。

努力工作铸就了理想实现，琼瑶已经不再是初出茅庐的学生主持，十年磨一剑，现在的琼瑶已经成为山城娱乐主持的头牌明星。工作的成就并没有带来生活的圆满，工作越是丰满，感情生活却越是空旷，这似乎验证了一条逻辑：“世界是公平的，一方面得到很多，另一方面就会失却很多。”琼瑶百思不得其解，“放低了身价的自己，却怎么就找不到一个合适的归宿。”

琼瑶找不到原因，可能这一切本来就没有原因。

XV

2014年11月1日，初冬的雾气升腾起来，弥散着整个山城。颖婉今天只需要上两堂课，上午十点就可以早早回家。颖婉给学生们讲述民国初期上海电影文化的起源，讲述民国时期旧上海的电影故事。这段历史，对颖婉来说太熟悉不过，翻来覆去讲了快五年，即使不准备教案也能流畅生动地讲完。

今天是草草7岁的生日，颖婉并没有打算在办公室过多停留。不到十一点半，颖婉来到学校附近的糕点店，为草草挑选生日蛋糕。各式各样琳琅满目的糕点在蛋糕店的冷柜中摆着，诱人地挑动顾客的食欲。颖婉在柜台前停留了好几分钟，虽然知道女儿对草莓味道情有独钟，颖婉还是认认真真挑了又挑，特地选了一个表面满满地镶嵌着新鲜草莓的粉红色蛋糕。临近中午，山城的天空依然灰蒙蒙看不见太阳的影子，单薄毛衣外套着的薄薄风衣一点也不御寒，冷飕飕的空气让颖婉想尽快回到温暖的家中。

走进房门，房间里安安静静，母亲不在家。颖婉走到客厅外的小阳台，习惯性拿起塑料洒水器给盆栽浇水。阳台栏板的铁架子上，摆着各种各样的兰花草，全都是“老莫”离开时留下的。在颖婉和女儿的细心照顾下，兰花草长得生机勃勃，叶片青幽舒展向上，释放着年轻的活力。

草草上小学正好整整两个月，颖婉除了在刚开学的时候送接过女儿几次，就再也没有时间去接女儿放学。颖婉打算亲自去附属小学接草草放学，给草草一个惊喜，顺便让长时间辛苦的母亲稍事休息。颖婉并没有打算进厨房做饭，在客厅的沙发上坐下来。学校大门对面的肯德基餐厅，有草草一直向往的炸鸡腿和薯条。如果在平时，颖婉坚决不让女儿吃这种油炸的快餐食品，颖婉认为这种食物又贵又不健康。但因为今天是草草的生日，颖婉想给女儿其他小朋友拥有的同样的待遇。

听到房间的开门声，颖婉以为母亲回来了，赶快起身迎上去，却见草草兴高采烈地走进来，颖婉非常诧异。

“妈妈！妈妈！”没等颖婉出声，草草已经大声叫了起来。

“草草，你怎么自己回来啦？学校发生什么事情了吗？”颖婉走上前拥着女儿，用惊讶的眼光把女儿看着。

“没有啊！今天是我的生日，老师给我放假。我不想在学校待，就自己回来了。刚才老师和同学们还和我一起吃了奶油蛋糕呢！妈妈，今天我已经满 7 岁了，我已经是大人了，叫外婆以后别来接我放学，我可以自己回来的。”女儿的表情像大人一样，煞有其事地对颖婉说着，语调非常严肃。

“妈妈也给你买了蛋糕。”颖婉激动得鼻子酸酸的，不想让女儿看见，赶快指着餐桌上摆放的蛋糕。

“OHY EAH！是草莓味的啊，粉红色是最漂亮的颜色啦。”草草拨弄着蛋糕上的草莓。

“等会儿吃蛋糕的时候要好好许个愿哟！”

“好啊，好啊！妈妈，我要许七个愿望，因为我已经七岁了。”

“等会我们出去吃你最想吃的肯德基，好不好？”颖婉以为草草会高兴得跳起来。

“我不想去。”听到妈妈的话，草草很安静。

“你以前不是一直说想吃肯德基吗？”颖婉有些疑惑。

“不啦，老师告诉我们平日里要节约，爸爸妈妈挣钱不容易，要节约用水，节约用电，节约用钱。妈妈，我们就在家里吃吧，吃完饭后我还要做功课呢！今天老师布置的作业还没有做呢。”

颖婉看着女儿一本正经的表情，眼泪在眼眶里转动，颖婉控制住情绪，不让眼泪流下来。颖婉转过身，摆弄桌上的蛋糕，掩饰内心的激动。这时候，钥匙的开门声传了过来，颖婉母亲回来了，手上提着买的菜。

“你们都在啊？”颖婉母亲也很惊讶，“颖婉，你去接的草草？”

“外婆，是我自己回来的。”草草不等颖婉开口，马上把话接了过去，“我长大了，以后我自己回来，不用接。”

“草草真乖！”

颖婉亲自下厨房，给草草做了平日里最喜欢吃的回锅肉。一直等到晚上 12 点，三代人围坐在蛋糕前，草草双手合拢，闭上眼睛，对着点燃的蜡烛许愿。

“我愿爸爸早点回来，和我们一起，带我去书店看书，带我去游乐园玩，和我们一起住大大的房子。”

“我愿妈妈每天都和我在一起，教我读书，教我认字，什么都把我教会。我可以做很多的事情，这样妈妈就没有那么辛苦了。”

听到草草默默念叨，颖婉的情绪再也控制不住，眼泪从眼眶里漫了出来。颖婉母亲的眼眶也是湿湿的。颖婉紧紧地把女儿抱住，一句话也说不出来。在颖婉的心中，女儿真的长大了，真的懂事了。

桌上的蜡烛燃烧着，点点光影从蜡烛的火光中散开来，颖婉似乎回到了五年前。

……

“呱呱”的啼哭声，打破颖婉和“老莫”宁静的生活。幸福的一家三口，开始了幸福甜蜜的旅程。学生处的工作虽然琐碎，但十分轻松，颖婉的精力几乎全部放在了照顾女儿身上，把“老莫”的时间留出来用在电影上。

伴随时光推移，伴随小孩一天天长大，“老莫”不负众望，又从国外抱回来两座大奖，在学院赢得一片掌声，为学院在电影圈赢得普遍的赞誉。

秋末冬初的风，带着深深的凉意，带着细细的雨丝，吹遍山城大地。立冬之后，整个山城笼罩在一片雨雾之中，平日清晰可见的山形，大白天也只能隐隐约约看见模糊的轮廓。2009 年 11 月 1 日，星期五，是草草两岁的生日，“老莫”一大早就去了郊区的影视拍摄基地，继续新片拍摄。颖婉特地请了一天假，午饭后带着草草来到商圈里的新华书店，让牙牙学语的女儿自己选择生日礼物。有趣的有声读物吸引了小女儿的眼睛，颖婉顺着女儿的手势，选了两样作为女儿两岁的生日礼物。阴冷潮湿的天气，让人不愿在室外久留，颖婉买好东西，带着女儿回到青教公寓的家里。

颖婉抱着女儿走进房间，已经下午五点过，“老莫”还没有回来。颖婉拨通了“老莫”的电话。

“莫，你什么时候可以回来呀？今天是草草的生日，等着你回来吃蛋糕呢。”

“还有一场傍晚的戏要拍，顺利的话，估计得 8 点以后了。”

“嗯，我和草草在家里等你，拍完就早点回来。”

“你先喂草草吃点东西吧，等我回来我们一起吹蜡烛。”

“嗯，莫，在下雨，路上小心点。”

颖婉做梦也想不到，这次通话竟然是和“老莫”的最后一次对话。颖婉打开有声读物，一边教孩子牙牙学语，一边等待“老莫”回来。颖婉期盼和“老莫”一起，给女儿快快乐乐庆祝两周岁生日。

已经晚上十点，“老莫”还没有回来，也没有任何消息，有声读物已经让女儿听了三遍。颖婉拿起电话，“老莫”的手机暂时无法接通。颖婉觉得有些诧异。平日里，“老莫”拍电影的效率很高，拍一个桥段需要的时间早就过了。颖婉的心里不禁产生了不祥的预感：“难道出了什么问题？是路上塞车？”颖婉走到阳台，看看外面的天色，大雾弥散在整个世界，黑暗的雾色中，除了隐隐约约的路灯照射出来昏黄的光环，其他什么也看不见。

时钟指向十二点，眼见女儿的生日马上就要过去，颖婉心情更加凝重，疑问在大脑中转圈。颖婉把熟睡的女儿放在客厅的沙发上，到卧室把床上的被子拿出来，给女儿严严实实地盖上，自己继续在客厅里坐着等待。

“咚、咚、咚”，房门敲响。

“终于回来了。”颖婉挂在心中的石头落了下来，兴奋地从沙发上跳起，疾步走到门口，打开房门。

“莫”，颖婉亲切地呼唤“老莫”的昵称，却没有看见“老莫”的身影。

只见电影学院的李院长和总务处的王老师在门口站着，一脸急促和严肃的表情凝重得像空气结了冰。颖婉吓了一跳，脑海中泛起浓烈的不祥预感：“难道‘老莫’出了什么事情吗？”

没等李院长和王老师走进来，开着热空调的房间已经感受到强烈的寒意。

“李院长，快进来，外面冷。”颖婉压制住自己内心的惶惑。

“颖婉。”李院长欲言又止，走进房门。

“有什么事情吗？”颖婉看着李院长和王老师严肃的表情，心忐忑得不停跳动。

“颖婉，真的不知道该怎么对你说。”李院长站在房间中央，看着沙发上睡着的草草，脸上的肌肉明显扭曲了。

“李院长，有什么事，您就直说吧。”

“颖婉，你一定要挺住，‘老莫’走了。”李院长挣扎了很久，终于把堵在喉咙的话说了出来。

“走了？去哪儿了？”颖婉没听懂李院长话语的意思，焦急地追问。

“‘老莫’走了，从影视基地回主城的路上，‘老莫’的车发生了车祸。”李院长的眼眶中噙满了眼泪。

“李院长，到底发生了什么事，您能说清楚一点吗？”颖婉蒙了，脑海里一片空白，完全没有反应过来。

“在回主城的高速路上，因为雾大，‘老莫’的车和路上的大货车撞在了一起。”李院长的眼泪从眼眶中掉了下来，“我们快去医院看看他吧。”

颖婉手脚无措，走进卧室，穿上外套，却不知道该拿什么东西。王老师留下来照顾草草，颖婉顾不上拿围巾和手套，匆匆走出门，坐上李院长的小车，往医院奔去。

青教公寓距离医院不到一刻钟的车程，却有如时空隔断般遥远。车窗外除了浓浓的雾气，什么也看不见。车厢里鸦雀无声，颖婉的思维仿似停顿了，脑海里一片空白，发动机和窗外的风声在呜呜轰鸣，仿似在黑夜里悄然哭泣。

冰冷的病房里，“老莫”双目紧闭，静静地躺在病床上。李院长和已经赶到的同事们全都退到病房外的走廊。

走廊上鸦雀无声，只听见病房里传出号啕大哭的声音。心撕裂般的声音响遍整个走廊，撕得在场的每一个人心碎。

时光凝结了，期望和等待就此破灭，记忆像寒冰一样难以融化。冬日的气氛，越发浓厚。“老莫”就这样莫名其妙离开了，给这个家庭带来无限的伤痛和空白，给学院的电影创作带来了沉重打击。

颖婉在眼泪中，用悲伤的面容，用消沉的精神，接过“老莫”的接力棒，跟随“老莫”的道路继续往前走。应颖婉的要求，学院把颖婉调动到“老莫”创办的表演艺术教研室，一边教书一边钻研，在电影艺术的道路上继续迈进，用教学，科研创作和培养学生，继续“老莫”曾经走过的道路。

……

在颖婉和外婆的生日歌声中，草草吹灭了7支细细的蜡烛，许下7个坚强的心愿，把自己的愿望通过蜡烛的光芒传递到上天。草草的心愿代表着颖婉的心愿，草草渐渐懂事了，给颖婉带来了极大的心理安慰。在颖婉的心中，没有太多的选择，只有一个简单的念头：“一定要把‘老莫’的骨肉健康抚养成人，一定要把草草培养成‘老莫’的接班人。”

颖婉惦记“老莫”的情感，宁愿一个人受苦，也不愿意再嫁。颖婉不愿意草草的生活因为自己受到干扰和影响，不愿意草草受到不应该有的委屈。

“如果还有来生，一定还会和‘老莫’再相见，一定还可以和‘老莫’重新在一起，和草草在一起幸福生活。”颖婉抱着坚定的信念，孤独地生活。

XVI

中央政府的调控力度继续加大，银行的资金收得越来越紧，房地产业的形势越来越严峻。子旭的脑海中随时随地都在重复同样的一些词汇：销售额、现金流，现金流、销售额。回国已经五年，子旭几乎每天都在围绕这些财务数据转着圈子。

父亲在香港忙着处理公司上市融资的事，把内地的房地产业务全盘交给了身为副总裁的子旭操持。子旭的思维逻辑实在简单清楚，公司运营的核心问题归根到底依赖于资金的运作效率，销售额、IRR、毛利率、回款率是表现运作效率最核心的四个数据。销售额和IRR成为快速发展的ML公司必须突破的首要瓶颈，离开了这些数据作为支撑，其他方面表现再优秀都不足挂齿。

子旭的母亲早在子旭7岁的时候就因病去世。子旭由父亲和奶奶抚养长大，忙碌的父亲整天执着于手中的工作，也无暇顾及给子旭找个后妈。虽然有些少年老成，但子旭对生活一直充满梦想，对未来总抱以阳光和期盼。

现在，子旭也如父亲一样，全身心把时间投入工作中。工作好像成为了子旭生命的全部，在子旭的思想中，除了工作还是工作，虽然已经32岁，一点谈婚论嫁的念头都没有。或许因为起点太高，或许曾经用情太深，也或许用于生活的时间太少，

琳达已经从香港飞回山城，继续协助子旭的工作和照顾子旭的生活。父亲并没有催促儿子尽快解决个人问题，而是把自己最欣赏的琳达安排在子旭的身边，让两人顺其自然地培养感情。

子旭的心底还有琼瑶的影子，虽然知道父亲的用意，但总觉得琳达就像自己的亲妹妹一样，并没有对琳达产生特殊的感情。平日里，琳达独自一人，并没有特别的爱好，无论工作和生活，琳达都时刻陪伴着子旭。虽说不上形影不离，上班开会，吃饭应酬，生活和工作的绝大部分时间都和子旭在一起。子旭也特别照顾这个单独在国内工作的小师妹，相处的时间越来越久，子旭对小师妹产生了莫名的依赖感。琳达才去香港十来天，子旭便觉得生活中似乎缺少了什么，一切变得没有了秩序，乱糟糟地不顺利。

房地产市场的观望情绪越来越重，各个开发商都在比拼着降价促销，市场下滑让子旭忧心忡忡。往来于全国各个城市，除了能充分了解市场现状，分析判断不同的销售状况，子旭似乎找不出更好的办法来应对现在的困境。

子旭在办公桌前静静坐着，觉得有点困倦，从铁质的烟盒里掏出一支香烟。子旭平时很少抽烟，只会在最烦闷的时候拿出来调整一下心情。铁质的ZIPPO烟盒是子旭离开美国的时候，琳达

送给子旭的礼物，子旭把它作为办公室里的摆设，很少使用。

子旭并没有立刻点燃香烟，拿起桌上的电话给琳达打了过去。“琳达，文森特项目最近的推进情况如何？立德还在继续降价吗？”

子旭父亲创建ML公司已经十多年，文森特项目是ML公司在全国范围内投资最大的综合体项目，项目位于江北的城市CBD，几乎涵盖所有建筑类型，因为投资特别巨大，堪称近几年地产界的大手笔之作。距离文森特项目1.2公里，是ML公司在山城的最大竞争对手TK公司的立德项目，开发手法和产品类型和文森特项目极其类似，立德项目虽然位于相邻的市中区，但也算城市CBD附近的综合体，如果立德项目持续降价，对文森特项目有极大的冲击力。

“需要尽快准备好对策才行啊。”子旭心中有一个隐忧，担心老对手会继续把降价策略用在这个项目上。在以往的交锋中，TK公司最擅长降价促销的方式，和对手进行短兵相接，以达到快速周转的目的。

“波尔多郡（文森特项目的子项目名称）一期住宅的进展和运营计划步调一致，不超过下周末就可以取得预售许可证，开盘时间定在月底。ML中心的一期商业正在抢工，裙楼装修完成了大半，招商进展还算顺利，80%的商业都签了合同，能够确保在国庆前交付开业。”

“立德的情况呢？”子旭急于知道立德的情况。

“上个月立德的住宅降了将近1000元，目前TK公司没有新的动向，据可靠消息，上次降价并没有带来大幅度销售增长，去化速度也没有加快，说明市场继续在观望，估计立德近期不会再降价。子旭，我觉得我们最好静观其变，不宜跟风降价，我们把重心放在写字楼和商业，寻找其他的促销方式扩大销售额。”

2007 年春假，子旭去迈阿密旅游，琳达的座位恰好相邻，两人就这样在飞机上相识了。从 2011 年开始，琳达应子旭父亲的邀请进入 ML 公司工作，到现在已经三年多的时间。琳达的相貌并不算特别漂亮，但独有的职业女性气质赋予了琳达特别的杀伤力，在 ML 公司总部，几乎所有人都认为琳达和子旭是天生一对。

长期的国外生活，让琳达养成了自信、严谨、认真、稳重的职业态度，加上琳达思想浪漫，待人接物和蔼热情，很讨大家的喜欢。琳达对工作问题的解答一般都是信手拈来，简练明了。这是子旭父亲最欣赏琳达的地方，甚至超过对自己儿子的赏识。

2008 年春假，琳达回国旅游，顺便探访子旭，来到子旭的家中。子旭父亲很久没有在家里招待客人，专门为远道而来的琳达破例。子旭父亲、子旭还有琳达三个人坐在华丽而宽敞的餐厅侃侃而谈。

“琳达，在美国的感觉怎样？在美国生活还习惯吧？”

“很习惯了，不过美国人和法国人的差异还是蛮大的，法国人浪漫优雅，美国人热情奔放。伯父去过美国？”

“到洛杉矶去考察过，发达国家的经验我们要多学习才行，差距实在太大。”

“国内的地产业也一定会走向那一步的。”

“你指的是？”

“服务！对服务质量的要求应该提升到一定的高度。毕竟房地产也是直接面对消费人群的产业，把综合服务能力提高，能支持公司的长久发展。”

“地产是资金密集型的行业啊！”

“当然，资金运作是根本，但要做有社会责任的地产开发商，离不开对公众的承诺。离开了品牌和口碑，任何企业都做不长久。”

“你觉得应该怎样做服务呢？”

“制定专业的标准，打造专业的团队，还有持续的宣传，当然标准也包括产品的质量标准。这需要伯父在这方面多投入才行啊。”

“行啊，要不你毕业后会过来帮 ML 公司打造服务体系。”

“伯父认真啦，我是随便乱说说的。”

子旭父亲和琳达一见如故，对这个气度优雅、思维清晰的女孩留下了深刻的印象。2010 年年末，子旭父亲再次到 California 考察，子旭拜托已经在一家电子商务公司工作的琳达协助安排接待。琳达全程陪同子旭父亲在 California 州逛了一圈，把整个行程安排得井井有条，让子旭父亲收获颇丰。子旭父亲对琳达的工作能力大加赞赏，回国后反复念叨，督促子旭一定要把琳达聘请回国。

从琳达处得到的信息并没有让子旭松气，立德项目降价攻击的可能依旧存在。子旭轻轻按动打火机，点燃香烟，轻轻吸了一口。Cartier 闪亮的金属外壳，映照着子旭俊朗的面容。打火机是子旭去年生日时候，琳达从法国带回来的生日礼物。

子旭担心公司越发脆弱的资金链条受到新的攻击，影响到既定的现金流目标，给全年运营制造新的难度。子旭在脑海中找寻着提升文森特项目形象的新途径，盘算能够提升品牌知名度的手段，以取代恶性竞争的降价策略。子旭明白，单纯从项目产品的角度作为楼盘广告的落脚点已经太过普通，如果只是通过户型、小区环境、配套设施等常规宣传，在房市低迷的情况下，已经无法有效吸引客群。报纸和路牌广告的投入，不再是吸引眼球的单一手段，需要引入概念，从概念上升华文森特项目的品牌。通过提升楼盘的附加值，扩大ML公司对市场的影响力，吸引更多的渠道向ML公司靠拢。

“提升品牌，聚集人气，应该是突破的方法。可是用什么样的手段可以聚集人气呢？”

“没有钱，怎么去提升品牌和聚集人气呢？”

一想到钱，子旭便想到了琼瑶，这个内心中念念不忘的女人，这个在自己的潜意识中根深蒂固无法消除的女人。“没有钱，你拍什么电影呀！”琼瑶淋着雨流着泪说的话，那个在雨中奔跑的背影，依旧深深铭刻在子旭的心中。如果现金流出现问题，公司将进入难以收拾的地步。没有钱，一切都将寸步难行，更不用说房地产这种资金密集型行业，没有现金流将更加难办。子旭回忆琼瑶在雨中哭泣的场景，琼瑶的话音反复在耳边回荡。

如今的琼瑶，在娱乐圈大火特火，因为《我们的声音》，琼瑶成为山城传媒界最知名的娱乐主持人之一。琼瑶主持的娱乐节目，在全国造就了好几个收视率第一，已经形成了稳定的收视群体，吸引大量优质广告投入，已经成为台里最有吸引力的摇钱树。

“能不能借用琼瑶的知名度？借用《我们的声音》栏目的知名度呢？或许这是提升文森特项目品牌形象的好办法。如果公司投资琼瑶的栏目，以冠名合作的方式请琼瑶作为文森特项目的形象代言人，足以提升文森特项目的品牌知名度，同时把这个栏目的受众全部吸引过来。这不是两全其美的好办法吗？”念头在子旭的脑海中一闪而过，子旭没有犹豫，抬手把烟灭掉，又一次拿起电话，给琳达打了过去。

“琳达，我给你一个电话号码，就是你见过的我的大学同学琼瑶。你和她联系一下，探讨公司和她合作的可能。如果可行，你通知市场策划部尽快拿出合作方案。这个事情很急，最好马上启动。”

“琼瑶?! 这不是《我们的声音》的主持人吗？6年前一起吃大排档时坐在你旁边的那位。”

“是的，你的记忆力真好。还有什么问题吗？”子旭心情急躁，有点不耐烦。

“没有了。旭总，你有没有具体的要求？”琳达见子旭的口吻不对，赶快收住话题。

“如果文森特项目能够冠名《我们的声音》的下一期节目，合作的方式可以灵活选择。当然，最好琼瑶能够作为项目的形象代言人。琳达，这件事情我全权交给你处理，尽快拿出明确的实施方案来，尽快上报运营决策会。具体的事情，我就不掺合了，你酌情处理。”

子旭把琼瑶的电话号码发给琳达，希望改变营销推广的手段，通过渗入公众娱乐的方式，扩展项目的受众群体。在子旭的潜意识中，电影是个梦，琼瑶是电影梦里的主角，子旭明白现在的自我已经身不由己，不可能蜕变去完成青春的梦想。子旭希望用间接的方式完成自己学生时代的夙愿。

XVII

除了父母来山城看过静雯几次，静雯有三年没有回老家过年。静雯有害怕回老家的感觉，怕父母在耳边念叨成家生子的事情，怕县城的亲戚朋友用异样的眼光看待自己。父母的模样在静雯的脑海中的清晰度一天天减弱，剩下模模糊糊的影像。除了每隔一段时间和父母打电话聊天尚还能感受到父母声音的亲切，太长时间没有家的感觉让静雯精神疲倦麻木。静雯似乎完全习惯了一个人生活，多一个人都是打扰。唯独偶尔生病的时候，静雯会特别渴望待在父母身边的感受，渴望完整的家带来的温暖。

冬天淋雨的夜戏终于让静雯患上了重感冒，吃了一大堆感冒药，将近 38 摄氏度的高烧却一直退不下去。静雯躺在床上，孤独和寂寞萦绕全身，内心一片凄凉。根据合同的约定，公司安排的组照拍摄还得要去。

“如果父母在身边该有多好啊！”静雯浑身乏力，实在不想起床。

还好，组照拍摄不需要一直站着，站一会儿再坐一会儿，静雯穿着性感清凉的服装，摆着魅惑的姿势，身上直冒虚汗，弄得皮肤略显湿润，竟然产生了出其不意的效果。静雯强打着精神拍完组照，脸色变得苍白，身体虚弱得实在坚持不住，只有来到医院，挂上吊瓶输水。

静雯默默地坐在输液区的椅子上，精神疲倦，脑海中浮现出父母和卫东的样子，想起了上一次回家的场景。

……

2011 年春夏之交，静雯到北京工作已经整整 3 年，宁夏影视基地的戏拍摄结束，剧组在《大话西游》的外景地稍事停顿，静雯顺便到沙湖和腾格里沙漠逛了一圈。回到北京，整整休息了一个月也没有接到新的片约，静雯突然空闲了下来，对静雯来说这是前所未有的事情。静雯有些苦闷，很想找可以倾诉的对象把心里的苦水倒出来，但在偌大的北京城，除了租住在一起的几个小姐妹还算熟悉，静雯找不到可以交心聊天的朋友。

烦闷一直压抑在心中，静雯觉得十分憋屈，空旷的感受让静雯特别想念卫东，怀念卫东作为忠实聆听者的日子。“生活中如果有那么一个人可以静下心来无怨无悔听自己唠叨，是一件多么幸福的事。”可惜这样的时光一去不返，静雯不得不接受孤独的现实，不得不独自抚慰心灵的伤口。拨过好几次卫东的电话，尝试和卫东联系上，但电话一直无法接通。

“卫东到底怎么了？”静雯的心像挂了块石头，沉重得落不下来。

《悲情乡恋》拍出来后反复通过审查和修改，时间一拖再拖，费用也在增加。法国方面等不及了，直接把片子拿去参加了欧洲的电影节，意外获得不大不小两个奖项。这下可惹了大麻烦，影片刚刚获奖，国内就立刻被禁，直接断绝了在国内公映的可能，卫东也被禁止在国内从事导演工作两年。赚到了吆喝的卫东表面风光，内心却极其失落，干脆隐身匿迹，在圈子里玩起消失。

从影快十年，难得有长时间清闲的时候，静雯趁此机会想回老家看看。2011年6月下旬，静雯坐上南下的火车，回到山城，来到电影学院打听卫东的消息，顺便找找学生时代的记忆。

山城的气温高达35摄氏度，静静坐着身体也会冒汗。校园里，黄桷树枝叶繁茂，郁郁葱葱绿油油的颜色给人们心底增添些许凉爽的元素。学院已临近放假，老师和同学们都在准备期末考试，在林荫道上走着的行人并不多。

在学院的教学楼，静雯找到留校的颖婉。这时候颖婉已经回到表演教研室教本科生的课程。静雯全然不知“老莫”已经离世的消息，对“老莫”的偶然离去表达出极大的惊讶和惋惜。静雯在颖婉的家中停留了一晚，听见草草不停叫自己“阿姨，漂亮阿姨”，静雯的心中泛出说不出的滋味。颖婉的女儿已经三岁半，自己也快三十岁，为了电影飘来荡去还孑然一个人，不知道到什么时候才是个头。

言谈中，静雯从颖婉的口中得到了卫东的消息。卫东研究生毕业后并没有留校，因为拍《悲情乡恋》，到法国待了短暂的一段时间。卫东回国已经两年，颖婉很少在学校看见卫东的身影，只知道卫东在学校里借住的单身宿舍没有腾出来。学院本希望卫东能回学院表演艺术教研室上班，承接“老莫”留下来的工作，但卫东一直没有给学院明确回话，颖婉也不敢肯定卫东是否还住在单身宿舍。

顾不上烈日炎炎，静雯来到学校西北角的单身教师宿舍，抱着试一试的心情找找卫东的踪迹。单身宿舍是修建在半山坡上的一幢四层楼的砖砌老房子，临近学校体育场，红砖外露的墙面显露出这幢楼的历史，通长的外廊上挂满零乱的衣服。静雯像餐后散步一样，缓慢地从一楼顺着楼梯台阶往上走，挨着查看每一个房间。

陈旧的走廊角落，零零散散堆放着乱七八糟的杂物，墙面上还留存各个年代贴纸的痕迹，走廊上暗暗的采光看起来比当年的研究生宿舍还要凄凉。从一楼走到四楼，静雯遇到人便问，却没有人知道卫东的名字。心酸加上失落，静雯带着失望的心情从四楼往下走，刚走到二楼楼梯转角处，一个熟悉的背影在静雯的眼中出现。

“卫东！”静雯轻轻叫了一声，不敢确定这人是不是卫东。

“静雯！”背影停下了脚步，转过身来，惊讶地愣在了那里。

“真的是你！”静雯的心快到嗓子边了。

“你怎么来了？”卫东的手上端着塑料盆，里面装着刚洗好的衣服，完全没想到面前的人竟然是静雯。欣喜的表情一闪而过，留下一脸无奈。

“你的电话换了吗？一直联系不上你。我回老家去，顺便来学校看看。”静雯不想让卫东知道自己是特地来找他。

“哦，这几年还好吧？”卫东面带一丝苦笑，明显有些不自在。

静雯终于看清楚了卫东的模样。和上次见面相比，卫东明显憔悴了许多。皱皱的T恤衫领口卷曲着，厚重的牛仔裤有些发白，脚踏一双磨边的拖鞋。头发已经长到耳根，因为没有梳理，乱乱地蓬在头上，胡须估计好几天没有刮了，胡楂儿散乱贴在嘴唇边留给人沧桑的难受。

静雯心酸得眼睛有些湿润，跟着卫东来到居住的房间。屋子里乱得一塌糊涂，一看就是单身男人的房间，桌上床上横七竖八摆满了书，很久没有人整理收拾。卫东把房间里唯一的一把椅子留给静雯，自己收了收床上的书坐下来。

两人并没什么更多的语言，除了嘘寒问暖说说各自的近况，聊聊学校的旧事，言谈中好几次出现冷场的局面。卫东没有打算留静雯吃晚饭，借口还有其他事情要处理，把静雯送出单身宿舍的大门便匆匆离开了。

看到卫东飘摇的身影，内心本就空旷的感觉弥散到全身，酷热的夏天让静雯感到生活中深深的寒意。静雯的脑海中牵挂着父母亲的样子，一刻也不逗留，到颖婉家拿上随身行李，坐上开往老家的大巴。

久未归家的女儿突然回来，着实给父母一个惊喜。静雯父母难以控制兴奋的心情，隆重地在县城里最好的饭店摆下一桌大餐，邀请亲朋好友前来欢聚，欢迎在北京当大明星的女儿回家。

和县城老家的人们相比，静雯的衣着格调和老家人们的着装风格完全不搭，本来简单朴素的穿着仍旧鹤立鸡群。静雯心里非常明白老家的状况，刻意控制自己的装束，穿得非常简单。静雯把微微卷曲的头发扎成一束马尾，白色带简单图案的T恤，浅色的素色牛仔裤，搭配白色浅跟休闲鞋。在街头走着，静雯照旧和女神没什么区别，晶莹剔透，光彩照人，惹来过路的行人纷纷回头。

亲戚朋友们对静雯的漂亮赞不绝口，你一言我一语，簇拥着静雯不断说着，像是在观赏动物园里的动物。

“静雯姐，你穿这件衣服真的好漂亮，其实我也有一件，就是太简单了都没怎么穿？”

“静雯，你都演了那哪些电影呀？我们怎么都没有听说过呢？”

“静雯，你演的戏在哪家电影院放映呀？有时间我们也去看看，给你捧捧场。”

“静雯，演戏肯定挺好玩吧？一定会经常看到大明星吧？”

“静雯，耍男朋友了吗？不要藏着掩着，什么时候也带回来大家看看呀。”

“静雯，你也老大不小了，该考虑结婚的事情啦，你爸妈还盼着早点抱上孙子呢。”

静雯早习惯了旁人看自己的眼光，总是用浅浅的笑容回报亲戚朋友们夸赞似的质疑。父母看在眼中听在耳中，心里却有点不是滋味。女儿已经长大成人，却迟迟看不见女儿把男朋友带回来。父母的心着实忐忑，女儿的生活不安稳，也造成了父母心态的不安稳。随着女儿年龄继续增长，父母着实有些慌了。

“雯雯，工作虽然忙，你也该考虑考虑个人问题吧。什么时候把男朋友带回来让妈看看？你大姨的女儿上个月生了个儿子，白白胖胖讨人喜欢，你这次回来也该过去看看。”静雯母亲有些着急，静雯父亲却在座位上平静地和亲戚朋友们聊着家常。

“大姨的女儿生小孩啦?”在静雯的印像中大姨的女儿还在读高中。

“是啊，你多久没回来啦？再这样下去你连自己姓什么都不知道了。”

“妈，别这样说。时间确实过得好快！但无论怎样，女儿永远是你的小棉袄。”

“静雯，平时没事的时候，你也多回家来看看吧。你小学同学前几天在街上遇见我，还在打听你的消息呢。”

“哪个同学?”

“就是你爸同学的儿子，他爸在县一中教书。小伙子现在教育局上班，人长得高高大大，模样也不错，要不让妈找人给你介绍。”

“妈，这事情我自己有分寸，你就别瞎操心了。”静雯把母亲的话题岔开，“平时都挺忙，这次因为片子修改剧本，剧组放假才有时间回家。”

“不要嫌妈唠叨，你也快三十的人了，早晚总得有个着落，你这样一直没有动静，你说我和你爸着急不着急。”

“妈，我会考虑的，三十以前，一定给你一个交代，带个女婿回来，这样你就可以放心了吧。”

“这还差不多，你总得给妈一个盼头啊。”

静雯怕父母担心，从北京出发前特地到商场给父亲买了块进口的手表，给母亲买了个微型的电动按摩器，在父母面前表现出在北京过得很好很顺利的样子。静雯并不想给父母带来太多的担心，更不愿意和父母说太多演艺圈的事情，因为没有另一半，也无从给父母细说自己的感情生活。男朋友的影子都还不知道在哪里，甚至连要找什么样的人也在犹豫，自己也不知道方向，只有走一步看一步了。

2011年的8月，天气特别炎热，连续近四十摄氏度的高温，把大地炙烤得灼热难耐，久未浇水的室外土地有些干裂。静雯从老家重新回到山城，寻找圈子里的同学聚聚，同学们的热情就像天气一样火热，在北京的孤独感在同学们的面前荡然无存，本就有些疲惫的静雯不想再当“北漂”了，干脆在大学同寝室的鲜艳家暂住下来，留在山城寻找新的演出机会。

鲜艳来自山城远郊的区县，性格活泼开朗。大学时期，鲜艳并不认为静雯高高在上的美丽是交流的障碍，喜欢找静雯聊天说话，不像其他的女生对漂亮的静雯敬而远之，静雯也把鲜艳当作难得遇到的好朋友。鲜艳的老公是一家服装贸易公司的老板，比鲜艳大十五岁，虽然两人的年龄差距比较大，日子过得倒还和睦安稳。因为生意上的事情，老公经常到香港、广州、深圳出差，静雯的到来正好给单独在家的鲜艳多了一份陪伴，城北花园宽敞的房子不会显得太过冷清。

总是在同学家里住着也不是办法，静雯想尽快找到自己的房子落定。静雯回到山城的信息在同学间很快传开，在师哥推荐下，静雯接受邀约，参加了一次筛选演员的“非正式”饭局，这是静雯非常熟悉的必修课。当天的晚餐还好，参与的人数并不特别多，到场的人总共只有7个，推荐角色的师哥，投资代表郭先生，剧组导演和副导演，另加上两个不相识的年轻女演员。年轻演员看起来就像是90后，估计还在学校读书。

晚餐的气氛活跃亲切，火热的天气助长了饭局的热度。郭先生来自东北，言谈中表达出啤酒是他的长项，可今天这个大热的天却偏偏要选择喝白酒。静雯平日里本还能喝上两杯，大热天实在不想闻白酒的干烈味，心里老是想着拒绝。看见大家喝得开心高兴，也就勉强跟着大家一小杯一小杯地慢慢喝着。热辣的酒一杯一杯往肚子里灌，像火烧一样难受，很快便喝得整个身体气血上涌。

一桌人夸张地谈论着《爱你还爱我吗》的剧情，这是一部描述都市爱情的轻喜剧，要选择四个光亮明艳的女生作为主打，配合三个男主演的爱情三角戏。酒桌上，郭先生和导演津津有味毫不忌讳地对演员们品头论足，静雯久经沙场，早就习惯了这种选美似的评价。静雯的头发扎成一束，一身素色包身短裙加上红红的高跟鞋，显得身材纤细修长，曲线玲珑。和小演员相比，除了年龄成熟一点，无论长相，气质，还是谈吐和表演经验，静雯明显超出两个小女生一大截。郭先生和导演都认为静雯和女一号最为匹配，一席话说得静雯有些心花怒放，主动上前连喝了两杯白酒，弄得在场的两个小女生私下嘀咕直翻白眼。

酒足饭饱，大家坐在位子上聊着天，似乎意犹未尽，并没打算立刻离开。郭先生起身走到静雯面前，拉着静雯的手，语无伦次地夸赞静雯美丽漂亮。看着郭先生的醉意，静雯尴尬地对着郭先生笑笑，想把手从郭先生的手中抽开，哪知郭先生反而捏得更紧，郭先生把手掌中的汗水传递到静雯的手心。

“郭总，我们去唱唱歌，顺便醒醒酒？”导演凑到郭先生面前，想要安排下一场节目。

“今天可能不行了，我实在喝多了，你们去吧，我回房间休息。”郭先生走路有些偏偏倒倒。

“郭总，这怎么行？好不容易来山城，总不能就这样回房间睡觉啦。山城可是全国有名的美女聚集地哟，郭总既然来了，就该感受一下山城的风情。”副导演一脸醉意，拖着郭先生的胳膊盛情邀请，哈哈笑着。

“郭总，唱歌的包房我已经订好了，就在酒店的负一楼，条件绝对好，反正郭总明早也没有特殊安排，就一起去轻松轻松。”导演一边说一边扭头冲着其他两个小女生笑笑。

“好的，我们都去。”师哥马上附和。

两个小女生紧跟师哥的脚步，好像在师哥的身边很有安全感。静雯看两个小女生跟着去了，不好意思单独离开，只有跟着大家的脚步走进K歌的包房。静雯本是很熟悉这样的环境，但和两个小妹妹在一起，心里觉得怪怪的。

静雯被导演安排在郭先生的身边坐下。“郭总，我晚上还有夜戏在拍，我得过去看看。我马上就回来，静雯，看郭总喜欢唱什么歌，帮郭总安排。”导演给迷迷糊糊半躺在沙发上的郭先生打了个招呼，急匆匆溜出了房门。

郭先生身材适中，一副银色的金属眼镜衬托出满脸文气，笔挺的白色衬衣，领口边镶嵌着灰色的色带，直直的西裤，腰间拴着“Z”形的金属扣，一身素雅的着装显露出郭先生的品位。郭先生的歌唱得很好，大有翻版张国荣的味道，一上来便点了三首。《想你》《红》《风再起时》唱罢，郭先生躺在包厢的沙发上安静地睡着了。师哥见状，把静雯拉到一边，悄声嘀咕让静雯好好照顾郭先生。

师哥回到副导演和两个小演员的身边，继续在房间里高声喧闹摇着骰盅，做着游戏，仿似静雯和郭先生并不存在。静雯看四个人一直玩得开心，独自点了两首歌《美丽心情》和《囚鸟》，一个人唱完，觉得无趣，过去给副导演和师哥敬一两杯酒，重新回到原位坐在睡着的郭先生身边。两个小女生突然来了精神，在包房里跳上跳下唱个不停，两瓶轩尼诗V.S.O.P不知不觉就被消化完了。“不知道什么时候才能结束？”酒劲有些上头，静雯急着想走，自己没有鲜艳家的钥匙，鲜艳还在家里等着呢。

凌晨两点，大家玩得有些疲倦，房间渐渐安静下来。导演已经回到房间好一阵，郭先生依旧酣睡没有醒。继续等下去不知什么时候是个头，导演让副导演和师哥把郭先生送回房间休息。静雯想趁机离开，毕竟暂住在同学家里，不能回去太晚。刚要跨出包房大门，被师哥叫住了。“静雯，麻烦帮个忙，把郭总送到房间。”静雯觉得有些尴尬，虽然不很乐意，看师哥的面子还是留了下来和师哥一起把郭先生送到房间。师哥和副导演费尽力气，终于把郭先生弄到了酒店的大床上，回头对静雯说：“你在这稍微等等，我去给导演打个招呼，马上就上来。”师哥和副导演匆匆出门去了。

郭先生躺在床上呼呼大睡，静雯一个人在房间，坐也不是，站也不是，上头的酒意让人头昏，静雯想早点回去休息。房门紧闭，郭先生的呼吸声在安静的房间里听得一清二楚。静雯有些紧张，想要逃走，但不知道会发生什么，静雯的心中升起强烈的危机感。为了剧里的角色，静雯克制住逃走的冲动，忐忑地在房间里停留。静雯走到大玻璃窗边，看着窗外的城市夜色，远处的霓虹灯不停闪烁，点缀着深邃的夜空，仿似星光在眨着眼睛。一条条路灯带把黑暗的城市分割成不规则的形状，宛如山中一块一块的梯田，错落有致摆放在沉寂的夜色中。“师哥怎么还不上来?!”静雯心中忐忑不安，是走是留，好像都不妥当？静雯屏住呼吸，安静地看着窗外的夜色。

听到身后有些动静，静雯回过头往床上看去。床上没人，吓了静雯一跳。郭先生在静雯的身后愣愣地站着，眼睛一动不动把静雯看着。静雯心跳加速，紧张得脚步无法移动。郭先生迷离的眼神中，静雯就像身上只着了一层白纱的仙女，凹凸有致的身材在紧身的白色裙子包裹下暴露无遗。郭先生的身体摇摇晃晃，没等静雯移动，从背后把静雯紧紧抱住。

热汗味从静雯的后背传递开来，瞬间弥散全身，静雯挣扎着要掰开郭先生的手。郭先生不仅没有松手，反而抱得更紧了。郭先生把头紧紧压在静雯的肩头，把嘴凑到了静雯的脸颊。一股难闻的白酒味扑面而来，静雯恶心得想吐，两只胳膊用尽力气，撑开郭先生抱在自己胸前的手臂，转身把郭先生推倒在床上，夺门而出。

静雯并没有哭，这样的场景在自己的演艺生涯中不止一次经历过，没想到回到山城的第一次应酬就遇到。静雯有些意外，完全没有考虑就这样离开会产生什么样的后果，快步冲进了电梯。

穿过酒店大厅，看见师哥和导演、副导演以及小演员在休息区的沙发上坐着嘻嘻哈哈聊着天。本已经喝得晕乎乎的静雯，把压抑在心里的无名怒火全部冲着师哥爆发了出来。

“师哥，你当我是什么人呀？我就那么随便吗？”

“静雯，你误会了，我没有那个意思。郭总挺喜欢你的，我们以为你对郭先生也有意思，制造个机会给你啊。正好郭总喝多了，你正好可以照顾一下他，这次女主角的演出机会不就顺理成章给你了吗？我还不是为了你来演这个角色啊。”

“这种机会你自己留着用吧。”静雯气冲冲走了。

师哥看着静雯的背影，满脸沮丧。师哥不能理解静雯的行为，或许更不能理解自己的行为。导演看静雯甩手走了，着急得赶快叫副导演带着另两个小女演员上楼去，看看到底发生了什么事情。

主演的角色又一次落空，在师哥千般道歉下，静雯得以获得出演女三的角色，戏份也算不少，但却没有什么对白。静雯觉得无奈，努力的心血总是在最后一道门槛被挡住，明知道仅仅靠脸蛋吃饭的机会越来越少，却还在坚持靠脸吃饭的态度。静雯彷徨，做了近十年的配角，难道还要继续做下去吗？静雯不甘心，但又找不到合适的办法可以改变自己的际遇。

……

时光一天天就这样过去，静雯一天天在山城的演艺圈流浪。一个月后，静雯从鲜艳的家中搬了出来，搬到滨江北路的电梯公寓。房间不大，一房一厅，但睡在自己小小房间的大床，就可以一览无余嘉陵江的江景，心情无比愉悦。在属于自己的私密空间，静雯可以一边躺在床上看江景，一边安抚自己抑郁的心情。

圈里的游戏规则到底怎么形成的，谁也不知道，似乎没有付出就没有收获的概念在这里被全部扭曲了。静雯深知其中的道理，但从来不愿意屈从。“这是一种矛盾吗？坚守底线和商业游戏真的是尖锐的矛盾吗？”静雯在思考，但从来不愿意过多去想，毕竟这个圈子正围绕着自我的游戏规则在运行。自然界都是适者生存的道理，不适应就得退出，不接受就只有被拒之门外。

“在圈子里已经彷徨了十年，不知道什么时候才是个头啊？”静雯苦恼地笑了笑。

XVIII

秋天的雨，绵绵不断连续下了十来天，大街小巷到处都是一片湿漉漉的感觉。所谓“秋风秋雨渐渐凉”，在清凉的秋雨中，气温一天天降下来，马路上的行人大都穿上了厚厚的外套，把自己裹得严严实实。观众对《我们的声音》的热度并没有随着气温降低，一天比一天更火，演播厅外的琼瑶神采飞扬，形态飘逸的风衣，深色职业的小西服，白衬衣和高跟鞋，成为琼瑶在办公室里的固定装扮，这也是在琳达建议下琼瑶做出的惊人改变。

琳达的有效运作，让ML公司成为《我们的声音》新一季节目的主赞助商，并以“文森特”楼盘的名称冠名。ML公司提供的资金比以往的投资商更加宽裕，为栏目营造节目气氛提供了很大的支持，主播场景、灯光画面全面更新，更引进了国外的一些光影新技术，节目画面的新鲜感远远超过前几期节目。栏目更是重金聘请当红的知名艺人参与节目互动，不仅赢得明星效应，而且大大增强了节目的观赏性。

《我们的声音》2011年开始在山城走红，不知不觉红遍了全中国，不仅取得全国类似综艺节目霸主的地位，而且引领了各类娱乐节目的潮流。各个电视台跟风而上，选秀节目几乎成为各大电视台的必备栏目，名目繁多花样复杂，标新立异层出不穷。凭借《我们的声音》稳定的高收视率，加上ML公司重金打造，2015年元旦节刚过，琼瑶升任电视台最年轻的栏目制作人。

33岁的琼瑶，已经不再是十年前那个刚刚出道的小女生，现在已经是娱乐频道的中坚力量。《我们的声音》栏目的成功，促使琼瑶的事业心持续膨胀，设想在主持的道路上继续推陈出新开创出新的天地。

女儿事业成功，带来亲朋好友的称赞和羡慕，琼瑶父母既骄傲又开心。可在开心之余，反过来对琼瑶的个人生活也越来越担心。为尽早把琼瑶的个人问题解决，琼瑶父母不甘沉寂，紧锣密鼓张罗女儿的人生大事，退了休的母亲更是整天忙于给琼瑶物色合适的相亲对象。迫于环境压力，琼瑶也不再坚持自己的意见，配合母亲的热情，把大部分工作外的时间都用在和相亲对象见面上。可雷声大雨点小，在当红主持人的光环下，期望和琼瑶接触的人确实不少，但真正能和琼瑶在心里靠近的却寥寥无几。

因为投资冠名《我们的声音》，琳达成为电视台的常客，也因为兴趣爱好相投，琳达和琼瑶的联络越来越密切，两人渐渐成了要好的朋友。琼瑶总是能在琳达的口中得知子旭的近况，从琳达的言谈中找到子旭的身影。虽然经常听闻子旭的故事，却没有和子旭单独见面的机会，最近一次见面是在冠名合作协议的签约仪式上，匆匆握手而过。

琳达从内心钦佩这个传播圈的姐姐，也从心底里欣赏年轻有为的子旭。琳达并不十分清楚琼瑶和子旭在大学期间的爱情故事，在和琼瑶的交谈中，琳达毫无保留地把对子旭的敬仰流露了出来。琳达一直认为琼瑶和子旭应该成为美满的一对，想努力把两人撮合在一起。琳达约了好几次想让子旭和琼瑶单独见面，但都因为这样那样的原因错过了。“是子旭在刻意回避，还是确实工作太忙没有时间？”琼瑶得不到答案，琳达就更不知道其中的缘故了。

从琳达的言谈举止，琼瑶看出了琳达对子旭的爱慕。琼瑶感到有些自卑：“无论从年龄、学历、生活匹配度，自己都不是琳达的对手啊，琳达才是子旭事业上最合适的帮手。”琼瑶竭力把内心对子旭的爱恋情结压制到最低程度，侧面鼓励琳达放开心扉去直面子旭，勇敢地追求真爱。不仅仅在于工作本身，更重要的是琳达完全能胜任子旭贤内助的职责。

秋风中，细雨飘摇，琳达和琼瑶又一次约在广电路拐角的时光咖啡，暖意洋洋的大厅里，两个人温馨地面对面坐着。琳达用成功冠名的名义，以感谢琼瑶代言为理由，安排子旭和琼瑶见面，两人等待子旭开完会后过来坐坐。

“琼姐，你和旭总在大学的时候挺要好吧。”

“你觉得像吗？其实我的性格和子旭差异很大，经常一起参加学院组织的活动，相互比较熟悉而已。大学时候的子旭是全学院众人皆知的电影男神，特别中意拍电影，我却是电影学院一个默默无闻的丑小鸭。”琼瑶谦虚地笑着调侃自己，并不想让琳达知道自己和子旭曾经有很深的感情纠结。

“琼姐，你觉不觉得旭总即使没有笑也感觉在笑一样，总给人阳光明媚的感觉，让人一看到他就像安装了金霸王一样充满力量。”

“是啊，子旭是正能量的代表，现在和学生时代完全不一样，那时候的想法多么天真和单纯啊。”琼瑶把内心的惋惜流露了出来。

“琼姐，旭总一直没有交女朋友，我觉得你们俩特别般配。现在你也是单身，和旭总在一起你会考虑吗？”琳达的话音压得很低，仿似在告诉琼瑶一个秘密。

“琳达，别开玩笑啦，这怎么可能！我比你们旭总的年龄还要大呢？而且大家以前是同学，彼此太了解了。”

“了解是产生深厚的感情的基础，彼此相知才会有共同的理想，感情才不容易出问题。琼姐，你这么年轻，怎么可能比旭总的年龄还大？”

“琳达，你不大明白我们这个年纪女人的心思，现在真的有日暮黄花的感觉。你现在每天都和子旭在一起，你才最了解他的需要。子旭长期一个人，确实需要有人去好好照顾，我觉得最应该努力的是你，只有你才是最合适的子旭的人。”

“琼姐，虽然我和旭总每天都在一起，我们绝大部分时间谈论的都是工作。即使我能照料他的日常生活，也照顾不了他的心。旭总喜欢把自己一个人关在办公室里，很不愿意别人在他安静的时候打扰他。谁也不知道旭总的心底里装着什么？从他的眼神中能看出，他是个有许多故事的人。”琳达的话语中带着一些伤感。

每天都陪伴在一起的人，却不知道他在想什么，每天在一起生活共事，却不能成为他的聆听者，这是琳达心中埋藏的巨大遗憾。

晚上九点多了，整杯的哥伦比亚咖啡已经喝完，子旭还没有到。琳达又叫了杯桂圆红枣茶，两人一起分享。窗外雨色蒙蒙，暖色的路灯全部亮了，在黑夜中照出一团一团的昏黄。看着窗外的夜雨，琼瑶有些发愣，仿似看见了雨夜中子旭委屈的表情，看见子旭苦苦请求自己谅解的眼神，仿似看见浑身淋透的子旭站在雨中，向自己诉说拍电影的艰难困苦。

“要不我打个电话催催，该不会又出什么意外了吧？”琳达觉得有点不好意思，把琼瑶从忙碌中约出来，却让琼瑶等了这许久。

“琳达，不要打了，子旭肯定很忙，他有他的正事，我们两姐妹在一起聊聊天不是也挺好吗？”琼瑶心里并不情愿一定要等子旭到来。即使子旭来了，有琳达在场也不知道该说些什么。子旭一旦出现，一定会给现在的氛围带来慌乱，一定会破坏静静聊天的安宁。

“旭总平常是个非常守时的人，在公司我从来没有看见过他迟到。今天不知道怎么了？”在琳达的眼中，子旭是个完美的人。

“嗯。可能是因为工作吧。”琼瑶对琳达意味深长地笑笑，继续看着窗外路灯下飘摇的雨丝，联想着和子旭大学毕业前最后一次约会的场景，表情漠然地沉默下来。

“旭总没接电话，可能还没有开完会。”琳达拨通子旭的电话，但没有人接听。琳达看到琼瑶陷入深深的沉默，以为是因为子旭失约而不开心，赶忙道歉，“琼姐，是我没有安排好，实在不好意思。”

“没什么，我突然想起了大学里发生的一些事情。”琼瑶瘪着嘴笑了笑，“子旭在大学的时候就是工作狂，总是把实现电影的梦想放在第一位，对事业的执着程度超过别人的想象。琳达，不瞒你说，你在他身边工作，是一件很幸福的事，很多人会羡慕你的。子旭充满幻想，你和他在一起，你会被他追求梦想的激情感染。”

“真的有那么厉害吗？”说起子旭，琳达连眉宇间也带着甜蜜的笑意，“不过跟旭总在一起真的很有安全感。他不仅做事认真，而且很能照顾人。”

琼瑶看着琳达对子旭强烈的爱慕之情，心中泛起一丝羡慕和同情。这些年一个人走过，孤独成为自然，或许对单身生活太过习惯，在琼瑶的话语中几乎很少谈到爱字，有情有义的青春在成长中渐渐远去了。现在的自己除了工作还是工作，激烈的爱情离自己越来越远。同学在一起，也或许只是为了那段曾经的纪念，很难再去畅想彼此的未来。琳达不一样，年轻的琳达还可以自由地追寻梦想，可以毫无掩饰地表达内心的情感。曾经的校园爱情，到现在只能偶尔拿出来烧烧香，独自默默祭奠，为了青春的存在，也为了过去的记忆。关于未来的想象，全部都只能留给年轻的琳达了。

“最新一期《我们的声音》上周末播放了，对你们的销售有帮助吗？到访的客户有增加吗？”琼瑶不愿始终围绕和子旭相关的话题。

“效果比预估的情况好多了，以前一周能到案场150来组客户，现在有400组，而且有效客户也有200多组，出乎我们的意外，在售楼处加派了人手才勉强接待下来。琼姐，这还得好好感谢您才是。”

“有效果就好，说明钱没有白花。”

“琼姐，叫我和您联系栏目合作的事情就是旭总的决定。旭总真的很看好您，说您对公司一定会有帮助。董事长刚开始觉得花费有点高，而且认为节目的受众和楼盘的客户有些不匹配。董事长的小意见，都被旭总给扛过去了。”

“子旭做事情非常固执，一般人很难改变他的想法。”话题在不经意间又被带到子旭的身上，“这是他的习惯，很难改变。”

“是的，不知道他从哪里找到的那股犟劲，做事情太拼了。不过看看国外的大公司，包括苹果的乔布斯，能成大事的人基本上都是偏执狂。”

“琳达，下一期节目我们争取再搞出点新花样。最近我搜索了几档美国比较火的选秀节目，场景和节目铺排都做得很新颖，我们拿过来改编，把有用的元素引进来，争取在观众的眼球中再烧一把火。过了这段时间我们一起出国去走走，看看还有什么好的东西可以拿回国来用。”

“好啊，我们公司一定全力支持，有您琼姐在，相信一切都不是问题。”

“琳达，可能子旭真的有事。要不我们走吧，明天一大早还要录节目呢。”已经十点半过，子旭还没有来，琼瑶想要离开。

“好吧，可能今天旭总真的被其他事情拖住了，琼姐，真的很抱歉，让您等了那么久。”琳达不便继续挽留琼瑶。

“那我先回去了，时间还多，和子旭一定有机会见面的。”

“好吧，琼姐，今天真的对不起。我回公司去看看到底发生了什么事情。”琳达连续给琼瑶道歉。

两人在夜色中安静地分开。夜雨依旧雾蒙蒙下个不停，雨刮器轻轻扫着挡风玻璃，像是在清扫琼瑶脑海中复杂的思绪。又一次下雨，又一次失约，或许这一切都是天意，琼瑶不敢想得太多，十年前的雨水已经强烈冲刷过神经和大脑，琼瑶不愿意安静的灵魂被今晚的小雨又一次洗涤。安宁的生活再也泛不起激情的涟漪，琼瑶有些安于自乐的心境，驾着车沉默地在雨夜中奔行。

回到家里，琼瑶匆匆洗漱完毕，心情依旧残存着说不清楚的滋味，实在难以入眠。走到客厅倒了杯白开水，随手打开电视。琼瑶安静地坐在客厅沙发上，电视里自己主持的节目正在重播："台上的清新活跃的主持人和现在沉默安静的自我是同一个人吗？"琼瑶禁不住在心里对自己提问。养了多年的泰迪小狗“小熊”亲热地在脚边晃来晃去。琼瑶拍拍沙发，“小熊”轻轻一跃，跳上沙发在身边趴下，紧紧挨着主人，睁大被浓密毛发遮住的眼睛，一动不动把琼瑶看着。“唉，还是只有自家的小狗才最听话最顺从。”琼瑶一声叹息。

又一次抱着强烈的希望静心等待，又一次无缘无故落空，琼瑶有些懊恼。思绪，在大学生活的时光中转圈，琼瑶陷入深深的回忆，想象和子旭曾经的生活触点，伤感的情绪随之在脑海中四处飘荡。分手已经快十年，现时的想法和学生时代的想法已经完全不同，心态已经变得老化。寂寥的内心空旷而凝重，好像失却了地心的引力，失去了跳跃的动力，再也找不回过去的回响。心情的大海安宁而静谧，好像失去了青春的波澜，泛不起曾经拥有的积淀。

“我是真的老了吗？还是成熟了？其实都是一样。”

琼瑶思考着苦闷的内心，难于表达对爱情的纪念。在青春的记忆中，爱情的痕迹可以永恒，在每个人的心中，都有一段唯美的校园爱情故事，都会成为人生中永不磨灭的心灵寄托。

同学，是一个结，拴上了就难以解开。无论主动还是被动，同学都是成长的影子，逃不掉也甩不开。现实，应验了对过去的批判，生活的变化促使思想成熟，对现实开始批判。同学，有时候不再是时光的影子，跟随时光的变化，成为了新的一段现实。

XIX

2015年1月，春节前的天气格外寒冷，离同学聚会还有四个月。再过一周，寒假就将到来，颖婉忙碌着期末考试的安排，准备一学期最后的工作。颖婉走进表演教研室，倒了杯白开水坐下来，办公桌上摆放着邮递员送来的EMS快递。颖婉小心翼翼地拆开来，里面装着一张新年贺卡，附带十周年同学聚会的邀请函。颖婉并不奇怪，这本就是自己和卫东一起策划的同学聚会小插曲。

在堆满资料的办公桌上，摆放着另外一份通知。到日本去研修学习的通知书，自己的名字赫然列在研修人员的名单里。在电影学院，出国研修的机会并不少，但关于东方电影文化的研修还是第一次。这次的主题，恰好和颖婉的教研课题“东方电影的艺术探寻”完全相符，对颖婉来说也算是一个意外。

“老莫”去世之前，学院就打算安排颖婉到美国交流学习一年，因为要照顾草草，颖婉婉言谢绝了。五年后，同样的机遇又一次降临到自己的头上，在颖婉平静的心湖掠起了涟漪，要离开整整半年时间，对需要时间和精力照顾小女儿的颖婉来说，实在是非常具体的事。况且上周刚刚从宋老师和陆老师手上接过建院三十周年献礼片的任务，难道要半途而废？草草刚开始读小学，颖婉舍不得女儿可爱的笑容，也不愿意看到母亲继续因为自己而辛劳。看见年迈的母亲脸上的皱纹一天比一天多，颖婉的内心确实有些不忍。

颖婉父亲在老家的工商局上班，还有一年时间才退休。年轻时候身体长期透支，父亲染上了比较严重的骨质增生。生活的空间没法合并，“老莫”离开后，为了照顾好颖婉和孙女的生活，父亲让母亲来到主城，拖着有病的身体独自在老家生活。颖婉一直盼望家人团聚的那天早日到来。只需要再等一年，颖婉就可以一家团聚，就可以在一起幸福地生活了。

同学聚会，对颖婉来说，是既亲近又亲切的事。虽然在主城工作了快十年，但一直封闭式地关在校园，颖婉的交际圈并不广，最亲近的人除了家人就是几个熟悉的同学。看到上课的学生们，颖婉自然而然想起曾经一起学习生活的同学们。颖婉对即将到来的同学聚会带着不一样的期待，一心想看看当年在一起读大学的同学们现在的生活到底怎样了，老同学们又可以安宁地叙叙旧，颖婉也想和圈里的同学聊聊电影，探索对新电影的看法，为正在筹备的院庆献礼片收集创作素材。

在颖婉的心中，同学聚会是一种对过去美好时光最贴切的诠释，也是对逝去青春最苦悲的祭奠。颖婉最美好的时光是在学校里和“老莫”一起度过，和同学们一起度过，选择“老莫”，就选择了一生的记忆，选择了一辈子的生活态度。

看着同学聚会的邀请函和研修通知，颖婉想起了到“老莫”的剧组去探班的场景。颖婉清晰地记得，自己对电影最深刻的理解和认识，来源于“老莫”在半山腰给自己讲述的故事。

……

冬天的山城，几乎不会下雪，天空中很少能看见阳光的影子，除了蒙蒙的雾气，基本上是一片灰色。研一的颖婉青春荡漾，骄傲的神情中充满着年轻的活力。本科四年，装进脑海中对电影的印象，对电影的概念，内容太丰富，在颖婉的心中找不到重要的头绪。虽然几乎每天都陪着“老莫”看电影，谈电影的故事，虽然经常参加学校里的戏剧表演，但是对电影的认识都趋于单纯的表面，很少去深刻思考电影的寓意。颖婉很想知道，为什么“老莫”能够抓住电影的脉搏，能够用电影的手法准确表达生命的意义。

研一的基础课对颖婉来说深奥难懂，看电影，读理论，写评价成为颖婉的生活常态。“老莫”到城郊的剧组已经一个多月，许久没看见“老莫”的身影，颖婉的心中像装了只小兔子在蹦蹦跳跳。颖婉的心发慌，特别想知道“老莫”在做什么。

趁着周末难得的阳光明媚，颖婉想去剧组看看。颖婉扎着马尾巴，挎着一只大大的休闲挎包，装着“老莫”平时爱吃的东西。颖婉一身休闲打扮来到汽车南站，坐上十三座的乡村小巴。可能是为了赶时间，人还没装满，小巴就破天荒出发了。颖婉坐到靠窗的单独座位上，前后空着好些位置。

乡村公路蜿蜒崎岖，小巴在公路上颠来荡去，颖婉并不在意汽车颠簸，一直看着车窗外的风景。其实窗外除了零乱的农田耕地，稀稀拉拉的树丛竹林，便是歪歪斜斜略显陈旧的农村小屋，并没有太多诱人的景色。小巴走走停停，上上下下的旅客凭穿着打扮就可以判断出是乡村的农民，令坐在窗边的颖婉特别显眼。转过一座座山丘，小巴在一处小山村旁停了下。颖婉下车，连续翻过两道山脊，终于来到剧组拍戏的地点，山顶处的一个农家小院。

推门进去，堂屋的中央铺设着长长的轨道，摄像机架设在轨道的小车上移动，房间四周摆放着高低不一的摄影灯。剧组人员在忙忙碌碌布置道具和场景，看颖婉到来，纷纷给颖婉打着招呼。“老莫”正给一男一女两个年轻演员说戏，见颖婉进门，用手势示意颖婉等等，“老莫”并没有停下手上的工作。

“怎么没有通知一声就来啦？”和演员说了大概一刻钟，“老莫”走到颖婉的身边。

“还不是怕打扰你呗，怎么，不高兴？”

“哪会？求之不得，你正好也看看乡村男女的对手戏。”

灯光照亮，室内戏开始拍摄。灯光下，“老莫”刚才说戏的男女走到镜头前开始表演，“老莫”神情严肃地盯着演员的动作一言不发。这是一部讲述把女大学生拐卖到边远农村的悲情戏，拍摄的气氛充满着压抑。演员们大多是来自城市的学生，对农村生活的感觉体会不深，颖婉从“老莫”的表情中看得出导这部戏的难度。

“老莫”把打印好的脚本卷成了一个纸筒，默默关注演员的表情，时不时跟着演员的动作挥动纸筒，提醒演员的下一个需要注意的表情。“老莫”喜欢在拍摄之前尽量把戏说透，让演员深刻领会角色主体的性格，特别是角色的心态。如果还没有正式拍摄演员就能入戏，基本就达到“老莫”的目的了。在拍摄过程中，“老莫”不会轻易叫停，他更希望演员能够尽情发挥自我的潜能，“老莫”有时候甚至会刻意引导演员去自由发挥，像演自己一样把故事演出来。在颖婉的心中，“老莫”就是一个影神，无论什么样的主题，到了“老莫”的手中，都会变得意味深长，深刻动人。

电影在“老莫”的指挥棒下拍摄得非常顺利，只少许叫了几次停，几段情节就全部拍完了。夕阳渐渐落下，霞光把绵延的山丘映照得暖暖的，蒙蒙的雾气在山间冉冉升起，环绕在半山腰，烘托出一道道山色的剪影。农家的炊烟从烟囱里升腾起来，给本就雾气腾腾的山谷增添许多生活的气息，宛如一幅充满生机的美丽山水图。

剧组的晚餐清淡而简单，两个木制的大方桌，几根长条木凳，二十来个人，有的站着，有的坐着，团团围在一起。桌上摆放着七八道家常菜，装在大大搪瓷盆里，桌边的大铝锅里装着浓浓的青菜汤。简单的菜肴并没有影响人们的心情。“老莫”和大家仍旧在轻松地讨论剧情，畅谈角色的表演深度，尽力领会“老莫”的下一步意图。“老莫”不断提醒演员们需要去把握的角色的关键点，本着对剧情的熟悉，根本不需要看脚本，“老莫”就能熟练讲述剧情的下一步发展。

晚餐结束，工作人员继续布置拍夜戏的场景。霞光逐渐褪去，天色暗了下来，“老莫”和颖婉走出门外。山间小道，曲径通幽，走过一片小树林，两人来到半山腰一个不大的池塘边坐了下来。傍晚的山风吹得人有些冷飕飕，“老莫”把颖婉轻轻拥在怀中，把冰冷的小手放进自己大大的羽绒服口袋里。

“莫，在你的心中电影到底是什么样子呀？”

“电影是什么样子？电影有形状吗？我觉得每个人的理解都不一样。……电影有时候就像影子，人的影子，社会的影子，生活的影子，就像人在水中、路灯下、镜子里的倒影，也像阳光和灯光背后的剪影。电影本应该反映生活现实，却往往反映的主题和原本的生活情景色调相反。电影要懂得发掘，生活的表面是恶与丑，电影要去反映恶与丑下蕴含的善和美，原本真实的东西我们要描述它抽象的虚幻，原本虚幻的东西我们要反映它的现实存在。我们通过电影，从表面发生的事件中找到抽象的共性，这种共性就是电影要描述的东西。共性中有人性，有理性，有物性，我们站在不同的角度，用光与影的形式，把这些东西像在茧中抽丝一样把它的思想聚焦表达出来。”“老莫”滔滔不绝，表情严肃得像站在教室的讲台。

“嗯?!”颖婉似懂非懂。

“你看对面的山丘，在天光下灰暗的影子，你能看到的只是阳光落去前黑暗的剪影，你并不知道影子里蕴含着什么东西？或许我们都不知道，只当是一片黑色？我们假设山谷里的人心是纯粹的，山谷外的人心是复杂的，但是山谷的黑暗包容了我们的思想里的想象，包容了我们面临的现实，还有我们简单生活的社会，那山里和山外又有什么区别呢？我们除了看见一片黑色，其他什么也看不见。”

“你说得太深奥了，我听不懂。”颖婉还是没有听懂。

“每个人的生活都有各自的表象，生活的内在却有共同的思想聚焦。电影，就是通过表象来描述思想的凝聚，就像我们用思想来描述在山谷里装的东西，我们用光与影，用画面重塑我们心中的幻觉，重塑我们心中的形象。我们把白天能够看到的美好和丑恶都装进山谷里面去，然后再通过抽象的思想，用具体的动作和语言把它描述出来，用光与影把所想的概念展现在大家的目光面前。”

“莫，我感觉电影在你的心中真的很神圣。”颖婉用崇拜的眼光看着“老莫”，“你可以让它变，七十二变。”

“电影是我的工作，我并不是在讲述一个神话，我并没有把电影作为艺术来看待，我们都在为电影工作，因为电影而生活。我们只是认认真真做好自己的分内之事，用自己的思想把社会的现实，把社会的理想反映出来，用思想去批判失真的现实，批判扭曲的现实。电影在我们的手中，其实就是反映自我思想的工具。”

“嗯，我要好好消化你说的话。”颖婉下意识点点头，似乎有点明白了“老莫”讲述的含义。

隐隐约约听到同伴的呼唤声，场景准备好，夜戏将要开拍，颖婉挽着“老莫”的胳膊回到山顶农舍。乡村小巴早已经收车，颖婉本就没有打算回学校，于是守在剧组，在一旁安静地观看“老莫”带领大家继续拍摄。看着“老莫”认真拍戏的场景，颖婉似乎也陷进了拍摄的角色中，从演员的角度体会拍电影的滋味。

拍摄完毕，大家很乐意地给“老莫”和颖婉腾出一个单独的房间，让颖婉和“老莫”共宿。颖婉紧紧拥着“老莫”，躺在“老莫”的胳膊上听“老莫”熟睡中轻轻的鼾声，安宁和祥和融化了颖婉的内心。颖婉从“老莫”呼吸的气息里感受到强烈的归宿感和安全感，颖婉明白了，心中的幸福其实就在身边。颖婉不知不觉地把自己的电影梦和未来的生活融合在了一起，对“老莫”敬仰和爱慕，演变成颖婉生命中的一部分：“‘老莫’就是自己生活的另一半，是自己思想的另一半，是可以寄托和陪伴的另一半。”

……

铃声惊醒了颖婉的回忆，下一堂课是颖婉的课程，也是学生放假前的最后一次课。颖婉暗地给自己布置了一个艰巨的任务，她要把“老莫”讲述的电影概念和精髓同样讲给同学们听，让学生们的电影梦能够跟随思想自由飞翔。不管它是抽象的还是具体的，也不管能不能听懂，颖婉想让学生们发挥自我的想象力，去畅想东方电影艺术的深奥含蓄。

按照“老莫”的说法，同学只是一个过去的影子，是时光留下的模糊痕迹，同学聚会，恰似过去时光和现在时光的汇聚，在脑海的影像中，播放着过去的记忆，也面对着现在的现实。同学聚会，用过去的时光批判现实的存在，用现实去祭奠时光的离去。记忆，就像雕刻在内心的印迹，在同学聚会的时刻浮上心头，带给大家纪念，带给大家回忆，大家用回忆和纪念带来对现实的反思和批判。

“校庆的献礼片，可以跟随‘老莫’的思路和手法去拍摄，当务之急是找到一个好的剧本，才能够把这种表现的方式运用到现实，实实在在拍出一部优秀的作品来。用回忆的方式拍摄学院的现实，通过过去来描述学院建院三十周年的艰辛和坎坷，同时表达出学院对未来的看法。”

颖婉思考着含蓄的文化意境，在讲台上，给同学们滔滔不绝讲述着“老莫”的故事，讲述着“老莫”的电影艺术。

XX

春花灿烂开放迎来2015年的春天。国家对房地产业的刺激政策落地运行，固定资产投资陆续投放市场，对低迷的经济环境起到了舒缓作用。房地产市场，随着春天到来依旧在寒冷中飘摇，挣扎着抵抗金融危机带来的寒冬。

销售的压力依旧存在，但远没有寒冷的冬天那样严峻。在距离山城五十公里外的农家乐，ML公司全国各地负责人会聚一堂，集团的春季运营会在这里召开。这是一个修建在田野中独立安静的农家大院，四周都被高大的乔木环抱。清澈的小溪流水淙淙，横在农家乐的大门，小溪旁绿树成荫，掩映着农家院子古朴的大门。跨过小桥，一条笔直的乡村道路直通连接主城的省道。

春雨不断，淅淅沥沥洒向大地，整片天空都是湿漉漉的，田间的青苗把整个世界涂抹得绿油油。带着春天泥土的新意，欢乐的人们在点缀着油菜花的海洋里，尽享田间地头散发出来的芬芳。

子旭没喝很多酒，简单地吃过晚餐便和琳达走出农家院子，顺着大门外溪边的泥土小路走向乡村的深处。崎岖湿滑的路面并不泥泞，在少许地方车辆压出的积水痕迹，残留着一个个的积水坑。子旭和琳达沿着不到两米宽的小路缓慢向前，在满眼尽是菜花地的田边，轻松地谈论公司的前景。最近一段时间，子旭特别喜欢叫琳达陪自己到空气清新的地方走走，尽情感受春天到来浓浓的气息。

“子旭，你今天的总结发言很精彩，听着让人振奋。”

“是吗？可能是对未来充满了信心的原因。”子旭微笑着看着前方。

“是啊，最近各公司的销售业绩都在回升，情况比前几个月好多了，看来新年带来了新气象，这是一个好兆头啊！”

“但我们也不能掉以轻心啊，有落有起，有起也必有落，我们必须把握时机，尽快把公司的规模继续做上去。只有船大了才有更强的抗风险能力，才不容易倾覆。”

“公司已经进了九个城市，按照你今天的说法，今年再进三到五个城市，这样中西部地区的主要城市就都有了我们的根据地。”

“是的，还要尽快形成区域化管理架构，让区域市场尽快成形，成为未来发展的一线主体。集团总部的工作重心放在投融资和运营管控上，把生产和具体管理职能下放到区域市场去，让区域管理形成生产力。”

“子旭，需要我为你做些什么呢？”

“和我一起，努力加油，把公司搞上去！”子旭惊讶地看看琳达，眼神望着前方的道路。

“嗯！”琳达心中充满信心，轻轻地点了点头。

遍地的油菜花，开得绚烂缤纷，仿似一片巨大的黄色毯子把大地铺满，昭示着春日到来。初春的气温还蕴含着淡淡的冬意，或许是因为雨雾蒙蒙，春意并不像阳光普照时候那样透人心底。空气中弥散着浓浓的泥土味，让人感觉格外清新。琳达的头发有滴水的感觉，湿湿的披在肩上，像刚刚沐浴完毕，凭空增添几分妩媚性感，米色的Burberry风衣里，衬着白色的花边衬衣，齐膝的包裙，透出成熟丰满的身姿。

子旭和琳达顺着菜花掩映的道路越走越远，他们不知道路的尽头在哪里？也不知道会走向何方？两人说话的声音都很轻，只有对方才能听得清楚。

“觉得累吗？”子旭的话语很轻，一反常态变得特别温柔。

“没事，和你一起散步是件很享受的事。”琳达的回答伴随着最美丽的笑容，和心爱的人一起饭后散步聊天蕴含着浓烈的幸福感。

“琳达，如果我老了，我会选择住在这空气清新的地方，这里一切都是那么宁静美好。”子旭很想把自己的精神和思想融入这片大地。

“子旭，这漫山遍野的菜花多漂亮啊，让我想起了普罗旺斯的薰衣草。高中毕业时候，爸妈经常和我一起去薰衣草满布的山谷里晒太阳，那里的风景漂亮得让人不想离开。”琳达回忆曾经生活过的法国普罗旺斯，眼神中充满对未来的向往。

“琳达，要不我们把这些花草搬到我们的Village项目？Village项目本来就是纯别墅住宅，这样我们可以打造一处完全静谧的特色楼盘？”子旭发挥自己的想象空间，拿田园风貌和开发的楼盘做对比。

“哈哈，子旭，你这也太理想主义了吧！你想修出来的房子全部留给自己一个人住吗？要不你直接修一座属于你自己的‘油菜花’庄园？否则董事长肯定会被你气晕的。”琳达呵呵笑起来。

“我们不一定种油菜花，我们可以把油菜花换成郁金香，或者薰衣草！让我们的每一个小业主一回家就能闻到属于自己的特有香味。就这样，我们的Village项目就取名叫‘香颂’。”子旭的言语中充满了自信，用精神的振奋回应琳达的笑容。

“如果真是那样，这个楼盘一定非常美丽，那我也一定要买一幢，退休的时候可以安静地在那里养老。可是按照现在的房价，估计等我买得起这房子的时候，已经成为老太婆了！”琳达哈哈哈大笑起来。

“你开玩笑。不过现在的房价确实有点让人难以琢磨，上涨的速度比小菜还快。本来做房地产不应该仅仅为了赚钱，我们要修适合大家居住的房子，让居者都有其屋。”子旭回到话题的中心，语调中似乎带着些许失意。子旭幼年的时候，和父亲住在机关职工大院，五层楼的砖砌楼房虽然拥挤吵闹，但充满成长的乐趣。

“这一切都会变好的，国家持续进行调控不就是因为房价上涨速度太快吗？”琳达看到子旭有些惆怅，立刻转换话题，往乐观的方向去。

“是啊，调控的节奏时松时紧，真的很难掌握，有时候真想好好休息一下。琳达，你已经很久没有回普罗旺斯了吧？”

“有大半年时间了。”

“反正最近市场形势转好，公司也不算特别忙，你正好可以抽时间回去看看父母。”

“不用的，我和爸妈说好，他们下个月会回国来住一段时间。我要在这里和你一起，把目前的困难渡过。”

“这……”

子旭的心中涌起无名的感动。其实在这个时候，子旭并不希望琳达离开他去休假。琳达已经成为自己工作的一只胳膊，成为生活的一种习惯。有了琳达的陪伴，有工作的支撑，子旭暂时忘记了孤独。公司现在面临的压力不同于往年，在这个时候，子旭特别希望琳达能陪在身边一起渡过难关。

淅淅沥沥的蒙蒙细雨继续下了起来，子旭把外套脱了，当作雨衣遮在琳达的头上。两人加快脚步，走到一处三岔路口。一幢陈旧的乡村小屋在路口边孤零零矗立着，青瓦土墙的房屋很小，从外形上看去不超过三个房间。屋里没有亮灯，房屋可能是附近的农民用来放置耕作工具或者看守农田。子旭和琳达停下来，站在斜斜的屋檐下避雨。顺着屋檐口落下的雨水，像断了线的珠子，在子旭和琳达的面前滴滴答答。两个人安静地站在屋檐下，都不说话，眼睛望着远方，享受着雨夜给乡村带来的安宁。

“子旭，有个疑问我一直想问你？”琳达感受到子旭身体散发出来的热量，有些沉不住气，率先打破了宁静。

“什么？”子旭扭头，看着头发湿漉漉的琳达，眼神中满是温柔。

“你怎么一直不恋爱不结婚呢？身边有这么多好女孩，难道一个也看不上？”琳达羞涩的眼睛不敢往子旭的脸上看。

“这……怎么说呢？”子旭回过头，眼睛看着远方，似乎想把蒙蒙的雨夜看穿。子旭的话锋一转，并没把心中的答案传给琳达，“公司的事情太多，一直都做不完，哪有时间考虑这个事情啊?！……”子旭停顿了一下，“况且我还年轻，等公司上了新台阶后再来解决这个问题吧。”

“其实你应该考虑了。你觉得琼瑶怎样啊？琼姐的各方面条件都很好，我觉得你们俩挺般配的。”琳达故意试探子旭对琼瑶的感觉。

“呵呵……”子旭对着琳达笑了笑，没有把话接下去。

黑夜继续沉静，子旭和琳达继续在沉静的夜色中沉默。檐口的雨水不再滴滴答答，雨停了。“走吧，再不回去，大家该担心我们了。”顺着来时的路，子旭和琳达回到了小桥流水边的农家乐。

没有风的雨，是那样轻柔，琳达不大明白子旭的选择，也不想再明白。在琳达的心中，子旭既是一个神，也是一个普通人，琳达不敢对子旭表达自己内心深深的爱意，不愿意去破坏相互维持已久的亲密关系。琳达只希望子旭能在思想上陪伴自己，只愿慢慢地陪着子旭走下去，和子旭在一起的日子能够一天比一天更长，只愿能够永远陪伴在子旭身边倾听他的声音。

XXI

春节刚过，整个大地已经春暖花开阳光灿烂，有如着急的夏天提前来到这个世界报到。静雯一改以往大银幕的清纯形象，大幅的清凉照片在时尚杂志和周刊上相继发布，爆点的电影片段在网络上线，媒体顿时一片哗然。一瞬间，静雯成为山城娱乐圈最热门的焦点人物。

“清纯玉女变身性感尤物。”赤裸裸的广告词充满诱惑，引发人们浮想联翩。静雯做梦没有想到，制片方会在自己身上投入如此大的宣传力度。像天上掉下的馅饼，随之而来的绯闻更是莫名其妙，像滚雪球般在圈内传递，越滚越大。“难道这就叫红吗？我还没有准备好呢？”静雯的心扑通扑通直跳，欣喜的心情传递到全身的每一处神经，兴奋、愤怒、欣慰、紧张，各种情感每天都交集在一起，在心中翻江倒海。

静雯和公司签了为期三年的合作协议，从此有了固定的经纪人团队。一连几周，静雯不断出席公司安排的各种活动，参加各类型的展示会、推介会、见面会。广告订单像雪片般飘下，飞落到公司的窗口，飞到静雯的身旁。自出道以来，静雯的光辉从来没有像现在这样光芒四射，工作也从来没有像今天这样忙碌。在媒体和渠道的面前，静雯从来没有像今天这样拥有如此高的曝光率。收入的水龙头瞬间打开，银行卡的数字一天比一天大。静雯的手机整天忙个不停，不断传出激烈的呼唤声，就像有个声音一直在呼叫“钱来了，钱来了”。

“静雯，立柔洗发水想请你为他们代言，他们觉得你的长发实在太漂亮了。”

“最近比较忙，我不大清楚公司安排的档期，你们还是问问公司的安排吧。”

“静雯，你整过容吗？挺美整形医院想请你做形象大使？”

“你才整过呢，你去和公司联系吧！”

“静雯，广告公司这边很着急，安纳尔内衣指定要你来给他们代言，其他人他们全都看不上，要不就抽个时间把这单做了吧。如果内衣露了一点，代言他们公司的新款泳衣也行啊。”

“最近已经拍了好几个广告，实在有点累，休息一下再说吧。”

“雯姐，这次三泰药业养精补血丸的出价很高，你考虑考虑吧。”

“我有那么老吗？去找你姐吧。”

“静雯，I FullYou 健身房有个开业活动。你看你的身材那么好，本来就是健康的天使，整个活动你只需要出席就行，你一句话都不用说，保证中午12点前结束，绝不耽搁你的时间。”

“这个，让我考虑考虑。”

静雯坐在客厅的沙发上，翻看时尚杂志里自己热辣靓丽的照片，觉得自己的皮肤越来越细腻，身段越来越有女人味，连自己也有些佩服自己，莫名其妙喜欢上自己的新形象。看着杂志封面自己饱满性感充满诱惑的侧影，若隐若现引人遐想的身躯，看着杂志中自己独自站在台上接受采访的大幅照片，静雯回忆起大学期间第一次参加媒体见面会的尴尬场面，嘴角微微露出一丝笑容。

……

2003年，大二暑假，为了参加抗战片《静静的白桦林》拍摄，静雯没有回老家和父母享受天伦之乐。静雯扮演战地医院里的一个小护士，虽然只是很不起眼的小角色，对静雯来说，却是当演员以来遇见的最有影响力的剧组。电影的剧组媒体见面会选择在闹市区最豪华的五星酒店举行。为了这部电影能够成功，出品方早就进行了很长一段时间的宣传，在报纸和期刊上，经常能看到关于《静静的白桦林》的大篇幅报道。

第一次参加这样的大场面盛会，静雯的心情激动而兴奋，翻箱倒柜把宿舍里仅有的几件喜欢的衣服找出来，提前两个小时把自己涂抹得干干净净。白色的文化衫外面套着休闲的背背裙，脚上穿一双帆布休闲鞋，露出白色的运动袜，静雯把自己打扮成了一个活力十足的高中小女生。

为了不迟到，静雯早早地坐上公交车，来到媒体见面会场。离媒体会召开还有半个小时，会场门口已经被记者以及慕名而来的观众围得水泄不通，安全警戒线拦住了拥挤的人群，留下一条铺着红地毯的通道通向会场的大门。门口的保安严格检查进入会场的人员，一副比明星演唱会还要严格的架势。静雯看到这个场景，心情激动地加快脚步，往会场里走去。

“同学，对不起，请出示你的证件。”安全员把学生模样的静雯拦在红地毯的外面。

“证件？什么证件？我是剧组的演员。”静雯有些莫名其妙，想继续往会场里走。

“演员？有工作证明吗？”保安伸手把静雯拦下来，从头到脚打量几番，指指挂在胸前的吊牌。

“剧组没有给我发工作证，我进去拿来给你。”

“对不起，没有证件我不能让你进去。”很明显，安全员不大相信穿着朴素休闲的静雯是这戏的演员，无论怎么看，静雯都像是来现场追星的学生。

粉丝们挤在警戒线拦出的通道两边，视线全聚焦到静雯的身上，轻蔑的眼光让静雯感到十分难堪。静雯想发火，却怎么也发不出来。在众人的眼光下，静雯保持着小女孩的忸怩，把肚子里的委屈憋了回去。

“请大家让让，剧组来了。”听见明星们来了，人群一片沸腾，夹杂着尖叫声、呼唤声和掌声。记者们扛着设备往前挤，粉丝们也跟着往前涌。静雯回头，在人群前面，制片和导演迈着大步走过来，身后簇拥着一群面孔熟悉的剧组成员。

“导演，保安不让我进去。”静雯走上前想跟导演诉苦。

没想到导演并没有停下脚步，踏上通道口的红地毯，在大家的簇拥下快步往里走。不知道是导演没有听到静雯说话，还是故意不理，仿似静雯根本就不存在。静雯见导演不说话，跟着剧组人员的脚步往里走。

“你，你，你……”保安把走在最后的静雯又拦了下来。

“跟你说过几遍了，我真的是演员，剧组的人都认识我。”

“不管谁认识你，反正你没有证件，就不能进去。”年轻的保安非常固执，又指了指挂在胸口的吊牌。

“静雯，你怎么不跟我们一起来呀！你先在这里等等，我等会让工作人员带你进去。”回头看过来的演员副导演认出了静雯，停下脚步，但并没有给静雯太好的脸色。

几个安全员用异样的眼光把静雯看着，就像在马戏场看小丑表演，看得静雯满心委屈，眼泪直想往下掉。

静雯终于进了会场，媒体见面会在热烈的掌声中开始，在主持人的安排下，全体剧组成员走到台上列队和台下的媒体记者们见面。主持人依次介绍剧组的主要成员：“请男女主角到前排。”静雯正站在前面满带笑容对着记者们的相机，听到这个声音，下意识往后退缩，没想到就这样轻轻一挤，静雯被挤到了队列的最后面。

穿着平底鞋的静雯，只能看到前排人员的后脑勺。闪光灯此起彼伏，静雯站在后排，听着制片、导演和男主角振振有词，听着女主角娇滴滴的声音，刚才没有进入现场的不愉快早已烟消云散。静雯并不觉得自己仅仅是花瓶般的陪衬，心情舒畅地在心里暗自为自己加油：“总会有那么一天，我一定会站在最前面，站在最中间，让大家看到我的风采，到时候你们就再也不会小看我了。”

……

才刚刚过了一个多月，静雯就习惯了被众人关注的生活。静雯站在不断摆弄照相机的摄影师面前，曾经的羞怯抛开了，曾经的忸怩也抛开了，静雯随意自然地把婀娜多姿的丰盈身材展示在大家的面前。每次站在舞台的中央，穿着蕾丝网眼的清凉装，看着一大群观众围在台下用欢呼的声音迎接自己到来，静雯的心中的满足感快要溢出来了。静雯喜欢这种感受，喜欢享受被众人簇拥围观，觉得这样的生活才是一个演员应该拥有的幸福。

静雯再也不用自己去辛苦地寻找演出的机会，再也不用为了争取一个小角色和莫名其妙的人共进晚餐。有钱的、当权的、圈里的、圈外的，排着队等着请自己吃饭，投资人、制片和导演们对自己毕恭毕敬，小心翼翼害怕不小心得罪了自己。所有的安排，再也不像从前的生活杂乱无章，所有的事情有所预知有所准备，没有纷纭的乱象。静雯的生活，木偶似的被公司有条不紊地安排着车轮般转动，机械地四处奔波。活动和广告，一轮又一轮，一个又一个，没有休止。

静雯火了，梦想中的艺术电影和静雯的距离越来越远，新签的片约都离不开性感二字，所有的制片方都希望静雯在影片里能更加大胆地裸露，能为观众展示出最为媚惑的姿态，而且是越大胆越好，越妩媚娇艳越好。静雯在电影里的衣服越穿越少，在广告里穿衣服的时间越来越少。新的苦恼缠绕着静雯的思想，粗俗不堪的评价成了新的问题，无聊的绯闻被舆论无休止地翻来覆去炒作，甚至有时候还被印上被拉皮条的痕迹。在静雯的生活中，真挚的情感越来越少，认真二字和静雯的距离也越来越远。

距离同学聚会的时间越来越近，静雯不知道同学们会怎么看待现在的自己，不知道已经结婚的卫东会怎么看待自己。离同学聚会的时间越近，静雯被光艳色彩映照的心情也越忐忑，静雯一直想要的繁华生活已经得到，在繁华之中，静雯开始渴望平淡和安宁。

虚浮的现实世界出奇真实，真实得让人不敢相信自己的眼睛。曾经对自己呼来唤去的制片导演们，现在对自己卑躬屈膝般依赖。制片方的咖啡，静雯喝得不想再喝，越喝越觉得苦。

静雯不明白，为什么十年的苦苦追寻比不上简单地脱掉身上的外衣，为什么对演技的刻苦磨炼比不上暴露简单的身体？

静雯想不通："难道这就是社会？难道现实的荣誉就是这么肤浅？"只要迎合了欲望，迎合了需要，一切就会合乎逻辑，就会变得顺理成章？

同学聚会的声音在内心呼唤，静雯想重温纯真年代的情感，想用现实的荣耀换取纯真年代的记忆。

XXII

新年过后，琼瑶和琳达聚在一起的次数明显增多了。只要有引人注目的新片上映，琳达总会邀请琼瑶一起去商圈里最好的电影院，顺便还可以结伴逛逛商场，买几件漂亮的衣物。琼瑶欣赏琳达对穿着打扮的审美观，每次看到时尚的琳达总是崇敬的态度油然而生，对琳达赞不绝口。琼瑶觉得琳达简直就是万能，在生活的品质方面的知识比栏目的时尚参谋还要精通。琼瑶的生活被改变了，如果下班后没有父母交办的相亲任务，一般都会和琳达约在一起享受小资生活。两人渐渐成为形影不离的闺密，广电路街角的时光咖啡也成为两人经常小聚的老地方。

“琼姐，你的耳形比较宽厚有福，适合用稍大一点的耳环。”

“琼姐，米色的鞋子，也算是百搭，怎么配都好看。衣服还得鞋子来配，不要千篇一律搭配黑色鞋子，你可以根据衣服的颜色选鞋子的颜色，跳一点的颜色可以穿出个性，我很少穿黑色的皮鞋就是这个原因。”

“琼姐，你身材瘦，最好在腰间扎一条有纹路的宽边腰带，这样会显得你的腿修长好看。”

“琼姐，记得少喝可乐，喝咖啡后多喝点柠檬水，对皮肤很有好处。”

“琼姐，我妈刚从法国给我寄过来的护肤品，是DIOR今年的新品，我们俩一人一套。”

“琼姐，滨江北路新开了一家名叫DDFILM的咖啡吧，是关于电影的主题咖啡吧，我和朋友去过一次，情调相当不错，我们明天晚上一起去坐坐？”

祎兰的肚子越来越大，已经不便陪琼瑶逛街。偶尔去看看大肚子的祎兰，说说知心话，也渐渐成了一件奢侈的事情。祎兰即使挺着大大的肚子，仍旧忘不了给最亲近的闺密操办终身大事，时不时催促琼瑶去见精心为琼瑶从人海中挑选出来的相亲对象。

“我爸一个老领导的儿子刚从美国回来，是XPIT公司的创始人，经济条件特别好。这人以前我见过，人又高又帅气，我帮你约了明天晚上见面喝咖啡。”

“年龄肯定很大吧，结过婚吗？”

“年龄不算大，刚满40，一直还没有结过婚呢。”

“这么大年龄都没有结过婚，有什么问题吧？”

“什么问题呀！年轻的时候耍过朋友的，为了创业不知不觉就把年龄拖大了。你都这把年纪了，就不要戴着有色眼镜看人啦。你就见见吧。”

“那好吧。”

在琼瑶的生活中，相亲是一个必须去完成的使命，对于相亲，琼瑶已经麻木到了极点。琼瑶把相亲的步骤变得流程化了，流水线一样传递着见面、交谈、分开，再见面、再交谈、再分开的标准动作。即使没有祎兰在场，琼瑶也一点没有尴尬的感觉，很从容地又一次完成了相亲的整个进程。从相亲的咖啡厅走出来，带着索然无味的心情，琼瑶来到广电路街角的时光咖啡，和等在那里的琳达会合。

“看来我真的是老了，上不能上，下不能下，距离老剩女只有一步之遥，再过段时间我就可以成为神女了。”无奈的语调从琼瑶的口中传出来，带着深深的伤感。

“琼姐，你是女神，哪是什么神女？你还这么年轻，而且这么红。不用担心，我相信你一定能遇到合适的人。”

“最近和我相亲的人，基本上都是40以上的年龄。要不离过婚，要不有小孩，没结过婚的大部分脑袋好像都有问题。”

“不要想那么多，慢慢来不着急。缘分就在其实身边，不瞒你说，我总感觉旭总的生活中有你的影子。你为什么不试试和旭总发展一下感情呢？”聪明的琳达想要把无意间捕捉到的信息从琼瑶的口中得到验证。

“你真的这样认为？”琼瑶惊讶，以为琳达知道了自己和子旭之间大学的故事。

“每次和旭总谈到你的时候，旭总总是神情闪烁，明显在逃避什么。与你有关话题说不上几句，旭总总会用其他的事情岔开。我断定旭总对你有好感。”琳达的眼睛紧紧盯着琼瑶，想要在琼瑶的眼神中找出什么。

“嘿嘿，琳达，你真细心啊，子旭有你这样的帮手，真是幸福！”琼瑶嫣然一笑，把话题岔开了。

“你们已经毕业十年啦？表演01级同学聚会的邀请函寄到公司了，旭总拿到邀请函的时候很感慨，很想把和老同学间的交流用一种方式固定下来，却苦于没有时间安排这事情。五一恰好是小长假，旭总让我跟他一起去。”

“哦！”琼瑶没有想到子旭会叫琳达一起去参加同学聚会，“子旭对同学聚会这么重视？”

“是的，怎么了？琼姐，有什么问题吗？”

“没什么。”琼瑶害怕琳达看出自己的心思，赶快把话题转到琳达的身上，“琳达，你和子旭才是真的合适。我知道你喜欢他，你应该直接点，主动点，不要顾虑太多。爱情就是一种投资，投资方向正确比什么都重要。子旭是一个在感情方面很被动的人，一旦错过机会，你会后悔的。”

“琼姐，开玩笑了，旭总怎么会看得上我呢？只有你才最般配。”

“怎么不会？真正的感情本来就不应该有明确的界限，何况你是如此优秀。子旭的身边应该有你这样的帮手，工作上你能支持他，生活上你也能照顾他，你们都在国外待过，文化相通，有很多共同语言。如果我和子旭在一起，各忙各的，到底谁照顾谁都还不知道呢？这现实吗？”

“确实，现在公司整体的销售状况不大好。近段时间旭总忧心忡忡，可能为了解压吧，现在经常叫我晚饭后陪他散步。虽然平时在公司他还是精神奕奕，但我总觉得他比以前憔悴多了。没有办法帮他分担更多的忧愁，看在眼中着急啊。”

听到琳达用“憔悴”两个字形容子旭，听到子旭叫琳达陪着晚餐后散步，琼瑶的心一片冰凉，仿似沉浸到了湖底。在琼瑶的心中，子旭永远是年轻充满阳光，永远是闯劲十足，永远是最有安全感的人，曾经自己和子旭在学校里做的事情，已经被琳达替代了。“子旭对琳达已经有了依赖，这一切最终将画上句号。”忧伤和宽容在猛烈撞击，琼瑶的内心剧烈挣扎，琼瑶似乎看见了最后的结果，明白自己一直以来的幻想只是泡影，明白和子旭相伴而行只是天方夜谭。琼瑶的心里装满了酸楚，明知道出现这个现实非常正常，却不愿意主动接受。

“琳达，你尽量少给子旭安排应酬不就好啦。平时让他准时吃饭，少喝酒，还要抽出时间来让他出去旅游，到风景优美的地方散散心，到三亚、丽江去晒晒太阳，或者出国去，不要让子旭整天泡在办公室，否则人会变傻的。你试试吧，或许有意想不到的效果呢。”琼瑶压制住心中的不安，继续帮琳达出谋划策。

“琼姐说的是，春天来了，郊外的油菜花也快开了，公司安排去南部的菜花节开今年的集团春季运营会，正好可以呼吸呼吸新鲜空气，在花海中放松放松。”

“琳达，有一点你可一定要注意。子旭是一个非常有个性有主见的人。在大学的时候，同学们称呼他是‘方脑壳’。你要特别注意感情上的顺从？”

“啊！感情上的顺从，这怎么理解？”

“子旭的脑筋不懂得拐弯，一旦认定的事情，不走到头决不罢休。甚至可以用偏执来形容。不知道工作后有没有改变？”

“我觉得还是那样，但这也是我最佩服他的地方。我欣赏旭总的坚决，处理事情充满自信，非常果断，一旦决定绝不轻易改变。为了和《我们的声音》合作，子旭和董事长在办公室里争辩了整整一个下午，最终董事长也没有办法，只得让步。”

“他爸不同意公司和我们栏目合作吗？”

“也不是不同意，董事长只是有些担忧，觉得仅仅只为了文森特项目，整个山城公司花费如此大的价钱，是不是有些太夸张了。另外，董事长担心旭总还在做年轻时候的电影梦，怕他分心。”

“哦。……”琼瑶若有所思。

“但旭总最终还是说服了董事长。况且，我们的合作已经产生了很好的效果，董事长现在很满意。旭总的坚持真的有效，公司里的人都很服他。”

“那就好！我还在害怕赞助《我们的声音》让子旭很勉强呢。”琼瑶长出一口气，舒缓一下情绪。

“琼姐，同学聚会你肯定会去参加吧？”

“肯定，卫东要我做主持人，不去不行啊。况且整整十年了，我也很想看看原来的同学到底变成什么样子了，有些同学一毕业就再也没有见过面。”

“有时候真羡慕你们，我的大学同学几乎全都在法国，而且法国的大学环境不一样，同学间的关系不像国内，我和他们大概这辈子也很难再遇到。”琼瑶的话说得琳达的表情有些伤感。

“琳达，其实都一样，虽然我们在国内，但经常能够见面的同学也没几个，情况和你在国外差不多。”

咖啡厅温馨的光线，照射着琼瑶和琳达的身影，陪着两人说不完的话，聊不完的事。琼瑶对琳达讲述相亲的故事，和琳达讲述同学聚会的事，和琳达翻来覆去谈论子旭，谈论学校里的曾经。

没有过去就没有现在，同学时代的简单清苦演变成为现在的复杂繁华，琼瑶念叨时光流逝，念叨光阴无情，也念叨带给自己思念的美好记忆。

不同的同学历程，不同的工作经历，不同的生活环境，被同学的话题串在了一起。过去或许成为了现在的分享，也或许现在成为了过去的映射，时间就是这么简单，时间可以化解所有的积怨，时间也可以凝聚忐忑不安的精神，让故事的一切在时间的流逝中融解，在同学相会的时刻重新会聚在一起，凝聚成崭新的话题。

同学的名称，就在这一瞬间变得神奇。

XXIII

春节刚过，校园里像散场的电影院，空空荡荡，冷冷清清。离元宵节还有一周时间，卫东耐不住清闲，找到颖婉准备起同学聚会的具体事情来。

“颖婉，李院长在座位最中间，陆老师坐在李院长旁边，你在另一边陪着李院长，子旭坐陆老师的旁边，怎样？”

“还是另外安排一个人坐李院长的旁边吧，我和李院长经常见面。”

“让子旭坐李院长边上，琼瑶和你坐一起。”

“琼瑶是主持人，随时要上主席台，坐在中间进出不方便，要安排专用的位子。”

“那就让静雯坐在陆老师旁边，挨着宋老师吧。”

“这样也好。”

“开场白后，宋老师致辞，然后是学生节目，班主任致辞，学生节目，你致辞，子旭作为同学代表发言，最后李院长总结。”卫东一口气把会议流程说完。

“静雯呢？最近的静雯可是很火哟！”颖婉想起了静雯。

“虽然很火，还是不要上台致辞比较好吧，静雯是花瓶，去应对媒体也符合她现在的身份。”卫东的话语中有一种说不出来的滋味。

“先这样安排吧。卫东，一定要讲毕业后自主创业的艰辛吗？”

“是啊，符合‘我们在努力’的主题，同学们并不都是成功者。”

“嗯，我们还得努力才行。”颖婉若有所思，“宋老师给我说她要朗诵一首诗献给同学们，要不就把她的致辞放在一起。”

“当然好啊。说实话，最开始我还真有些担心宋老师对我有意见。”

“什么原因？我看你和宋老师的关系一直挺好的呀。”

“还不是那年静雯和旭青争演巧英的事。”

“不会啦，别想多了。宋老师不是那样的人，何况这事谁也怪不了。”

“颖婉，我来和校外的同学保持联系，请学校的老师们只有辛苦你多跑几趟。另外，我联系了好几家媒体，冲着琼瑶和静雯的名字都很积极，明确表态要来现场。”

“她俩现在本来就是娱记和狗仔队的主攻对象！很正常。”

“班里出了这么些名人，够风光！”

“是的，李院长对这次的同学聚会也很重视，希望当作建院三十周年的系列活动之一来搞，所以李院长会代表学院亲自出席，估计其他几个院领导也都会参加，嘉宾怎么坐还得多考虑几个备用方案。”

“好事啊，好事，我们的十周年同学聚会更有分量了！”

“卫东，节目排练的时间你怎么安排？”

“我想早点开始，3月初集中安排两次，其他时间就靠自愿组合。外地的同学就不参加排练了，临场发挥吧。”

“我叫我的学生排练了一个描述同学心情的短话剧，到时候演给大家看。”

“好主意啊，同学聚会的内容越来越丰富了。”

“卫东，有个新情况，学院安排我去日本研修，现在出发的时间还没有确定。”颖婉想起自己要去日本进修的事情。

“啊！什么时候的安排？太突然了。”卫东惊讶的眼神中带着强烈的失落，仿似工作中失去了一只坚强有力的胳膊，“不过，确实应该出去走走看看，记得五年前你就放弃了去美国交流。”

“快放寒假的时候接到学校通知，放假后一直没碰见你，也就没和你说。这次去日本的主题是研修东方的电影文化，和我现在的教研课题一致。如果我在同学聚会前就去了日本，只有麻烦你多多辛苦了。”

“出国研修是大事，同学之间总有机会再见面的。”

“准备了这么久，最后参加不了这次同学聚会，真是遗憾啊。毕竟人生没有几个十年，一辈子只有一次十年的同学聚会！”

“是啊，人生就是这样无奈。颖婉，有件事情想请你给我提点建议。”卫东欲言又止。

“什么事，你说？”

“我想把我的新剧本在本次同学聚会上推出来，你觉得合适吗？”

“很好啊，这给聚会增加了一个新主题，而且是重磅炸弹，说不定有同学愿意投资拍出来呢？”听到卫东推出新剧本，颖婉的眼睛一亮。

“我总觉得在同学聚会上推新剧本有点不大好，毕竟和同学聚会跑题，给人感觉像是在做推销。”卫东心有顾虑。

“本子写的什么内容？”

“暂定名《唤心》，讲年轻电影人的血泪成长。”

“好题材啊，没关系的，同学聚会本来就不只是为了怀旧，聚会的主题是什么？是‘我们在努力’，你的新剧本说的是电影人的事，说的是努力的实况，你就别想什么推不推销了。卫东，我觉得你比以前拘谨了，你想想，圈里圈外多少人在期待你的新作，你怕啥？”

“颖婉，谢谢理解，谢谢理解。如果同学们都能理解就好了。”卫东还是有些不踏实。

“卫东，你放心做吧，请相信同学们的胸怀，他们会很期待你的新作。正好有件事情我也跟你透露点消息。”颖婉压低声音。

“什么事？这么神秘？”卫东很好奇。

“你知道今年十一是学院三十周年庆吧？”

“知道啊，学校一直在做宣传。”

“学院把院庆献礼片的任务压给了表演教研室。宋老师牵头，陆老师担纲，现在我在做前期策划。拍摄资金由学校划拨，9月前要出成片。时间很紧，即使有题材，也没有磨剧本的时间。要不我给宋老师和陆老师说说，就用你的新本子。”

“好啊，好啊。我先讲讲概要，剧本明天再打印给你。”卫东坐下来，安静地给颖婉讲述新作的内容，《唤心》从开题到现在，已经整整创作了三年，一稿，二稿，三稿……卫东自己也记不清楚到底修改了多少次。卫东知道，剧本只是剧本，如果不能拍成成片，都不能化作成果，那么过程中的辛苦和努力都将白费。

《悲情乡恋》也是如此，卫东的研究生生活在不停的修改剧本中度过。对同学来说，努力并不是一件困难的事，但是努力的方向和效果却难以把握，享受努力的过程和追求努力的结果被画上一道深深的鸿沟。

……

卫东汗流浃背，一路小跑到表演教研室的门口停下。陆老师一个人在办公室，正忙碌地整理办公桌上的资料。

“卫东，快进来，《悲情乡恋》的剧本做得怎样啦？”看见卫东来了，陆老师马上大声打招呼。

“陆老师，还没有完，我想再增加一些内容。”

“什么？到现在还要增加内容？卫东啊，这本子你已经修改很长一段时间了，北京那边催得很急，你要加快进度才行啊。”老师对卫东的回答很不满意，脸上露出焦虑的表情。

“陆老师，有些新的想法，想加进去，这样内容更加丰富，人物形象也更饱满。”看见老师的表情严肃，卫东内心有些不安，不知道是站还是坐。

“事无完美，不要纠结细枝末节，先花点时间把框架好好理理，把初稿给北京方面交过去再说。你要知道，法国基金的内部审批程序很复杂，要花很长的时间，等基金公司把剧情框架过了，你还有大把时间调整人物形象构思。”卫东的解释显然不能让老师接受，老师严肃的表情没有化解。

“好的，陆老师，对不起，我抓紧时间修改。”陆老师很少批评卫东，卫东意识到事情的严重性。

“北京代理给了我一个信息，法国方面现在不仅要你的剧本，而且还希望由你亲自导演。你还没有做过独立导演，这次的机会可是来之不易，卫东，你可要珍惜啊。还有一周就放寒假了，你就多花点时间，把心思用在剧本上吧。”

“我明白了，陆老师，我会努力的，我一定尽快把本子拿出来。”

同舍的黑龙江同学还没放假就提前回老家过年了，留下卫东在冷清的宿舍楼里看守房间。持续整整一周，卫东的睡眠时间加起来没超过十个小时。

又熬了两个通宵，卫东的反应速度明显减慢，连思维也有些僵硬。天色蒙蒙亮，台灯的灯光射得卫东的眼睛有些刺痛。《悲情乡恋》终于修改到尾声，按照这个进度，只要再花一两天的工夫，就可以把初稿交出来了。卫东伸伸懒腰，去洗手间抹了把冷水脸，脑海中装的全是剧中的角色：“无论如何也要在放寒假之前把本子交给老师，一定要把巧英的形象写饱满。加油，卫东！”

为了这个剧本，卫东的思绪完全回到了儿时的生活环境，脑海里装满了家乡的意境，那里的环境贫瘠荒凉，那里的人们憨厚单纯，那里是自己生长了十年的地方。卫东满心想把心中最贫瘠的心情写出来，写出超越现实的主题，写出超越时空的界限，同样也写出超越思想的境界。

城市的天空色彩斑斓，曾经的家乡，却在这样的灯火缭绕中失却了色彩，成为一张张褪去颜色的画面。巧英从小在山里生活，从没有走出过大山，巧英不知道外面的世界是什么样子，只是在和丈夫和情人的交流中，被动接收外界传入的信息，隐隐知道外面的世界很精彩。

《悲情乡恋》，用现代的城市环境和过去的乡村环境作对比，用两个环境的人们的生存状态作对比，展现出强劲的视觉冲击力，卫东用灰色调涂抹浓重的现实，用灰度很高的思想描述城市对乡村变革的影响，也反映出乡村对城市环境改变的反叛。没有贫瘠的家乡，怎么会有辉煌的大都市，没有乡村里喝着含泥苦水的憨厚淳朴，又怎么可能有都市夜空的灯红酒绿。

卫东沉浸在灰色的思想天空，把忧郁的反叛注入剧本的主要人物。卫东浓墨重彩描述巧英纯朴善良的形象与现代物欲的不对称，反映社会发展的不均衡，把时光在此同时段穿越的信息传递给制片方。卫东通过对巧英身世的描述，表达出对无奈的落后产生的同情，把纯朴的边远乡村人在接收外界新信息时候的反应，传递给身边所有的人。巧英对新信息的反应，不仅是思想的反应，而且包括了身体的反应，原始的欲望和新观念的引入产生强烈对撞，巧英在思想的挣扎中，最终解放了自己的心灵，解放了人性。

在卫东的心中，《悲情乡恋》就是中国现实版的《廊桥遗梦》。

……

把颖婉送到青教公寓，卫东独自走到学院正门，跟着川流不息的人群，踏上地铁的车厢，车厢里人并不多，卫东在座位上安静地坐着，观察同车人的表情。从颖婉说出院庆献礼片的瞬间，令人向往的消息一直沉重地压在卫东的心里："这是否就是《唤心》的出路呢？是否是自己重新开始的新起点呢？"

卫东凝视地铁的窗外，黑乎乎什么也看不见，灯光在黑暗中划出车厢晃动的痕迹，好像时光流逝的踪影一道道闪过，仿似在黑暗的大幕上播放自己创作的电影。

《唤心》，按捺不住激动，撕下遮掩已久的面纱，独自跳上了同学聚会的舞台，在空旷的礼堂里完成了自己的首映。卫东好像听见了台下激烈的掌声，同学聚会的空间被《唤心》全部占满，大家在为《唤心》鼓掌喝彩。

突然，会场霎时间宁静了，《唤心》的画面换成了卫东，卫东一个人站在空旷的舞台上，对着黑暗中空无一人的电影院独白。

台下的灯光突然亮了，灯火通明，两个保安跑了进来，驱赶站在台上的卫东，要把卫东从舞台上拖下去。

卫东拼命挣扎，不想离开。

卫东睁开眼睛，地铁已经到达终点站，在车上睡着的卫东错过了站点。

XXIV

一切都是上天的刻意安排，启程去日本研修的时间恰好是在同学聚会当天。和卫东一起组织了许久的同学聚会，预定在晚上六点拉开大幕，而颖婉从上海起飞的航班却定在下午四点半。颖婉眼睁睁看着同学聚会从身边滑过，只能用遗憾的心情表达对同学聚会的依恋。

表演教研室的工作交给了陆老师，把卫东的《唤心》也交给了教研室。天刚蒙蒙亮，颖婉睁开眼睛睡不着，躺在床上不知道还应该准备些什么。上午十点，颖婉来到电影学院小礼堂，颖婉的学生们已经在现场，一些人在帮着张罗舞台的布置，一些人在舞台上排练晚上要表演的节目。颖婉找到守候在那里的卫东，算是和大家告别。

从礼堂回到家中，颖婉把草草的学习用具整理得整整齐齐，把换下来的衣物全部洗得干干净净。站在晾晒衣服的阳台，颖婉对着母亲千叮咛万嘱咐，一定要小心照顾草草的生活起居。五一节学校放假，草草乖乖地待在家里客厅看电视，等着给妈妈送行。草草不知道和妈妈分开半年是什么滋味，电视里的动画片吸引着草草的注意力，草草聚精会神看着。

中午饭在安静中吃过，学校安排的小车早到了青教公寓的门口，颖婉把笨重的行李箱拿下楼放到车上。准备离开了，草草和母亲下楼来给颖婉告别。颖婉恋恋不舍地抱着草草，捧着女儿的脸庞，叮咛女儿一定要听外婆的话，要听老师的话，要好好学习，要早点睡觉，要少看电视注意保护眼睛，不要乱吃零食，千言万语难以说尽。

“妈妈，你放心，我已经长大了，我会照顾好自己，我也会把外婆照顾好。”

“草草真乖，妈妈很快就会回来。你每天都要好好睡觉，睡醒了妈妈就在你的身边了？”

“妈妈骗我，外婆说你要去日本很久，日本在哪个地方呀？”

“日本是在大海对面的一个地方，就在中国的旁边，很近的。”

“很近？那妈妈就可以经常可以回家来陪我啦，你可不要像爸爸一样，一走了就不回来了。”

“妈妈现在要和你一样，上课，学习，做作业，考试。等你期末考试完了，妈妈也就回来了。”

“哦，妈妈，你一定要考个好成绩哟。我这个期末一定要考满分。上学期，班上有好几个同学都得了满分。”

“好，我们一起加油，妈妈也考满分。”

“草草，跟妈妈再见，妈妈的飞机快要起飞啦。”外婆在一边看着，催促颖婉快点上车，不要耽误了坐飞机。

“再见，妈妈，我在家里等你，你要早点回来哟。”

“妈妈会早点回来的，草草再见。”

“妈妈，再见！”

看着女儿挥动的小手，颖婉不敢再回头，边流着眼泪坐上开往机场的小车。学院的林荫大道，树影婆娑，颖婉似乎看到了自己在学校里十几年的生活经历，感慨万千。十年后重回学生路，仿似证明了这十年的艰苦历程。

颖婉调动到表演教研室工作五个年头了，一边给本科生上课，一边钻研东方表演艺术的课题。到现在为止，颖婉已经送走了5届表演专业的毕业生。每一年的毕业季都是一次伤感的展现季，大学毕业对学习表演专业的同学们来说，是一次剧烈的人生挣扎。只有不到五分之一的表演专业毕业生，还能在圈里继续坚持，还能继续在既定道路上努力实现艺术的梦想。

走出校园的同学，走进了不同的行业，同时也走进了社会的不同角落。颖婉的师哥、师姐、师弟、师妹们，还有绝大多数学生们，都默默无闻波澜不惊，绝大部分同学都因为这样那样的原因，改变了自己的工作方式，只有极少数的同学还能在这个行业里功成名就。努力的结果到底在哪里？无从得知，又一次学习能够带来什么，也无从得知。

车厢的收音机里播放着《讲不出再见》，遗憾淤积在心中，透过透明的车窗，颖婉似乎看见了社会的变化，看见了人生走过的一幕一幕，看见了自己第一次登上讲台的场景。那种忐忑不安的心情，那种在彷徨中充满的希望，让颖婉永生难忘。

……

2010年的2月26日，元宵节悄悄过去，开学的第一周，冬天的感觉依旧浓厚，校园的氛围像春意萌动一样开始显露生机，剪掉长发的颖婉有些不习惯，从新学期开始，颖婉的工作调动了。今天，颖婉将正式成为一名教师，为09级的本科新生上课，主讲研修已久的“东方电影文化基础”。今天，对颖婉来说，是标志性的日子，宣告正式摆脱学生气，踏上讲台。

带着满脸稚气的同学们在台下认真听着，看着台下的几十双眼睛同时盯着自己，颖婉的心怦怦直跳。紧张，兴奋，激动，交织在一起，跟着血液流动，让每一根神经都十分亢奋。颖婉从同学们眼神中看到了崇敬和渴望，知识通过眼神和语言的交流，从自己的脑海输送到了同学们的脑海，生根发芽，产生强大的力量。

从站上讲台的那一天，颖婉就没有想过再走下来。研究东方文化在电影里的存在，为电影创作提供有力的素材，成为专业的主攻方向。颖婉要把东方文化的精髓理解透彻，传递给涉世未深的学生们，把电影文化的精神传承和发扬，把“老莫”对电影的理解传递给讲台下睁大眼睛渴望知识的同学们。

……

汽车在机场高速路上奔行，颖婉看着远方的山影，默默沉思，“同学”两个字，在心中冉冉升起，变得异常神圣。到了日本，研修班将会是全新的同学，来自全国各地的表演同行，改变了老师的身份会聚一起。研究生毕业8年后，颖婉重新回到学生的身份，重新拿起课本接受新的知识，颖婉的心中充满了无限的憧憬和向往。

同学聚会可以成为一条纽带，带给各行各业的同学们相同的话题，带给大家共有的纯真记忆。在社会磨炼的历程中，找寻自己的归宿，同时也找寻到深刻的回忆。同学聚会，把走向不同环境的人们又一次牵连在一起，共同回味曾经充满梦境的过去，带回到创造理想的过去，为那段曾经的记忆，烙印上当今时代的痕迹。

颖婉挂念同学聚会，挂念家人，也挂念学校里的学生们。

XXV

因为工作原因，好几次同学邀约的聚会，子旭都错过了。子旭带有一丝愧疚的心思牵挂着这次同学聚会，老早叫琳达把同学聚会当天的公务都挪开，不要影响出席同学聚会。可惜“人算不如天算”，哪知在 4 月30 日下午，子旭接到了 5 月 1 日下午有重要接待的通知，子旭赶快接通卫东的电话。

“卫东，实在不好意思，计划不如变化快。刚刚接到通知，明天下午区政府的主要领导要到我们文森特项目考察，我得作陪。同学聚会这边，我一定来。我怕出现时间上的差错，提前先给你说一声，我的致辞时间你看着灵活调整一下吧。”

“子旭，你尽量准时吧，你可是这次同学聚会的代表，01 级的大人物啊，同学聚会可不能少了你。很多同学都在提起你，想见见你这个大企业家现在的真容。”

“卫东，玩笑了，陪完领导我马上就过来。你放心，我一定会来的。”

“好的，只要不让人等到花儿都谢了就行。李院长、宋老师和陆老师都会参加，他们也很久没有见过你啦。你千万不要放鸽子，还等着你发言呢，不然大家都会鄙视你的。”

“卫东，我是放鸽子的人吗？”

“哈哈哈”，电话对面一阵大笑。

文森特项目是少有的几个被列入区属重点工程的房地产开发项目，区里直接安排区府办主任作为项目的对接人。同为CBD附近的竞品，文森特项目和TK公司的立德项目不在同一行政区，两个综合体项目在所属区都占据了相当高的重要性。两个项目之间的商业竞争，潜移默化成为相邻两个区政府之间的业绩竞争。

早在两个月前，区主要领导就说要到现场看看项目建设情况，却一直没有抽出时间。放假前的一个紧急电话，区府办主任通知说主要领导抽出了两个小时，定在5月1号下午2点，到文森特项目现场看看推进的情况，听听项目进展的汇报。

项目部的同事们全部都没有休息，冒着夏初的湿热坚守在工地。子旭看到这种情况心情非常欣慰，毕竟文森特项目推进的进程，决定了ML公司在山城的总体布局，事关整个山城公司乃至集团地产板块的发展。

刚过下午一点，区主要领导们便提前来到了文森特工地现场。领导一行提前到来，让子旭暗自庆幸：“今天应该结束早，不用担心同学聚会迟到了。”子旭陪着领导们，在售楼处，样板房，还有工地现场走了一圈。

回到会议室，项目经理打开早准备好的PPT，针对文森特的情况给领导做了详细汇报。从全项目投资开发进度，销售的现状和预估前景，项目对CBD大社区的影响，项目对解决就业的贡献，包括对税收的贡献，都做了深入细致的分析，听得主要领导频频点头。听完汇报，领导来劲了，本说给项目讲三条建议，结果每条建议里包括了三条指示，每条指示又包括三条注意。领导的口才确实太好，这一讲下来，足足27条。

主要领导一讲完就到了下午四点半，班子成员也要讲几句，时间一分一分消耗，子旭心急似火，但也没有办法，乖乖坐在座位上，耐心地听取领导的意见。下午五点，领导们的讲话终于结束了，比原来预计的两个小时足足多出了一倍的时间。子旭的心早飞到了同学聚会现场，带头报以热烈的掌声，欢送领导离开。和领导热情握手告别，亲自给领导关上车门，目送领导的车子离开。子旭完成标准动作后，赶快跳上自己的座驾，往电影学院急速赶去。

马路上，车流涌动，下午五点半，交通流量的晚高峰来了。本是五一休假，但马路上的车辆仿似比平日还多，一路缓行像不断线的车龙。从文森特项目去电影学院，只需要过一座江桥，不堵车的情况也就十五分钟车程，但今天车还没有开到石门大桥，就已经快六点。转过石坝，一路下坡，远远看到石门大桥的桥面上铺满了排队的汽车。

看到桥面上的汽车，子旭的心情凉了半截，轿车在车流中缓缓移动，速度越来越慢，最后直接停顿下来，动也不动。司机打开收音机，交通广播FM95.5正在播报正点路况：“在石门大桥南桥头发生了一起车辆抛锚事故，交警已经赶到现场处理，预计通行时间需要25分钟。”

子旭不停地把头伸出车窗，看车流前方的动静。“怕是赶不上6：30的开幕时间了。”琳达赶快拨通琼瑶的电话。

“同学们已经来了很多，没想到这次来了这么多人，很多省外的同学坐飞机也赶来了，你们快来吧。”琼瑶作为主持人，早到了同学聚会现场。琳达明显听出琼瑶的声音里装满的兴奋，“子旭同寝室的几个同学已经到了，你给子旭说一声吧。”

“桥上发生了车祸，我们还在石门大桥上堵着呢？旭总很着急，脸色全黑了。”琳达说最后一句话的时候压低了声音。

“快来吧，晚会还没有开始。”

晚会准备揭幕，子旭的轿车依旧在桥上堵着，一动不动。

“旭总，这里离学校后门不是很远了，要不你跑过去吧。这样堵下去，还不知道什么时候能到呢？”琳达建议，“等会司机把车停好后我来找你。”

听到琳达的建议，子旭二话没说，推开车门，往学校的方向一路狂奔。

XXVI

天还只是蒙蒙亮，静雯自然醒来，睡懒觉的习惯似乎被激动的心情破坏了。睁开眼睛，静雯就再也睡不着，在床上翻来覆去，一会儿猜测今天哪些人会来参加聚会，一会儿盘算该和老同学们说什么样的话题，一会儿纠结今天应该穿什么样的衣服，一会儿想该什么时候出门。想来想去，始终想不出结果。静雯下床来，打开衣柜。衣柜里装着满满的各式各样的衣服，静雯一件件翻动，仔细斟酌今天的行装。

“到底穿什么好呢？”

“性感？淑女？职业？清纯？”

“青春？成熟？”

“中性？女人？少女？”

“高贵奢华？平凡朴素？”

“穿给同学看，还是穿给媒体看?”

“穿给圈外的同学们看，还是穿给圈里的同学看?”

“结婚后的卫东眼光应该变了吧?”

“琼瑶今天会穿成什么样呢?”

“子旭应该很帅吧?”

面对的疑问越多，心里就越是纠结。静雯拿不定主意，把不同款式的服装拿出来搭配，试了一套又一套，静雯始终觉得不甚满意。干脆放下衣服，坐到梳妆镜前，为自己画妆，画到一半，静雯停下来，拿出电话给自己的专属化妆师拨了过去，请化妆师下午两点到自己的住处，给自己画一个晚会妆。

静雯马上年满 31 岁，身材保持得可算是完美。人说，“三十岁的女人是最美的”，对着镜子，静雯觉得这句话说得相当经典。看了看头发，昨天晚上花了四个小时做的头发还好没有变形，微微卷曲的波浪，轻柔地在静雯的脸边挂着，衬显出成熟女人特有的妩媚。身着薄薄的丝质内衣，静雯换上高高的高跟鞋，在卧室里摆弄姿势，换着不同的步伐试走了好几遍。静雯把今天的同学聚会当作即将拍摄的大戏，一遍遍演练准备好的台词，以便能从容应对媒体记者的苛刻询问。

思来想去，静雯最终决定还是要为生存着想，为个人发展去修饰和打扮自己。不管同学们私底下说什么，反正圈里的人都知道自己已经转型，说也无用，不如把自己全新的性感新形象在同学们的面前淋漓尽致展现出来，让大家惊叹。只有同学们惊叹自己的新形象，才会赢得更多的关注，有机会获得更多的广告和片约，为下一步再转型打下基础。

化妆师一化完妆，静雯立刻开始精心打扮自己。下午四点，衣服终于全部试完，静雯选择一条浅蓝色的贴身连衣长裙，一双大红色亮光面带钉的细高跟红底鞋，红色和蓝色都是静雯喜欢的两种颜色。红配浅蓝，静雯觉得有些太跳，于是搭配一条镶嵌金黄色图案的纯黑丝巾束在脖子上。

Christian Dior长裙，YSL鱼嘴凉鞋，是经销商提供给静雯做广告的2015年春夏新款。丝巾是静雯春节去香港的时候在尖沙咀的Hermes专卖店买的。静雯没穿丝袜，用VanCleef&Arpels钳金细链作为脚踝装饰，显得涂着红指甲油的脚特别白皙漂亮，脚底踩着高高的防水台，把静雯的身材撑得更加妖娆修长。

静雯的耳朵上挂着Chanel山茶花大耳环，脖子上挂着Tiffany伯金钻石项链，纤细的手腕上套着Cartierlove系列金属手镯和Cartier玫瑰金蓝气球手表。为了同学聚会，静雯算是把自己上乘的装备用上了，特地还准备了一副大大的宽边Givenchy墨镜，把自己漂亮的眼睛遮住。

静雯唯独没有戴戒指，静雯始终觉得应该和最心爱的人一起带上戒指，才是最幸福的女人。

静雯整装完毕，仔细照了照镜子，拿上自己的Chanel2.55经典挎包，走进电梯。一辆两门的银色奔驰座驾停在楼下，是公司给静雯的特配，专职司机又是保镖，提高了工作效率，又保护了静雯的个人安全。

静雯坐上车，驶向电影学院的小礼堂。

XXVII

琼瑶习惯在假期里好好睡个懒觉，为了晚上的主持精力充沛，琼瑶放心地让自己一直睡到中午。同学聚会开始的时间还早，前两天已经去学校和卫东排练过好几次，一切已经准备就绪。琼瑶一点也不着急，穿着睡衣走到阳台，给琳达打了个电话。

“琳达，你和子旭什么时候去电影学院呢？”

“旭总下午有一个重要的政府接待，我们要结束后才能过去，估计五点过吧。”

“那我先去。”

“子旭说他一定会去参加。”

得到子旭前往同学聚会的确切消息，琼瑶的嘴角微微泛起一丝满足感。一想到子旭，琼瑶的心禁不住就会扑通扑通跳得更急。“子旭不再是十年前那个年轻的子旭，自己也不是十年前那个幼稚的琼瑶。”“今晚要稳定发挥，给同学们留下一个好印象。”琼瑶和自己暗自较劲，不愿意同学们看低自己的实力，虽然独立主持节目已经很多年，琼瑶仍旧不敢掉以轻心。作为主持人，站在舞台上，在演播厅里早就可以驾轻就熟，但今晚的晚会主持，却非同一般，仿似要接受十年同学的检阅，验证十年主持工作的成绩。

泰迪“小熊”在身边不停扑腾琼瑶的小腿，琼瑶把它抱起来整理身上的毛，“小熊”顺从地在琼瑶的怀中一动不动，任随主人在自己身上摆弄。卧室的阳台上，可以清楚地看见两江交汇。阳光明媚，水面宽阔平稳，一南一北两条江，江水表面平静地汇集在一起，江水的颜色却是深浅不一，一条浑黄，一条青幽，在江水汇聚面上形成一道明显的界限。

学生时代的故事和现在的心情，有如这两条江水汇流，汇聚在一起，汇合成同学聚会的精髓，表面的界限清晰可见，内部却在融会贯通。时代在改变，环境在改变，人与人的关系在改变，同学聚会，构成了思想汇聚的意境，有如滔滔江水中的船影，承载着过去的想象，承载着未来的期望，不断走向远方。

同学聚会，是对现实的批判，对过去和现在不断改变的批判。人不可能永远停留在原地踏步不动，水不可能永远在江中停留。每个人面对的机遇各不相同，在成长的历程中，过去和现在都能够带来欣喜，带来苦恼，带来忧伤。同学聚会，在批判现实的时候，也奠定了积极向上的未来。

琼瑶不再多想，只想放下知名主持人的架子，琼瑶不需要让大家刮目相看，只需要同学们成为自己十年努力成果的见证。

琼瑶开始梳妆打扮，穿上早就已经准备好的衣服，一身清爽职业的打扮迈步出门，准备十周年同学聚会的隆重到来。

XXVIII

卫东已经连续三十几天没有好好地睡觉，整天牵挂着同学聚会的事。

上午九点，卫东来到学院的小礼堂，对同学聚会的会场做最后的布置安排。邀请函的快递发出之后，取得了意想不到的收获，来的同学数量越多，就是对卫东最大的支持和安慰，为了准备这次同学聚会，卫东已经忙活了将近半年。

下午四点半，工作人员开始摆放晚会的桌椅，把晚宴的圆桌在场地的中央铺开。桌布铺好，姓名台卡散乱地在桌上放着。卫东手上拿着来宾座位表，亲自一个一个摆放台卡。全部摆完，卫东又根据同学关系进行了适当调整。卫东不愿在晚会当晚发生冷场，事前仔细分析同学关系，尽量让现在工作行业相同的同学坐在一起。

五点，距离晚会开场还有一个半个小时，同学陆续到来，先前还显得有些冷清的现场渐渐有了生气。来得最早的依旧是媒体的朋友，大多是冲着静雯和琼瑶的花边信息的，寄希望能够找到一些新的题材，或许还可以编撰出一些绯闻。琼瑶和静雯还没有到来，媒体席上已经坐了不少的记者，好些人相互本就认识，像参加媒体聚会一样相互寒暄，烘托着会场的气氛。

五点半，会场的座位上已经坐了不少的同学，气氛渐渐热闹起来，人们在现场上走来走去，相互寒暄打着招呼。同学们三五成群，聚成一团，亲切地聊天。卫东一身正装，站在小礼堂的门口，以迎宾的角色招呼应邀而来的同学。

远远看见一身浅蓝的静雯下了小车，走上台阶往礼堂的大门走来。卫东挥着手迎上去，没想到记者们的脚步比自己还快，没等卫东走到静雯的跟前，记者就已经拦住静雯，开始拍照采访。这倒是卫东和颖婉在准备会议流程的时候始料不及，卫东被记者们挤在人群外面，隔着人群向静雯挥手致意。

静雯向卫东挥了挥手，然后大方地站在门口接受记者的采访，毫不忸怩。静雯的背后，身材魁梧的司机目无表情地站着，如果记者的举动有些过激，马上就会出手相助。越来越多扛着拍摄设备的记者聚集在静雯身边，卫东担心人群堵住大门，影响其他来宾进入，请静雯挪步到小礼堂外的门厅，任随记者们对静雯的簇拥。

卫东回到小礼堂的门口，继续接待和招呼纷至沓来的老同学们，眼睛的余光远远瞅着静雯被包围在人群中。

琼瑶开车到达电影学院门口的小广场，广场里已经被各种各样的车辆占满，连缝隙也插不进去。琼瑶把车开到大门外的路边车位停下，提着装着演出服装的行李袋，往小礼堂的大门走去。还没有踏上台阶，远远望去一大群人围在小礼堂的门口，很是纳闷："难道发生了什么事情？"

走到近前，琼瑶看清楚了，原来是静雯被记者们围着。琼瑶给卫东打了个招呼，确定更衣间的位置，径直往会场里走。人群外的记者认出了穿着便装的琼瑶："琼瑶，琼瑶来了！"人们又是一窝蜂拥了过来，把围在静雯身边的人分掉了一大半。卫东看记者们的动静太大，赶快上前，把琼瑶护着："大家不要急，不要着急，晚会安排了专门的时间提供采访！"卫东伸出双手，狠命把记者挡着，让琼瑶快步逃离开。

六点一刻，李院长来了，院长团队和老师们入席坐下。陆老师走到卫东跟前："李院长来了，晚会准时开始吗？"

子旭还没有来，卫东终于着急了，拨通子旭的电话。

"子旭，你到哪里啦？李院长和陆老师已经到场，晚会马上就开始啦。"

"石门大桥发生了车祸，在桥上堵着呢。我现在跑过来了，该我发言的时候我肯定能到。"

"晚会流程我们是提前安排好的，我和琼瑶商量了，现在再调整很不方便。反正还有几个重要同学在路上没有到，要不我们把晚会推迟到七点正式开始。"

"那不行，千万不要因为我推迟晚会开始，我已经跑到后门啦，马上就到。"

"好吧，你尽快吧。"

六点二十五分，子旭满头大汗跑上小礼堂的台阶，卫东在大门口焦急地张望。接到子旭，卫东把子旭带到李院长的座位边坐下，自己回到主持席。

六点三十分，晚会正式拉开序幕，在激昂的音乐声中，卫东和琼瑶满带笑容，面带信心，走上舞台。

XXIX

颖婉，依依不舍紧紧抱着女儿草草，和母亲告别。拖着行李，走出房门。学院安排送机的小车已经在楼下等待。颖婉在车里宁静地望着远方。

子旭，焦急地站在马路上看着前方的车流，所有的汽车几乎一动不动。在石门大桥南桥头，子旭的宝马740依旧被堵在路上。子旭不再犹豫，往电影学院的小礼堂一路狂奔。

静雯，一身富贵时尚，来到同学聚会现场，媒体记者们围拢来，拍照采访。静雯一边在镜头前搔首弄姿，一边回答记者们提出的敏感话题。

琼瑶，开着自己的新车，在滨江路的阳光照射下，奔赴同学聚会的现场。琼瑶踏上小礼堂的台阶，和静雯四目相对，记者们转向涌到琼瑶的身边。

卫东，来来回回安排已经到来的老师和同学就坐。站在小礼堂门口，远远看着小礼堂外大厅里被媒体团团围住的静雯，接到跑得大汗淋漓的子旭。

XXX

华灯初上，山城的夜色点点斑斓。每一盏灯，都是一个同学的身影，在深邃的夜色中忽然暗淡，忽然明亮。

时光流动，闪现着同学们喜怒哀乐的面容。从现实的场景，流动到过去的记忆，然后又从过去的记忆，回到现实的场景。

主题曲响起，画面中，

颖婉：在车上，目光深邃地看着去向日本的前路；医院里，看见躺着的“老莫”，号啕大哭。

烛光中，看着女儿许愿，眼睛里充满泪水；林荫道上，撞翻“老莫”手中拿着的兰花草。

子旭：在公司，激情洋溢地开会演说；在人行道上，拼命跑向同学聚会的会场。

在菜花地里，和琳达相伴而行屋檐下避雨；在雨中，全身淋湿跑向长青湖，看见琼瑶的眼泪。

静雯：在镜头前，花枝招展，摆着各种性感的姿势；在休息区，安静地默默吸烟。

在首映式，被保安拦下进不了现场；酒店里，把投资方的代表推倒在床上。

琼瑶：在家里，远望着两江汇流，若有所思；在演播室，快乐地主持娱乐节目。

在咖啡厅，和相亲的对象见面；在咖啡厅，和琳达讨论子旭的话题。

卫东：在家里，书桌前，埋头书写；在开机仪式，彷徨地寻找静雯的身影。

在单身公寓，落泊地端着洗衣盆；在快捷酒店，和静雯庆祝演出成功的激情。

聚焦夕阳西下，江水滔滔流动，卫东静静站立在长江边，看着四个人的剪影，在夕阳下渐渐淡化。

结尾的字幕出现：

谨将此片，献给生活在这个世界，生活在这个社会上的所有同学！

《那年·同学》之“不作不死不青春”剧情改编

开篇

1

时间：2010年新年，夜。

场景：电影节颁奖。

地点：礼堂，室内。

概要：年度国际电影节闭幕典礼在电影学院礼堂隆重举行。张琼瑶主持，王子旭作为颁奖嘉宾和电影家协会主席共同揭晓最佳影片。主持人连续呼唤获奖影片《巧英》的创作者却无人回应，获奖导演、编剧林卫东并没有上台领奖。此时此刻，陶静雯和周旭青在聚光灯下推出一副空空的轮椅。

内容：

张琼瑶：最激动人心的时刻即将到来，有请本次国际电影节的特约嘉宾，美视电影家协会主席严文涛先生和本届盛会的特约赞助商茂成地产运营总监王子旭先生来为我们揭晓最佳影片的获得者。

（王子旭跟随聚光灯上台，走到主持人身边，接过美视电影家协会主席严文涛拆开的信封，拿出卡片，大声宣读。）

王子旭：获得本届山城国际电影节最佳影片的是，《巧英》。

（王子旭话音落下，大屏幕定格《巧英》的剧照，全场注视主席台，却没有人上台领奖。）

张琼瑶：有请《巧英》的创作团队上台领奖。有请林卫东先生，有请周旭青小姐，有请陶静雯小姐，有请《巧英》团队。

张琼瑶：林卫东先生。

张琼瑶：林卫东先生。

（舞台一片寂静，大屏幕定格林卫东的大幅照片。）

（突然，舞台上的灯光熄灭了，全场一片哗然。）

（聚光灯重新亮了，陶静雯推出一个空空的轮椅，周旭青跟在身后。聚光灯跟随陶静雯的步履，轮椅被推到舞台的正前方中央。周旭青的后面跟随着陈琳达以及其他演职员。）

陶静雯（表情凝重）：各位嘉宾，各位朋友，实在抱歉，林卫东先生不能亲自到场领奖。不幸的他，在昨天晚上离开了这个世界……他因病去世了。

（全场静穆!）

陶静雯：林卫东先生委托我带来这副最近一直陪伴着他的轮椅。他说，如果他能有幸获奖，就让这副轮椅代替他来装载这份荣誉。

（随着椅轮滚动，画面闪现到八年前的场景。）

上半部

2

时间：2001年秋，日，上午。

场景：新生入学，林卫东和王子旭在电影学院不期而遇。

地点：校园道路，室外。

概要：林卫东骑着单车，匆匆赶往电影学院报名。为避让路边行走的同学，单车差点和王子旭开着的轿车撞上。林卫东和王子旭发生不愉快的争执，坐在副驾驶位的张琼瑶下车，把两人劝开。

内容：

（新学期开学，电影学院门口的道路上，人流熙熙攘攘。）

（林卫东兴高采烈骑着单车，搭载轻便的行李，在校园里穿行，匆匆往电影学院的门口奔去。）

（一辆轿车在前面慢慢开行，时不时避让横穿校园道路的行人。）

（林卫东的单车并没有减速，瞅准机会想从汽车和行人的间隙穿过。）

（不料单车刚转过汽车车尾，一个同学在车头出现，汽车被迫刹车。）

（为了避免和汽车发生碰撞，林卫东把单车偏向一边，连车带人摔到地上。）

（车上走下一个年轻帅气的小伙，看了看汽车，回过头来搀扶倒在地上的林卫东。）

王子旭：同学！你……没事吧？

林卫东：你什么你！你没看见我是因为你而摔倒的吗？

（林卫东被王子旭拉着站起身。）

（林卫东扶起单车，非常仔细地查看单车的情况，单车有些划痕。）

王子旭：同学，是你骑得太快，差点撞了我的车啊？

林卫东：你不突然踩刹车我怎么可能撞上来？本来开学人就多，还开辆车来阻塞交通。

王子旭：话不能这样说吧？

（林卫东走到汽车边，看看车头，车子没有半点损伤。）

林卫东：你看看，你看看，你的车一点伤痕也没有。我的车却伤了，你说该怎么办吧？

王子旭：我的车并没有撞倒你，是你自己倒地上的。你还讲不讲道理了？

林卫东：你不挤过来我会倒吗？我怎么不讲道理？我的车被

你吓着了。

（道路上陆续聚集了好些围观的同学，交通几乎被中断。）

（汽车的车门打开，张琼瑶从副驾驶位走下来，到车头看了看。）

（张琼瑶走到单车前仔细看看，把车推了两圈。）

（见单车并无大碍，张琼瑶把嘴凑到王子旭的耳边。）

张琼瑶：子旭，车子没有大问题，我们就不要和他计较了，我爸还在女生宿舍楼下等着我呢。

（张琼瑶转向林卫东，张琼瑶递给林卫东一百块钱。）

张琼瑶：这位同学，消消气，今天开学报到人多，我们大家都应该注意一点。是我们不对，对不起啊。你看同学们这样围着，把道路都堵住了。既然车子都没有什么大问题，我看就这样吧，100块你拿去把车修修。

（围观的同学们一片哗然。）

（林卫东见美丽的女同学给自己道歉，挺直了胸膛。）

林卫东：好吧，既然美女同学这样说，那今天就到此为止吧。钱你们自己留着用，修车的钱我还是有的。

（林卫东转向王子旭。）

林卫东：同学，这里是学校，开汽车也不能任性，你得悠着点。

（林卫东一路单车，继续往电影学院骑去。）

（汽车启动，缓慢地在学校的道路上行驶。）

3

时间：2001 年秋，日。

场景：林卫东和王子旭在男生宿舍的寝室里相遇。

地点：学生宿舍楼，室内。

概要：办完入学手续，林卫东骑着单车来到男生宿舍楼。走进寝室，林卫东惊讶地发现刚才开汽车的王子旭竟是自己的室友。

内容：

（林卫东骑着单车来到男生宿舍，楼下的道路边零乱地停着许多自行车和几辆汽车。）

（林卫东发现刚才差点和自己发生碰撞的汽车也停在宿舍楼下。）

（林卫东把单车停在汽车边，从单车后座取下简单的行李。）

（林卫东提着行李疾步上楼。）

林卫东：8320，8320o

（林卫东一边念叨，一边寻找寝室的门牌号。）

（8320 的大门敞开着，林卫东迈进去，只见刚才开汽车的男生正在整理行李。）

（林卫东纳闷，退出寝室。）

林卫东：难道我这是走错地方了？

（林卫东抬头看看门上方的门牌号，确认无误，重新跨进门，用怪异的神情看着王子旭。）

（王子旭也惊讶地和林卫东四目相对。）

林卫东，王子旭（同时）：你住 8320？

王子旭：当然啦。

林卫东：是呀。

王子旭：这么巧啊，不打不相识。刚才差点把你撞了，不好意思。

林卫东：不说那么多，都是同学，别见外了。

王子旭：我叫王子旭！

林卫东：林卫东！

（林卫东傻傻笑笑，看着床边贴着的纸条，自己正好在王子旭的下铺。）

4

时间，2001 年秋，夜。

场景：林卫东救王子旭。

地点：酒吧的门口，室外。

概要：林卫东骑着单车回学校，路过附近的酒吧。突然发现王子旭满头是血被人追打。林卫东招呼王子旭跳上单车一路狂奔。走出很长一段距离后，才知是一出误会，原来王子旭是在参加一场电影的拍摄。

内容：

（周六夜晚，林卫东骑着单车回电影学院。）

（临近电影学院后门，看见小酒吧的门口被一大群人围着。）

（林卫东停下来，透过人群缝隙望进去。）

（一个男生和几个社会打扮的男子正发生争执。几句话不对劲，两方动起手来。）

林卫东（念叨）：打吧，打吧，不打不相识。冷飕飕的，我还是早点回去睡觉吧，免生事非，免生事非。

（林卫东起身离开，总觉得男生样子很是熟悉。）

（林卫东回头再仔细望了望。）

林卫东：是王子旭！

林卫东：没看错吧，真是王子旭！

（王子旭一个人势单力孤，被打得额头鲜血直流。）

（王子旭往人群外快速逃跑，几个社会男子紧紧追在后面。）

林卫东：不行，我得去救子旭。

（林卫东骑着单车冲上前。）

（单车从社会男子们的前方蹿过，几个人停下了脚步，愣愣地看着卫东。）

林卫东：子旭，快上车。

王子旭（一边跑）：卫东？你怎么来啦？

林卫东：上车再说。快，快上。

（王子旭跳上单车的后座，林卫东一路狂奔，把人群远远甩在身后。）

（进了电影学院大门，林卫东停下来。）

林卫东：子旭，到底发生什么事情？你看，你满额头都是血。

（王子旭并没有顾及额头上的血，反问起卫东来。）

王子旭（纳闷）：卫东，你怎么来啦？你是导演临时安排的角？刚才说戏的时候没有说还有这一出啊？

林卫东：什么导演？什么说戏？

（王子旭恍然大悟，哈哈大笑。）

王子旭：你小子，坏事了。我们在拍一场戏，你真以为是在打架啊。我的哥，你赢了。不看清楚就来把我救了。

林卫东（脸色尴尬）：啊，原来是这样。

5

时间：2001年秋，日。

场景：林卫东和陶静雯面对面相识。

地点：学生食堂，室内。

概要：王子旭、张琼瑶、林卫东在食堂围坐吃饭，远远看见张琼瑶的室友陶静雯在找座位。张琼瑶招呼陶静雯坐下。林卫东对美丽的陶静雯一见钟情。

内容：

（学生食堂，环境一片嘈杂。）

（靠墙的角落里，林卫东、王子旭和张琼瑶坐在一起，一边吃饭一边聊天。）

（陶静雯端着饭盒，寻找座位。）

张琼瑶：静雯！静雯！

（陶静雯看过来，张琼瑶向着陶静雯招手。）

张琼瑶：静雯，这里，这儿有座位。

（陶静雯走过来，看看林卫东，在林卫东身边的空位坐下。）

张琼瑶（对着陶静雯）：静雯，都是同班同学，就不用多介绍了，大家随便点吧。

王子旭：大美女这么晚才来吃饭？

陶静雯：被宋老师叫住多说了几句。有部戏在学院选角色，宋老师让我去试试。

张琼瑶（对着林卫东）：静雯和我同寝室，上下铺的好姐妹。

陶静雯（对着林卫东）：林卫东，好像很少在教室看见你。

林卫东（睁大眼睛）：陶静雯，你好！

（近距离看着美丽的陶静雯，林卫东有些呆呆的，忙着低头吃饭，不再说话。）

陶静雯：王子旭，琼瑶在寝室里经常提到你。

王子旭：哦？说我什么？

陶静雯说你长得帅啊，高中时候是学校的男神，太多女生追。

王子旭（看看张琼瑶）：是吗?！琼瑶，我怎么不知道？

（听到陶静雯的话，王子旭笑了。）

（张琼瑶坐在身边，王子旭赶快把话题岔开。）

王子旭：林卫东是我同寝室的好哥们，睡我下铺。

（陶静雯对着林卫东笑笑，林卫东有些脸红。）

（吃过午餐，林卫东和王子旭走在回宿舍的路上。）

王子旭：卫东，听琼瑶说静雯还没男朋友？你要不要试试，我让琼瑶帮忙撮合撮合。

林卫东：陶静雯可是学院一枝花呀！哪有我的份儿？

王子旭：怕什么？肥水不流外人田，我看你就上吧，不试试怎么知道结果？就这样定了，我让琼瑶去打听清楚静雯的情况。

（林卫东开心地一阵傻笑。）

6

时间：2002 年新年，夜。

场景：电影学院年度作品颁奖。

地点：电影学院小礼堂外，室外。

概要：新年即临，林卫东、王子旭、陶静雯、张琼瑶走在学校内的马路上，发现电影学院的礼堂正在举行颁奖礼。透过礼堂的玻璃窗，四人带着不同的目光注视着颁奖现场。

内容：

（电影学院的小礼堂外，闪烁着各色彩灯，门口摆放着许多花篮，礼堂外聚集着许多同学。）

（林卫东、王子旭、陶静雯、张琼瑶有说有笑，从电影学院门口走过。）

林卫东：今天学院有演出吗？

王子旭：不知道，没看见通知呀？

张琼瑶：估计是师哥师姐们的新年演出吧？要不去看看？

陶静雯：不是，是电影颁奖。你们看，海报上写着呢。

林卫东：走，快去看看。

（林卫东加快脚步，一个人冲在前面。）

（走到近前，被安全警戒绳拦住。在礼堂入口处的通道铺着长长的红地毯。）

（四人在人群中往前挤。）

保安：你，挤啥呢挤？

（维持秩序的保安走上前，拦住林卫东往前的脚步。）

林卫东：大哥，今天是什么演出啊？这么热闹，看看都不成吗？

保安：哪来的演出？是颁奖。今天来的都是电影圈的大腕儿。

王子旭：我们是电影学院的同学，我们不能进去看看吗？保安（挥了挥手）：有没有邀请函？领导说了，如果没有入场券谁都不能进。不好意思了，同学。

（林卫东继续往里面挤，被保安拦了下来。）

王子旭（拉着林卫东）：卫东，别挤了。走，我们走后门去看看。陶静雯：对，去礼堂后门。

（四人来到礼堂后门，大门紧闭，玻璃窗里，掌声响起。）

（四人趴在玻璃窗前，四双眼睛透过玻璃窗，远远看着舞台上站着的明星大腕儿们，感慨万千。）

林卫东：如果我能导一部自己写的片子就好了！

王子旭：如果妈妈看见我在舞台上，该多开心啊！

陶静雯：在台上的感觉真风光啊！

张琼瑶：好想当主持人！

7

时间：2002 年新年，夜。

场景：林卫东和王子旭对白。

地点：男生宿舍，室内。

概要：王子旭和林卫东送陶静雯和张琼瑶回寝室。两人回到男生宿舍，已经熄灯关门。王子旭和林卫东爬墙翻窗，室友们还没有睡着。同学们兴奋地躺在床上一阵乱聊。

内容：

（把张琼瑶和陶静雯送到女生宿舍，宿管员阿姨刚要关大门。）

林卫东：宿舍已经关门了。

王子旭：快跑。

（对大门里的陶静雯和张琼瑶匆匆挥手，两人跑起来。）

（站在男生宿舍大门口，宿舍一楼的单元大门紧紧关闭。）

林卫东：老样子，翻吧。

（两人爬墙翻窗，回到寝室，同舍的室友都没休息。）

（躺在床上，几个人聊起天来。）

林卫东：不知什么时候我们才可以像他们一样站在台上啊？

王子旭：和谁一样？

林卫东：今天来参加颁奖礼的明星大咖。

同学甲：卫东，你文采那么好，搞个本子拍出来不就可以啦。

同学乙：是的，是的，子旭他爸是搞地产的，正好投点资给楼盘打打广告。

王子旭：钱是我爸的，说有就能有吗？不过卫东的电影，我们肯定会全力支持，至少不成大腕儿也要弄成个小腕儿。小腕儿装得下我们自己的内容。

林卫东：说真的？别开玩笑。

王子旭：谁跟你开玩笑？说做就做，你那小说《巧英》不是写了很久了吗？改成剧本就可以开工。

同学甲：《巧英》？是什么题材？

王子旭：你没兴趣的，关于计划生育的，农村题材！

同学乙：怎么没兴趣，这题材好啊！如果拿到国外的电影节去，保准获奖。看看现在的80后，90后，都是孤零零独生子女一个，没兄没弟，不好玩。

林卫东：行啊，先谢谢兄弟们捧场了。剧本，剧本，一剧之本，我先把本子搞出来再说吧。到时候如果真获奖了，请兄弟们一起和今晚的爷们儿走红毯秀秀。

同学甲：是啊，是啊，那风光！不说了。

林卫东：说起来容易，拍电影总得要钱啊，可钱从哪来呢？

同学乙：我们全力支持你！同学们都来演，不要钱。

王子旭：拍片子总是要钱的，我先把家里的DV拿来试着拍拍。实在不行再去找我爸。我爸朋友多，这点小钱应该问题不大。

同学甲：嗯，好兄弟！卫东，那就抓紧时间改本子，本子出来就开干！

（林卫东和王子旭躺在床上，眼睛望着天花板。）

8

时间：2002年新年，夜。

场景：陶静雯和张琼瑶对白。

地点：女生宿舍，室内。

概要：林卫东和王子旭离开后，陶静雯和张琼瑶躺在床上聊林卫东和王子旭。

内容：

陶静雯：如果有一天，我们也能像他们一样走红毯，多好啊！

张琼瑶：相信会有那么一天的。

陶静雯：如果能够痛快地演一部好电影，这辈子就满足了。

张琼瑶：静雯，以你的条件，未来一定是大明星。

陶静雯：唉，当明星有那么容易就好了。

张琼瑶：全学院就数你最漂亮，你说说班里的女生，这学期除了你还有谁进过组，你的机会大大的。

陶静雯：没有台词的角色，有什么好的。看缘分吧。

张琼瑶：哎，我就不想那些了，很后悔当初没有考播音主持专业。

陶静雯：播音主持有啥好的，没有表演过瘾。还是说说你和子旭吧，你们怎么走到一块的？

张琼瑶：缘分吧，中学的时候我们的共同语言比别的同学多一些。子旭的妈妈是电影演员，她妈和我爸妈都在广电局上班。我们小时候住在一个宿舍大院里。初中一毕业，子旭就搬走了。没想到参加艺考的时候又碰见啦，我们的艺考辅导老师是同一个人。就这样很自然地在一起了。

陶静雯：哦，原来也算是青梅竹马。子旭是不是也很有电影梦？

张琼瑶：是啊，子旭的母亲去世早，一直念念不忘电影。为了参加艺考，还和他爸大吵了一架呢。

陶静雯：哦。子旭的母亲不在了？

张琼瑶：是的，好像是生病。

陶静雯：哦，是这样啊。琼瑶，你不觉得演戏很有意思吗？

张琼瑶：唉，没进电影学院的时候很向往，进来了才明白，当演员真是辛苦，不如做主持人。我觉得做主持人更有意思。

陶静雯：呵呵，我还是比较喜欢演戏。

张琼瑶：静雯，你觉不觉得卫东挺喜欢你的。

陶静雯：是吗？卫东挺有才的，文艺青年一个，感觉他的眼神里永远充满着忧郁，好像心里有说不完的故事。还是你们家子旭的阳光亲切好些。

张琼瑶：听子旭说，卫东的父亲是军人。小时候是在大山里的军营里长大，很有军人作风。

陶静雯：哦！当兵的人。听说子旭家是做房地产的？

张琼瑶：好像是吧，我也只去过子旭家一次。

陶静雯：这世界，有钱就是好。

张琼瑶：呵呵，有钱也是他爸的，和我们没多大关系。我见过他爸一次，挺严肃的，不好接近。看来钱还得是自己挣的心里才踏实。

陶静雯：哦。

9

时间：2002 年春，日。

场景：林卫东给王子旭、张琼瑶、陶静雯展示《巧英》剧本。

地点：学院茶室，室内。

概要：林卫东急匆匆约大家到学院茶室，把创作完成的《巧英》剧本拿出来展示给王子旭、陶静雯和张琼瑶看。

内容：

（王子旭和张琼瑶推开茶室的门，看见已经坐在座位的林卫东。）

（林卫东看见走进来的王子旭和张琼瑶，站起身来，笑着招手。）

林卫东：子旭，琼瑶，喝点什么？今天我请客。

张琼瑶：卫东，今天什么日子啊？是过生日吗？

王子旭：不对呀。我印象中你的生日是寒假里，是在家过的吧。

林卫东：没什么好日子，等静雯来了再说吧！

王子旭：臭小子，故弄玄虚，卫东，到底要干吗？

张琼瑶（笑着）：看来还是静雯重要。

（陶静雯推门走进来。）

陶静雯：子旭，琼瑶，你们也在啊？卫东，那么急催我过来，到底什么事情？电话里也不愿意说。

林卫东：请大家坐好，坐端正，闭上眼睛。

（大家按照林卫东的指令，直直坐在座位上，闭上眼睛。）

林卫东：好啦，张开眼睛吧。

（只见林卫东双手举着一本厚厚的A4打印纸，封面上两个大字，“巧英”。）

王子旭：《巧英》的剧本完成啦？

林卫东：是的，完成了。

王子旭：是吗？

（王子旭把《巧英》的剧本稿抢到手上，翻阅起来。张琼瑶靠在王子旭的肩头一起阅读。）

王子旭：我们可以开始下一步准备了？

林卫东：是的，开始下一步。

陶静雯：卫东，你觉得我演巧英合适吗？

林卫东：演员的事情还没有仔细考虑呢。你那么漂亮洋气。巧英可是农村女孩，你来演，岂不是委屈了你？

陶静雯（有点着急）：我学表演，是角色我就能演出来。

林卫东：静雯，看了剧本再说吧。别急，剧本你还没有看过呢。

（陶静雯把头扭在一边，看着窗外，心情有些不爽。）

10

时间：2002年秋，日，下午。

场景：教室里排练，张琼瑶吃醋。

地点：电影学院小教室，室内。

概要：班上排练《原野》的片段，宋老师安排陶静雯和王子旭演对手戏。张琼瑶看着王子旭和陶静雯在舞台上动作亲密，醋意不禁涌上心头。排练结束，张琼瑶质问王子旭是不是对陶静雯有想法，王子旭无语。

内容：

（班里又在排练《原野》，这一次，宋老师偏偏安排王子旭和陶静雯一组，陶静雯饰演金子，王子旭饰演 **。）

宋老师：静雯，你是金子，** 是你的情人，你要靠子旭近一点。

宋老师：子旭，把静雯的腰搂住，有点感情好不好。

（看着坐在座位上的张琼瑶，王子旭面露难色。）

（陶静雯把身体靠向王子旭，贴着王子旭。）

宋老师：好些了，再来一遍。

宋老师：金子是带有野性的，你们要入戏，要找到角色的感觉，重点是感觉。

（继续排练，王子旭伸手把陶静雯的身体紧紧搂着，脸对着静雯，很近。）

宋老师：好。今天到此，明天继续。

（同学们陆续走出教室。）

张琼瑶：子旭，等等我，我有话和你说。

（陶静雯和林卫东看看脸色漠然的张琼瑶，先离开了。）

（教室里只剩下张琼瑶和王子旭两人。）

张琼瑶：子旭，我觉得你最近有些不对劲，你不觉得吗？

王子旭：怎么？没什么啊？

张琼瑶：最近很少看见你，你在忙啥？

王子旭：《巧英》的本子快出来了，得开始找投资才行。我们几个筹的钱，离拍片子差得太远。

张琼瑶：你觉不觉得静雯最近对你挺好的？

王子旭：没有啊，你想多了吧。

张琼瑶：自从看了林卫东的剧本，好像静雯特别关心你的行踪。

王子旭：金子的戏是老师安排我们搭档，我可没那意思。

张琼瑶：我说的不是金子，我说的是《巧英》。

王子旭：《巧英》怎么啦？我们还没有正式开始呢，卫东还在修改剧本。不过，静雯倒是很想演巧英。

张琼瑶：是啊，静雯想演巧英。但和你有什么关系呢？

王子旭：能不能演主要看卫东的意思，他写的本子，他对人物的特点最有感觉。

张琼瑶：子旭，反正我不想静雯影响我们俩的关系，静雯是好朋友，你不要弄得朋友都没法做。

王子旭：我怎么啦？我做错了什么吗？你要这样说？

张琼瑶：不知道，做了什么你们自己清楚，我也只是提醒提醒罢了。

王子旭：无聊。

张琼瑶：是，我是很无聊。

（张琼瑶扭头走了，剩下王子旭一个人在教室。）

11

时间：2002 年秋，日，下午。

场景：林卫东和静雯单独对话，失望地倾诉推销剧本无果。

地点：学院茶室，室内。

概要：林卫东和陶静雯离开教室，来到茶室。林卫东向陶静雯倾诉四处推销剧本的情况。林卫东对陶静雯畅聊拍电影的情结，陶静雯对林卫东坚韧的电影梦想产生了敬慕之情。陶静雯依旧希望自己能饰演巧英，哪怕是对艺术有所献身也在所不惜。

内容：

（看张琼瑶把王子旭叫住了，林卫东和陶静雯走出教室。）

（两人路过体育场边的茶室。）

林卫东：静雯，离吃晚饭还早呢，我们去茶室坐坐吧。

陶静雯：好啊。

（两人走进茶室，坐下。）

陶静雯：《巧英》的事情怎样了？听说你最近去了趟北京？

林卫东：嗯，我把本子带过去给那边电影公司的几个师哥看看，请他们帮忙推销推销。

陶静雯（面露欣喜）：有着落了?!

林卫东（面带遗憾）：唉，没有。跑了十几家公司都没戏。大编剧说了，农村题材，太小众，没人看。而且是计划生育，容易碰审查的红线。

陶静雯：其实《巧英》的剧情我们都觉得挺好的，我特别喜欢巧英，看了剧本我更动心了。

林卫东：这只是我们自己的认为吧。静雯，你是怎么喜欢上电影的呢？

陶静雯：我也不知道，反正从小就喜欢，没有为什么？小时候最大的爱好就是看电影看电视。高中的成绩一般，干脆就艺考，考上了电影学院就梦想着能走上大银幕，演戏给别人看。你说是不是，要不然这电影学院不是白读了吗？

林卫东：真是戏如人生，看来你是真的入戏了。我小时候也特别喜欢看电影，跟父亲住在山区，哪怕走十几里的山路也要到镇上的电影院看电影。山里人生活真的很简单，很朴素，也很清苦。回城之后，我做梦也想把山里的生活写出来，拍成电影，让大家知道山里人是怎么过的。《巧英》我已经写了快两年，我把所有的课余时间都用在《巧英》上了。

陶静雯（钦佩的眼神看着林卫东）：卫东，我已经看了好几遍《巧英》的剧本，写得真好。如果有可能，还是让我来演巧英吧，我很喜欢巧英这个角色。

林卫东：静雯，不是我不愿意让你来演，里面激情戏的尺度实在比较大。大家都是同学，可能不大好。

陶静雯：演员的职责就是演戏，没什么好不好。卫东，相信我可以的，你放心。

林卫东：你来演我没意见，还得看投资人的看法。抽时间问问子旭？他最近一直在拉投资。

陶静雯（面露难色）：好吧。卫东，到处借钱拍《巧英》对你们有什么意义呢？

林卫东：梦想吧，可能只是一个梦想。

陶静雯：那为了完成共同的梦想，一起努力！卫东，如果有什么难处，就直接给我说。

林卫东：没什么，除了钱什么都好解决。放心，为了实现梦想，我会坚持到底。

陶静雯：嗯，坚持到底。

12

时间：2004年秋，日，下午。

场景：为了拍《巧英》，王子旭四处筹钱。张琼瑶看在眼里，心里着急。

地点：四处，室内，外。

概要：为了拍《巧英》，王子旭到处筹钱，却四处碰壁，但依旧坚持不懈。

内容：

（伯伯的办公室：王子旭从伯伯的办公室走出来，伯伯笑着握着子旭的手。）

伯伯：子旭，你很有才，好好学习，一定大有出息。最近伯伯有些困难，下一次拍片子，伯伯一定鼎力支持你。

（姨妈家：姨妈拉着子旭的手。）

姨妈：子旭，这事情你爸爸知道吗？

王子旭：我还没给他说，等片子挣到钱，我一定会还给姨妈。

姨妈：子旭有志气，比我儿子强多了。

王子旭：姨妈，这部片子题材好，剧本也好，肯定能获奖。

姨妈：嗯，不错。你看姨妈最近刚买了房子，你表弟也准备出国读书。我觉得你还是应该先和你爸讲讲，让他知道这事情。

（茶楼，父亲朋友。）

父亲朋友：子旭长大了，独立啦。

王子旭：叔叔，你看这片子的事情？

父亲朋友：这年头，赚钱不容易啊。大家都在收缩投资，要不你再等等，等这段时间过了，经济景气一点再拍，叔叔一定支持你。

（民主湖边，张琼瑶和陶静雯散步。）

张琼瑶：静雯，《巧英》最近准备得怎样了，你知道吗？

陶静雯：卫东最近去了趟北京，找了好几个师哥都没有结果，电影公司不大愿意投文艺片。

张琼瑶：子旭最近人影也不大看得见，一直忙着找钱拍片，连我都很少看见他了。

陶静雯：但愿大家的辛苦有好结果，这样我们可以在学校里留下一段难忘的回忆了。

张琼瑶：这一切真的像在做梦一样。还没毕业就忙着拍电影，留下回忆真的就那么重要？

陶静雯：我们是学表演的，当然应该留下拍片子的记忆啊。难道你不想？

张琼瑶：子旭整天在外面四处借钱，说实话，我挺着急的。拍电影是烧钱的活儿，不是一个人能够做得了的，还是做主持人简单。

陶静雯：每个人都有一个电影梦。如果能够把人生活灵活现地演出来，真的很享受。琼瑶，我们应该支持卫东和子旭他们。

张琼瑶：是啊，支持。但是，我还是很担心子旭。

陶静雯：说实话，我挺想演巧英的，只要投资人答应，卫东不会有意见的。

张琼瑶：子旭是什么意思呢？

陶静雯：不知道，你帮我给子旭说说好话吧。

张琼瑶（若有所思）：哦。

13

时间：2005 年春，日，下午。

场景：王子旭和张琼瑶的矛盾激化。

地点：学校民主湖边，室外。

概要：王子旭忙着和投资人见面，忘了自己和张琼瑶约会的时间。张琼瑶在民主湖边等子旭，迟迟未见子旭的身影，子旭的电话也一直没人接听。下起雨来，琼瑶坚持在湖边等待王子旭。子旭匆匆开车过来，向在树下的张琼瑶招手，张琼瑶原地不动。王子旭下车，言谈中让张琼瑶帮忙借钱，两人发生了激烈的口角。

内容：

（民主湖边，张琼瑶焦急等待约会的王子旭，天空下起雨来。）

（已经迟到的王子旭把车停在路边，向张琼瑶招手。）

（张琼瑶原地不动，王子旭下车，和张琼瑶对峙在雨中。）

王子旭：琼瑶，对不起，刚才和我爸的一个朋友说《巧英》的事情，没注意电话。

张琼瑶：拍片子就那么重要？

王子旭：已经走到这一步了，总不能停下来吧。把《巧英》拍出来不是大家共同的梦想吗？

张琼瑶：你有梦想，但是你有钱拍吗？

王子旭：我这不是正在找吗？

张琼瑶：你没钱，你拍什么电影呀？

王子旭：我是没钱。你爸是广电局的领导，你跟他说说，你爸一定可以帮我们的。

张琼瑶：你说啥？你疯了吧。

王子旭：我没疯，你爸圈子里那么多求你爸办事的人，投这点小钱应该很轻松的。

张琼瑶：你做梦吧。

王子旭：我做的电影梦，你不支持就算了？大不了我找我爸。

张琼瑶：钱是你爸的，你没钱，你拍哪门子电影？

王子旭：……

张琼瑶：我问你，陶静雯演巧英是不是你定的？

王子旭：静雯本来就想演巧英，卫东没有意见，我也觉得挺好。

张琼瑶：卫东上次不是说不太合适吗？你是不是在为她找钱拍电影？钱还没有找到就把演员先确定了。

王子旭：琼瑶，你不要胡思乱想。

张琼瑶：整天见不到你人在哪？排练的时候你们那么亲热，

我能不乱想？

王子旭：不和你说这个话题。你不愿意找你爸就算了，我自己想办法。琼瑶，你要记住，拍这部片子不仅仅是我一个人的梦想。你要知道，我拍这片子不是因为谁，是因为我想给我妈妈一个交代，让我妈在天上知道我在学校里做了些什么。

张琼瑶（哭了）：为什么会是这样?!

（张琼瑶淋着雨，哭着走了。）

（王子旭独自在雨中淋着。）

14

时间：2005年春，日，下午。

场景：张琼瑶为《巧英》拍摄找投资。

地点：张琼瑶父亲的朋友家，室内。

概要：张琼瑶虽然不支持王子旭在学生期间不切实际拍电影，但不忍王子旭四处筹款拍摄《巧英》，更不情愿看到王子旭找钱给陶静雯拍片子。张琼瑶找到圈内的大腕儿，父亲的好友冯总。冯总看了剧情概要，对《巧英》产生了兴趣。

内容：

（冯总办公室。）

冯总：琼瑶，《巧英》很有意思啊，很久没有看见这种风格的东西了。你同学还挺有才的。

张琼瑶：冯总过奖了，我同学对这个片子很执着，不知道冯总的公司有没有需要拍这种类型的片子。

冯总：好的题材我们都做，今年你爸那边给了我们很大的支持。有你爸爸帮忙，我们年度补贴的资金也下来了，正在为明年要拍的东西发愁呢。

张琼瑶：那不是正好赶上了？冯叔叔可不要勉强。

冯总：哪里勉强？感谢你父亲还来不及呢。琼瑶，简直看不出来，你还在读大三，说话越来越有分寸啊。放心，这部戏我们一定支持。

张琼瑶：那先谢谢冯叔叔。

（冯总叫李秘书进办公室，把剧本概要递给李秘书。）

冯总：李秘书，你通知策划部，准备一下这个片子，把它列进今年的计划。

（李秘书走出冯总办公室。）

张琼瑶：冯叔叔，我给你另外留个电话，是我老师的。千万不要说是我帮忙联系的。

冯总（很疑惑）：怎么？不方便？

张琼瑶：我不想我爸知道这个事情，另外拍电影也是学校支持的事情。

冯总（呵呵一笑）：明白，明白，我叫李秘书安排。

（张琼瑶在纸上写下宋老师和林卫东的联系方式，起身离开。）

冯总：代我向你爸问好。

张琼瑶：一定，一定，谢谢冯叔叔。

15

时间：2005年春，日。

场景：林卫东和冯总交流。

地点：冯总办公室，室内。

概要：冯总的出现改变了《巧英》进程。投资人提出王子旭不担任制片人的条件，林卫东勉强接受。

内容：

（冯总办公室，林卫东坐在茶几前的沙发上。）

冯总：小林，剧本写得不错啊，你是在山区长大的？

林卫东：父亲当兵的时候在山区，我10岁就回主城了。

冯总：从本子看得出来，挺有感悟。

林卫东：现在这个题材没什么观众，冯总有兴趣？

冯总：怎么会没观众呢？只有反映社会现实的东西才最有价值。我们电影人总该为电影艺术做点贡献。小伙子，做电影，没有梦想怎么行？

林卫东（惊讶地看着冯总）：没想到冯总这么看好？

冯总：都是电影人，无非我年长几岁而已。

林卫东：那我们就可以准备这部片子的拍摄了？

冯总：当然可以，公司会安排制片人和你对接具体的工作，小伙子，放心吧。

林卫东（面有难色）：冯总，我这边有个制片人，一直和我一起在筹拍《巧英》的事情。

冯总（有些迟疑）：这样啊？可有点不合公司的规矩。公司投资的片子制片人肯定是公司派的。要不你那边的朋友就跟着在剧组跑跑腿吧。

林卫东：哦，只能这样吗？

冯总：当然，投资人负责制片，这是行规，你不会不懂吧？

林卫东：哦，那演员呢？

冯总：你是编剧和导演，演员的事情你来定比较好。

林卫东：嗯，我们有个同学很不错，我们原计划由她来演巧英。

冯总（狡黠地一笑）：哦。什么时候把主演们都带给我看看？给你建议建议。

林卫东：好的，那看冯总什么时候有时间？

冯总：周末吧，周末一起吃饭喝酒，大家都轻松轻松。

林卫东：好的，好的，那谢谢冯总了。

冯总：不用客气，小伙子，好好做，争取拍出一部好片子来。

林卫东：冯总，下一步我们要做什么呢？

冯总：不急，公司有人会和你联系的，放心干。

林卫东：好的，好的。

冯总：那我们今天就这样。

（冯总把林卫东送到办公室门口，两人握了握手。）

冯总：小林，慢走，早点安排演员和我见见吧。

16

时间：2005年春，夜。

场景：大排档，王子旭和林卫东争论。

地点：电影学院附近的大排档，室外。

概要：《巧英》的投资基本落定，林卫东邀请同学们在电影学院附近的大排档喝酒庆祝。王子旭得知自己被安排为在剧组跑腿，认为林卫东是要甩开自己，极为不满。王子旭质问林卫东，发生争执，两人在合作拍电影的问题上决裂。

内容：

（电影学院附近的大排档，人声嘈杂。）

林卫东：告诉大家一个好消息！

（大家抬头望着林卫东。）

林卫东：告诉大家，拍《巧英》的资金落实了。

王子旭（纳闷）：钱找到了？哪来的？

（张琼瑶看着王子旭，默默无语。）

（陶静雯钦佩地睁大眼睛，看着林卫东。）

林卫东：是的，传媒集团愿意接手，好不容易啊。

王子旭：卫东，到底怎么回事？传媒集团接手，我怎么不知道？

林卫东：今天下午谈好的，我还没来得及给你说。

王子旭：你怎么认识传媒集团的呢？

林卫东：宋老师电影家协会的一个朋友介绍的，他带我把本子拿去传媒集团看了看。没想到传媒集团的冯总马上就决定拍，而且说已经列入了今年的摄制计划。

王子旭：是吗？不管了，反正是好消息！来，我们为卫东干一杯。

（张琼瑶端起酒杯站起身来。）

（陶静雯拿起酒杯伸向林卫东。）

陶静雯：卫东，祝你成功！

王子旭：是的，我们一定会成功！

张琼瑶（跟着大家的节奏）：干杯！

（酒过三巡，大家眼神迷离，人仰马翻。）

王子旭：卫东，你还没有说清楚，你怎么把投资搞到的呢？我忙活了这么久，全是碰壁。没料到被你小子悄悄地一下就搞定了。

林卫东：这还得谢谢宋老师，我也是一头雾水。

王子旭：卫东，分镜头什么时候能出来？我这个制片人等不及了。

林卫东（面露难色）：子旭，投资方会另外安排制片人。

王子旭：什么？

林卫东：这事本来想吃过饭安静给你说。

王子旭（不悦）：那我做什么？

林卫东：我们都没有经验，最好跟着制片方好好学习学习。

王子旭：林卫东，不要绕圈子，你就说我要做什么吧？

林卫东：投资方的意思让你跟着跑跑腿。

王子旭：什么意思？跑腿？我没钱，是吗？我找不到钱就变成跑腿的了？为了你这破片子，我受了多少委屈，你知道吗？现在就变成跑腿的了。

林卫东：子旭，我不是这个意思。这只是投资人的意见。

王子旭：林卫东，到底你是什么意思？有了钱就把兄弟甩了，是吗？

（王子旭面对面站在林卫东的面前，抓住林卫东的领子，要动手的样子。）

（张琼瑶匆忙走到王子旭的身边，把王子旭拉着。）

（陶静雯走到林卫东的身边，把王子旭挡着。）

张琼瑶：子旭，你冷静点，卫东肯定不会把你甩了，肯定是误会。

王子旭：没什么误会，本子是卫东你写的，我们兄弟为了你这本子忙活了多少个夜晚，你是知道的。我晚上就去给我爸说，我让我爸来投，不要什么传媒集团来掺和。

林卫东：我们不都是为了拍把片子拍出来吗？你有必要这样计较吗？

王子旭：计较，你说我计较。林卫东，你爱怎样就怎样吧，老子不陪你玩了。

（王子旭把手上的酒杯往地上一摔，扭头走了。）

（张琼瑶跟着王子旭走了。）

（林卫东站在那里，陶静雯留下来陪着林卫东。）

17

时间：2005年春，夜，凌晨。

场景：陶静雯和林卫东情感升级。

地点：快捷酒店，室内。

概要：和王子旭决裂，林卫东喝得大醉。陶静雯细心照顾和安慰林卫东，酒精作用下和林卫东情感升级。

内容：

（王子旭和张琼瑶走后，林卫东坐在桌边。）

（陶静雯一边陪林卫东继续喝酒，一边劝说林卫东。）

陶静雯：卫东，子旭肯定不是故意要闹腾的。

林卫东：我知道，但我也没有办法啊。现在终于有机会可以把《巧英》拍出来，对大家来说都是好事啊！投资款不可能不要，我也没想到会弄成这样。

陶静雯：大家都喝了点酒，有些激动，过两天应该就没事了。

林卫东：为了《巧英》能拍出来，大家都很辛苦，这我是知道的。我半点没有要把子旭甩开的意思。

陶静雯：卫东，不要想太多了，冷静冷静。谁来演巧英呢？投资人有安排吗？

林卫东：没有。他们让我来定，我把你推荐给了他们。

陶静雯（激动）：是吗？

林卫东：是的。传媒集团的冯总还说请我们吃饭喝酒，要和你见见面。

陶静雯：好啊，好啊，什么时间？

林卫东：周末吧。

陶静雯：卫东，真好！

（林卫东和陶静雯喝得大醉，路过大排档旁边的快捷酒店门口。）

陶静雯：卫东，宿舍早就关门了。

林卫东：嗯。我帮你叫阿姨开门。

（林卫东走路偏偏倒倒。）

陶静雯：不啦，懒得麻烦。就在这里休息，明天再回去。

（林卫东没有说话，脑袋靠在陶静雯的肩头。）

（陶静雯把林卫东扶进快捷酒店的房间。）

陶静雯（拿着毛巾）：卫东，醒醒，来擦擦脸。

（林卫东翻身把陶静雯抱住，陶静雯倒在床上。）

18

时间：2005 年春，夜。

场景：王子旭和父亲对话。

地点：王子旭家里，王爸爸的书房，室内。

概要：和林卫东闹翻后，王子旭回到家里，请父亲支持自己拍电影《巧英》，遭到父亲婉言拒绝。王子旭和父亲发生争论。

内容：

（张琼瑶送王子旭回家，离开。）

（王子旭走到父亲书房门口，房间没有关严，灯光还亮着。）

（王子旭推开门，王爸爸坐在书桌前，埋头工作。）

王爸爸（抬了下头）：子旭，进来吧。

王子旭：爸。

王爸爸：喝酒啦？一股酒味。

王子旭：和同学一起聚了聚。

王爸爸：有事吗？

王子旭：爸，能不能借我点钱？

王爸爸（抬起头）：做什么？

王子旭：就是上次我给您看的剧本，同学们计划把它拍出来。

王爸爸：本子我看过了，写得不错。但现在你还在读书，不是拍片子的时候啊。

王子旭：但是本子真的很好，传媒集团都准备投资了。

王爸爸：很好啊，让传媒集团去做不是很好吗？

王子旭：但一旦传媒集团进来，我就没有机会了。

王爸爸：你是什么意思？

王子旭：爸，我们来投，我们做主。

王爸爸：哦。子旭，不是爸爸不愿意支持你拍电影。现在的地产行情很差，你知道的。现在公司的资金很紧张，抽不出闲钱。

王子旭：爸，拍这片子要不了多少钱，可是机会难得啊。

王爸爸：不是机会的问题。你的机会在于在大学好好学点东西。我希望你再出国去读几年。等你从国外回来以后再好好拍电影也可以啊。

王子旭：爸，真的不行？你不愿意让我在学校里做出点什么成就吗？

王爸爸（沉下了脸）：真的不行，这不是成就。你先出国，回来再说。

王子旭：我知道你不希望我像妈妈一样继续演戏，你就这样卡着我。

王爸爸：你妈妈是优秀的演员，我希望你和她一样优秀！

王子旭：爸，你不支持我，妈妈会同意吗？

王爸爸：你说什么？

王子旭：妈妈在天上也会支持我，你却不支持。你对得起死去的妈妈吗？

（王爸爸一巴掌打在王子旭的脸上。）

19

时间：2005年春，周末，夜。

场景：林卫东带陶静雯陪冯总一行吃饭喝酒，发生误会。

地点：大酒店，室内。

概要：林卫东和陶静雯与冯总就签订电影投资合同的事宜见面。冯总对美丽的陶静雯别有用心，酒后叫秘书支开林卫东，对陶静雯提出非分要求。陶静雯拒绝并逃开。匆匆离开的陶静雯在酒店大厅正好碰到回来的林卫东。陶静雯误会是林卫东设下的圈套，流着眼泪大骂林卫东，独自离开。林卫东回到酒店房间，和冯总发生激烈冲突，并和冯总打了起来。冯总就此撤资，《巧英》的拍摄筹备被迫暂停。

内容：

（大酒店灯火辉煌，冯总，李秘书，林卫东，陶静雯一行围坐在饭桌边。）

冯总：欢迎，欢迎，小林，这位是？

林卫东：这是陶静雯，拟定巧英的饰演者。

（陶静雯站了起来，冯总从上到下看看陶静雯。）

冯总：真是大美女啊，小陶哪里人呢？

陶静雯：重庆。

冯总：重庆就是出美女，看这长得水灵灵的。

林卫东：冯总不是重庆人？

冯总：北京。北方人，粗犷。来来来，今天我们好好喝喝，预祝《巧英》创作成功！大卖大卖。

（冯总给陶静雯倒上白酒。）

陶静雯（看着林卫东，用手挡）：冯总，我平时不喝酒的。

冯总：这点酒，算什么。我知道，重庆美女的酒量都很好。平时不喝，今天这么开心的日子，怎么能不喝点呢？

林卫东：静雯，要不就喝点吧，别扫了冯总的兴。

（一杯酒下去，陶静雯满脸通红。）

（李秘书坐在陶静雯旁边，继续给陶静雯斟酒。）

陶静雯：冯总，我真的不能再喝了。

冯总：没事，没事，脸红正能喝，我们继续。

林卫东：静雯，要不倒给我吧。

冯总（脸色一沉）：这怎么行？小林，有些忙是不能帮的。

（酒喝到一半，大家有些醉意。）

冯总：李秘书，项目的合同带来了吗？趁开心，我们把它签了。

李秘书：哎呀，冯总，我忘了。

冯总：这么重要的事情也会忘记，你看你这记性。小林，要不你陪李秘书去一趟公司，把合同拿过来，看了没问题我们就把它签了。

林卫东：今天就可以签合同？

冯总：是啊，没问题今天就可以敲定，这样大家都可以放心做事。

林卫东（惊喜）：好啊，好啊。

（林卫东跟着李秘书离开，房间里只剩下冯总和陶静雯。）

（冯总坐到陶静雯身边，给陶静雯倒酒。）

冯总：小陶，平时上学的生活单调吗？

陶静雯：还好，学校生活很有规律，不觉得单调。

冯总：你想演巧英？

陶静雯：我的梦想就是能演一部好戏，我看了好几遍《巧英》的剧本，写得很动人。冯总，我很喜欢巧英这个角色。

冯总：那就好，只要我同意了，这个角色就可以定给你演了。

（冯总去摸陶静雯的手，陶静雯把手缩回身边。）

（服务员走了进来，冯总站起身，走进房间里的洗手间。）

（等服务员走出去，冯总从洗手间里走出来，靠在洗手间的门口。）

冯总：哎呀，头疼。

陶静雯（回头）：冯总，您怎么了？

冯总：头疼，不行了。是不是今天的酒有问题？

（冯总走向饭桌，摇摇晃晃。）

（陶静雯站起身，手足无措。）

冯总：小陶，要不你送我去房间休息一下，等小林他们回来再下来签合同。

陶静雯（看看四周）：啊？

冯总：订好的房间就在楼上，李主任他们马上就回来了，你扶我上去休息一下就下来。

陶静雯（勉强）：……

（走到房间门口。）

冯总：房卡在衣服口袋里，你帮拿一下。

（走进房间，冯总倒在床上。）

冯总（抚着头）：小陶，你帮我倒杯水吧，喝点水可能会好一些。

（陶静雯端着水杯，走到床边。）

（冯总一下坐起身来，把陶静雯抱住。）

（水杯落到地上。）

陶静雯（推冯总）：冯总，别这样。

冯总（继续抱陶静雯）：小陶，你真讨人喜欢，你陪陪我吧。陪了我，巧英就让你来演。

陶静雯：冯总，别这样，我没这个意思。

（冯总把手往陶静雯的衣服里伸。）

（陶静雯把冯总推倒在床上，衣服纽扣被撕开了。）

陶静雯（大吼）：冯总，请自重，我不是你想的那种人。

（陶静雯跑下楼，在酒店大厅遇见刚进大门的林卫东和李秘书。）

陶静雯（流着眼泪）：林卫东，你当我是什么人？

林卫东（莫名其妙）：什么？

陶静雯：卑鄙！下流！

（陶静雯一巴掌打在林卫东脸上，跑了。）

（林卫东走进酒店房间，餐桌边坐着冯总，冯总衣衫不整，表情严肃。）

林卫东：冯总，怎么啦？发生什么事了？

冯总：小林啊！你这个同学太不懂事。一点规矩都不懂。

林卫东：什么规矩？

冯总：不睡睡就可以做女一？简直在做梦！她还以为她是谁?!

林卫东：冯总，可不能这样说，我同学是来演戏的。

冯总：那她就应该好好学学，应该怎么出来演戏，这女的不行，你要教教她。

林卫东：为什么不行，你刚才把她怎么了？

冯总：李秘书，和小伙子讲讲道理，讲清楚了再签合同。

林卫东：不用讲，拍电影是我们的梦想，你们不要想歪了。

冯总：那你们就去做梦吧。出来卖还说梦想。

林卫东：你说谁出来卖？

冯总：你带出来不是来卖的吗？

林卫东：你！

（林卫东冲上前去，和冯总扭打在一起。）

20

时间：2005年春，日，中午。

场景：林卫东、陶静雯、王子旭、张琼瑶在食堂对话。

地点：学校食堂，室内。

故事主题：大学最后一学期，林卫东、陶静雯、王子旭、张琼瑶在学校食堂相遇。各自表达毕业后的去向。失去巧英角色的陶静雯决定北漂，抱着电影梦想的林卫东决定留校，王子旭遵从父亲的旨意出国深造，在父母帮助下的张琼瑶顺利地被电视台聘用。

内容：

（学校食堂的角落，林卫东、陶静雯、王子旭、张琼瑶遇在一起。）

林卫东：还好吧？

陶静雯：还好。

林卫东：毕业后回老家？

陶静雯：不，准备去北京看看，北京的剧组多。

林卫东：北京很冷。

陶静雯：还好吧，马上就夏天了。

林卫东：北京雾霾很严重。

陶静雯：雾霾不重要，主要是剧组多，戏多。

林卫东：嗯，注意身体。

陶静雯：你也是。

王子旭：听说卫东留校了？

张琼瑶：嗯，你呢？出国？

王子旭：我下个月就去美国，我爸叫我去把留学的手续办完。

张琼瑶：嗯。毕业后我去电视台。

王子旭：在你爸那里？

张琼瑶：是的，实习主持人。

王子旭：你的梦想，就要实现了。

张琼瑶：你还回来吗？

王子旭：肯定啊，拿到学位就回来。

张琼瑶：嗯。保重。

王子旭：保重。

下半部

21

时间：2008 年春，日，下午。

场景：陶静雯探访留校的林卫东。

地点：电影学院教工宿舍，室内。

概要：李秘书打电话给陶静雯，邀请陶静雯参加一部新片的拍摄。陶静雯从李秘书口中得知，当年林卫东是为了维护陶静雯的名誉而得罪冯总，造成《巧英》无法启动。陶静雯心存遗憾，回到电影学院探访留校的林卫东，在青年教师宿舍的走廊上，看到刚刚洗完衣服的精神颓废的林卫东。在林卫东的房间，陶静雯见到了师妹周旭青，还有林卫东潜心继续创作的宿舍环境，内心甚是伤感。此时此刻，林卫东已经患病。

内容：

（陶静雯正在剧组候戏，电话响了。）

陶静雯：喂。

李秘书：小陶，我是传媒集团的李秘书。

陶静雯：李秘书，找我什么事情？

李秘书：听电影学院的老师说你还在演戏，我们最近有部电影在找女一号，我觉得你挺合适，有没有兴趣试试？

陶静雯：合适吗？上次已经搞得那么尴尬。

李秘书：小陶，你放心。这次绝对不会发生那种事情了。冯总已经走人了。

陶静雯：他啊，早就该走人。李秘书，《巧英》没有拍，是不是因为我没有满足冯总的要求？

李秘书：不是，主要是那天晚上小林把冯总打了。

陶静雯：啊！

李秘书：小林以为冯总对你做了什么，上楼就把冯总打了。是小林自己不愿意合作。

陶静雯：原来是这样！

（飞机降落，陶静雯赶回重庆。）

（陶静雯踏进电影学院青年教师宿舍，在走廊上看到端着洗衣盆的林卫东。）

（陶静雯跟着林卫东来到宿舍房间，房间一片零乱。）

陶静雯：你就住这儿？

林卫东：是啊，单身老师都住这儿。

陶静雯：《巧英》是你自己不拍了？你怎么不告诉我你把冯

总打了？

林卫东：已经过去的事情，不用多说啦。静雯，这几年在北京还好吧？

（林卫东翻动桌上的药，端起水杯吞了几颗药丸。）

（这时候，周旭青走了进来。）

林卫东：旭青，给你介绍一下。这是陶静雯，我的老同学。周旭青，是师妹。

陶静雯：旭青，你好。

周旭青：静雯，你好。你们老同学好好聊聊。

（周旭青收拾林卫东零乱的房间，把脏衣服放进洗衣盆，端了出去。）

（陶静雯拿起堆在书桌上的书《爱恋，如若生命之初》。）

陶静雯：你写的？

林卫东：嗯。不大好卖，剩下的都堆在这里。

陶静雯：《因为快乐》也是？

林卫东：嗯。

陶静雯：《巧英》呢？没看见《巧英》。

林卫东：题材问题，没有出版，估计出了也是没人买。你这次回重庆后就不走了吗？

陶静雯：有个剧组的戏正好在重庆，会在重庆待一段时间。

林卫东：正好可以和老同学们聚聚，听说子旭也快回来了。

陶静雯：是啊，三年没见了。《巧英》就真的不拍了吗？

林卫东（无奈地摇摇头）：还是不谈《巧英》了吧，谈起来就心痛，那时候真有梦断的感觉。

陶静雯：为什么不谈，这不是你一直以来的梦想吗？

林卫东：现在还谈什么梦想？现在房价那么贵，连吃饭都成问题，要想结婚，总得买个房子吧。

陶静雯：结婚？和她吗？

林卫东（环顾四周）：嗯，我们认识一年多了，你看这地方，哪有家的感觉？

陶静雯：也是，也该成家了。先有家，后立业。

林卫东：现实残酷，没办法，仅仅靠课时费，难。

陶静雯：你完全可以多写点东西来卖，把你的文采发挥出来。

林卫东：现在的人都不喜欢看我们那时候的东西了，太老土。你看看现在上映的片子就知道啦。

陶静雯：不管东西怎样，但是梦还在，就一定有好作品出现。在我的心中，你的心里永远有个《巧英》梦。

林卫东：就让它留在那里作为纪念也好。

陶静雯：我知道，你不是这样想的，一看你写的书就知道。《爱恋，如若生命之初》，你的梦还在。

林卫东：现在是在为现实努力，梦想只是精神的寄托。

陶静雯：都一样，有梦想才会有现实。

林卫东：可能吧。晚上有事吗？和旭青一起吃晚饭？

陶静雯：不了，剧组还有事，我是特意来看看你的。

林卫东：嗯。

（一阵沉默之后，林卫东把陶静雯送出宿舍楼。）

22

时间：2008 年春，夜。

场景：王子旭回国，同学们为他接风。

地点：电影学院附近的大排档，室外。

概要：王子旭回国，同学们在老地方（电影学院附近的大排档）为王子旭接风，林卫东回避没有参加。王子旭把一同回国的陈琳达介绍给大家。张琼瑶见到陈琳达，内心有些失落。陶静雯把《巧英》流产的原因告知王子旭。

内容：

（学院外的大排档，王子旭，陈琳达，张琼瑶，陶静雯，同学甲，同学乙，围坐在餐桌前。）

王子旭（眼睛搜索）：卫东呢？卫东怎么没来？

张琼瑶：卫东晚上有点事情来不了，叫我代为向你问好。

王子旭：哦。我给大家介绍一下，我在美国的师妹，陈琳达。

陈琳达（站起身）：大家好。

王子旭：静雯，听说《巧英》到现在都没有拍。

陶静雯：是的。也是怪我，卫东把传媒集团的冯总打了。

王子旭：为什么？

陶静雯：没什么，那人有些不怀好意。

张琼瑶：怎么？

陶静雯：算了，不说了。他想揩油，我不愿意。

张琼瑶（惊讶）：啊！

陈琳达（惊讶）：这种事？国内很普遍？

陶静雯：有时候吧，看演员自己的分寸把握了。

王子旭：那卫东现在干吗呢？有新戏在拍吗？

陶静雯：没有。卫东留校后还在潜心创作，出了好几本书呢。

王子旭：卫东不拍点戏真是可惜了，他可以继续努力把《巧英》拍出来呀。

陶静雯：我看卫东过得也挺困难的，哪来钱拍片子啊？

王子旭（若有所思）：哦。

陈琳达：我在美国就经常听子旭说起《巧英》，真的很期待看到。

张琼瑶：这也是子旭的梦想。

陶静雯：哈哈，我们大家的梦想。

陈琳达：应该把它拍出来，给梦想一个交代。

王子旭：是，应该拍出来。

23

时间：2008年春，日，下午。

场景：王子旭和陈琳达投资拍《巧英》的对白。

地点：王子旭办公室，室内。

概要：王子旭和陈琳达商量后，决定帮助林卫东继续完成《巧英》的拍摄。

内容：

（王子旭办公室，陈琳达走了进来。）

陈琳达：怎么？还在想昨天的聚会？

王子旭：是啊。一直对《巧英》念念不忘，估计卫东也挺难的。

陈琳达：要不你去见见卫东，和他聊聊。

王子旭：怎么聊？说起《巧英》，就像揭开卫东心里的伤疤。

陈琳达：我跟父亲聊过了，父亲的基金愿意出一部分资金来支持这部片子。

王子旭：是吗？

陈琳达：是的，我父亲很支持这件事，认为我们应该为梦想做些什么。

王子旭：真太好了。我正琢磨怎么和我爸说。我现在从美国回来了，他也没有理由不支持我拍《巧英》了吧。

陈琳达：那我们一起，让卫东把《巧英》拍出来，怎样？

王子旭：好。但怎么给卫东谈这件事呢？

陈琳达：你同学琼瑶现在主持的节目不是很火吗，要不请琼瑶牵线，由我父亲基金派人和卫东直接面谈。

王子旭：好主意，我马上联系琼瑶。

24

时间：2008 年秋，日，上午。

场景：陶静雯和周旭青在《巧英》开机仪式的对白。

地点：开机现场，室内。

概要：经过张琼瑶牵线，在陈琳达和王子旭的资助下，林卫东的电影《巧英》重新开机。师妹周旭青成为巧英的饰演者，陶静雯在剧中扮演配角。陶静雯虽然非常遗憾和“巧英”再次错过，但仍旧积极支持周旭青作为女主角演好巧英。

内容：

（《巧英》的开机仪式，热闹隆重。）

陶静雯：《巧英》终于开机了，真是高兴啊。

周旭青：是啊，好事多磨，梦想也多磨，看到你们这么高兴，卫东应该很安心了。

陶静雯：巧英是让人羡慕的角色，恭喜你，旭青。

周旭青：这个角色本来应该是你的。

陶静雯：不要这样说，你比我更合适演巧英。

周旭青：你这样认为？

陶静雯：这样的角色，需要深刻领会卫东生活的人才能演好。现在的你是最合适的人选，别无他人。

周旭青：认识卫东的这两年，几乎每天都看着他熬夜写东西，身体熬垮了还不听劝。你们是老同学，都应该劝劝他才行。

陶静雯：卫东是生病了吗？上次来看到他在吃药。

周旭青：一直叫腰疼，让他去做检查，倔脾气就是不去。

陶静雯：应该去医院看看，身体很重要，身体坏了什么也做不成。

周旭青：是啊，身体好好的才能安心创作拍戏。静雯，说实话，演巧英的难度挺大的。

陶静雯：旭青，没问题，好好演，我们都会支持你们的。

周旭青：加油吧。

陶静雯：加油。

（陶静雯上前，和周旭青抱了抱。）

25

时间：2008 年冬，日，下午。

场景：陈琳达和王子旭谈论《巧英》拍摄的对白。

地点：王子旭办公室，室内。

概要：陈琳达在王子旭的办公室里，告知王子旭《巧英》的拍摄进度，以林卫东精细的拍摄方式，拍摄周期延长了，资金预算紧张。王子旭意见坚决，继续全力支持《巧英》，一定要把片子做完。

内容：

（王子旭的办公室，陈琳达匆匆走了进来。）

王子旭：琳达，什么事情？看你焦虑的表情。

陈琳达（表情严肃）：还不是因为《巧英》。

王子旭：《巧英》？拍得怎样了？

陈琳达：剧组现场推进不是很顺利啊。

王子旭：怎么？

陈琳达：卫东的要求很高，有的场景要拍十几遍才完，费用已经比预算超支很多。

王子旭（迟疑）：哦。效果怎样？能看到吗？

陈琳达：从拍好的素材看，效果还不错。但卫东似乎太认真，对细节要求很高，进度已经严重拖延了。基金有些意见，觉得这样拍下去看不到头。

王子旭（短暂沉默）：嗯，没什么。预算超支的部分我来承担，不要再加重基金的负担了。

陈琳达：有必要吗？要不给卫东说说，让他控制一下节奏。

王子旭：不必了，让他尽情发挥吧，慢慢磨出来的片子才会是好片子。

陈琳达：哦。看来你很有信心。

王子旭：我相信卫东，他一定能做出好作品的。

陈琳达：好吧，那我们继续照旧。

王子旭：琳达，继续，不要犹豫，已经到这个程度了，其实我们都不只是仅仅在为梦想而努力。

陈琳达：哦？除了梦想，还有什么？

王子旭：除了梦想，还有现实。如果《巧英》成功了，我们的人生不就多了一片天空吗？我们可以在电影业上继续开拓。

陈琳达：子旭，你想得真开。

王子旭：看准了就坚持到底，否则会前功尽弃。

陈琳达：嗯，坚持，我相信你。

王子旭：我们一起坚持，我相信，现在的电影市场那么好，我们一定能看到曙光。

陈琳达：一起坚持。

26

时间：2009年春，夜。

场景：《巧英》后期制作完毕，林卫东晕倒。

地点：后期剪辑室，室内。

概要：《巧英》杀青，进入后期制作阶段。林卫东的身体每况愈下，为了争取时间，林卫东坚守岗位，连续熬夜督促剪辑合成。成片终于出来，林卫东欣喜之下突然晕倒，住进了医院。

内容：

（深夜，剪辑室里灯火通明，一片寂静。）

（林卫东站在电脑桌边，剪辑师坐在电脑前。）

（电脑里播放着片子的影像，旁边的桌子上零乱地放着许多个吃过的方便面包装盒。）

剪辑师：林导，今晚又不准备吃饭了吗？我的肚子已经饿得咕咕叫啦。

林卫东：就快好了，弄完了再吃吧。

剪辑师：已经第十九遍了，什么时候才是打死不修改的最终版？

林卫东（哈哈一笑）：你小子，现在就是打不死还得改的最终版。

剪辑师（伸个懒腰）：林导，今天又不准备回去睡觉了吗？

林卫东：你小子话怎么这么多，弄完再说。

（周旭青走进剪辑室来，手里的塑料袋里装着消夜。）

周旭青：卫东，叫大家来吃点东西吧。

林卫东：放在桌上吧，马上就完。

周旭青：你好几天没回家了，看你这脸色。

剪辑师：青姐，林导已经三天三夜没有睡觉了，你得管管他啊。

周旭青：卫东，怎么能这样？片子重要但还是要休息才行啊。

林卫东：快了，快了。翻到开头，再看一遍。

（剪辑师把片子翻到开头，林卫东聚精会神看着。）

林卫东：Ok，结束！

（林卫东站起身，把手一挥，）

（周旭青翻动桌上摆着的药盒。）

周旭青：卫东，你怎么没吃药？

（听到“砰”的一声，周旭青回头一看，林卫东倒在地上。）

周旭青：卫东，卫东！

剪辑师：林导，林导！

27

时间：2009年春，日，下午。

场景：王子旭、张琼瑶、陈琳达到医院探病。

地点：医院住院部，室内。

概要：王子旭、陈琳达和张琼瑶一同到医院探访林卫东。林卫东从张琼瑶处得知，是因为王子旭和陈琳达共同资助，《巧英》才得以拍摄，十分感动，在医院和王子旭又一次意味深长的对话。

内容：

（林卫东坐在病床上，王子旭、陈琳达、张琼瑶围着林卫东。）

王子旭：卫东，看来你的精神不错啊！

林卫东：《巧英》终于出来了，琼瑶，谢谢你。

张琼瑶：不要谢我，这得谢谢子旭和琳达才是，我只是当了个红娘，牵了条线。

林卫东：牵什么线？

张琼瑶：拍电影的资金是子旭和琳达出的，我没帮上什么忙。

林卫东（疑惑）：什么？钱是子旭投的？

张琼瑶：是的。

林卫东（看着子旭）：为什么是这样？

（王子旭责怪的眼神看着张琼瑶。）

王子旭：怕你有看法，一直没有告诉你，卫东，你不要多心。

林卫东：琼瑶，琳达，你们出去一下吧，我和子旭单独聊聊。

（张琼瑶和陈琳达走出房间，顺手关上房门。）

林卫东：你是故意的吗？上次我没有及时告诉你，这次你就刻意隐瞒我？

王子旭：卫东，不要这样想。

林卫东：为什么不想，你是在可怜我吗？我没钱拍，你有钱，所以你就这样对你的老同学。

王子旭：卫东，《巧英》是我们共同的梦想，不仅仅是你一个人的事情。

林卫东：子旭，应该说是你的梦想！我早就放弃了，这次是你把我又拖了回来。

王子旭：卫东，因为我们相信你，相信你一定能把《巧英》做成功。

林卫东：不是相信，如果当初我知道是你投的钱，我不会接受。

王子旭：为什么？

林卫东：没有为什么，我不需要怜悯，子旭，我们都不需要同情。

王子旭：这不是同情，是情谊，我们在一起同窗共度，一起睡觉，一起开心，一起做《巧英》的情谊。因为有了《巧英》，我们才有了共同的梦。

林卫东：那是你的梦，对我来说，这是折磨，是苦难，是长时间的悲痛。

王子旭：不是，《巧英》是大家的阳光，是我们的未来。

（林卫东起身下床，王子旭上前搀扶。）

林卫东：不管你怎么说，投资这事为什么不早点告诉我？

王子旭：如果告诉了，又会怎样？现在片子不是出来了吗？

林卫东：是的。片子出来了，你高兴了，最终还是你投的钱。

王子旭：是我们共同的努力，是同学们共同的成功。

林卫东：你不是怜悯我？

王子旭：不是，绝对不是，我发誓！

（王子旭举起手，对天发誓。）

林卫东：你这小子！不是人。

（林卫东突然抱着王子旭，失声痛哭。）

28

时间：2009年春，日，下午。

场景：陶静雯到医院探病。

地点：医院住院部，室内。

概要：张琼瑶把林卫东得绝症的事情告知在外拍戏的陶静雯。陶静雯赶到医院探望林卫东。看着推着轮椅的周旭青，看见已经昏迷的林卫东，悲伤欲绝。周旭青交给陶静雯一个硬盘，硬盘上写着“巧英，大结局，最终版。”

内容：

（陶静雯看见手机上张琼瑶的短信，大惊失色。）

（陶静雯匆忙跑进医院。）

（周旭青推着坐在轮椅上的林卫东。）

陶静雯：卫东，卫东。

（林卫东坐在轮椅上，看着陶静雯，一言不发。）

陶静雯：卫东，你怎么啦？

周旭青：静雯，别叫了，卫东说不出话了。

陶静雯：卫东到底怎么了？

周旭青：卫东没多少时间了。

陶静雯：怎么会这样？

周旭青（流泪）：卫东本来就有病，一直拖着不检查不治疗，现在已经晚期，已经没办法了。这一切都怪我啊。

陶静雯（流泪）：是不是因为《巧英》？是不是《巧英》？

周旭青：卫东为了《巧英》，把自己废了。

陶静雯（大吼）：不该有《巧英》，《巧英》不应该存在。

（周旭青拿出一个大信封，交给陶静雯，信封上写着“《巧英》，打死不改最终版”。）

（陶静雯打开来，里面是一个硬盘。）

陶静雯：这是。

周旭青：卫东让我交给你的。

陶静雯：成片？

周旭青：我不知道，卫东叮嘱我亲手交给你。

大结局

29

时间：2010 年春，夜。

场景：年度国际电影节颁奖礼。

地点：礼堂，室内。

概要：张琼瑶、王子旭、陈琳达、陶静雯、周旭青围在空空的轮椅边，流着泪，看着大屏幕上播放的林卫东在剪辑片子的时候录下的花絮。

内容：

（张琼瑶、王子旭、陈琳达、陶静雯、周旭青围在空空的轮椅边。）

（大屏幕上播放着硬盘里林卫东自己剪辑的《巧英》的视频花絮。）

（林卫东说着旁白。）

林卫东：

《巧英》就像是我的一个梦，我的爱情梦，友情梦，事业梦。在学校的时候它来过，后来它又飘走了。现在它又回来了，这一次我真的不想它就这样轻易走掉，我得抓住它。

静雯，我真的不是故意的，我真的不想带你去应酬。在食堂认识你的时候，我连正眼看你一眼都不敢，我怎么敢强迫你去陪别人喝酒。这都是我的错，现在看着片子里你傻乎乎的笑容，我的心终于安稳了。

琼瑶，最应该感谢的人就是你。每次投资都有你的身影，你连到片子里来客串一下你也不愿意，你现在在主持界这么红，我还有什么好说的呢？

旭青，对不起，我又让你生气了。吃饭真的不重要，可你每次都让我准时吃饭，有什么意思呢？现在我记住了，只要把《巧英》做完，我一定准时准点吃饭，一定随时向你汇报，我一定去医院检查，我的身体到底是不是出了毛病？我要证明给你看，我年纪轻轻，我真的没问题。

子旭，你还记得我们趴在窗户上看颁奖礼的那个晚上吗？你还记得第一次在寝室里说起拍《巧英》的那个晚上吗？你还记得我们共同创作《巧英》的初衷吗？你还记得《巧英》就是我们共同的梦想吗？

子旭，你一毕业就走了，而且走得那么远！回来也不说一声，你就这样把《巧英》扔给我，你不知道我真的很需要你吗？

（视频中，林卫东在病床上。）

子旭，我满意了，我知道我已经玩完了。这下你也满意了，《巧英》出来了，我要走了，但是我心安理得，因为是你小子给了我这辈子最好的情义。我马上就要把《巧英》带到另外一个世界去了，我把我们的梦想带到另外一个世界，给他们说，王子旭这小子很讲义气。

子旭，我会坚持的，坚持到和你一起为《巧英》喝酒的那天，你等着我，我一定要和你不醉不归。

子旭，我有点累了，等会儿再说吧。

（视频雪花点。）

画外音：我看见我们的梦想又回来了，它真的回来了。